"在新疆"丛书
·第一辑·
——散文集——
张映姝 主编

夜雨灯火

西洲 著

新疆人民出版社
（新疆少数民族出版基地）
新疆人民出版社

图书在版编目（CIP）数据

夜雨灯火 / 西洲著. -- 乌鲁木齐：新疆人民出版社（新疆少数民族出版基地）：新疆人民卫生出版社，2024.12. -- ("在新疆"丛书 / 张映姝主编).
ISBN 978-7-228-21425-9

Ⅰ.I267

中国国家版本馆CIP数据核字第2024JD5845号

夜雨灯火
YEYU DENGHUO

出 版 人	李翠玲		
策 划	宋江莉	出版统筹	宋江莉
责任编辑	赵 燕	装帧设计	舒 娜
责任校对	朱梦瑶	责任技术编辑	马凌珊
绘 图	欧阳灿		

出 版	新疆人民出版社（新疆少数民族出版基地）
	新疆人民卫生出版社
地 址	乌鲁木齐市解放南路348号
邮 编	830001
电 话	0991-2825887（总编室） 0991-2837939（营销发行部）
制 作	乌鲁木齐捷迅彩艺有限责任公司
印 刷	北京富诚彩色印刷有限公司

开 本	880mm×1230mm 1/32
印 张	9.75
字 数	230千字
版 次	2024年12月第1版
印 次	2025年1月第1次印刷
定 价	60.00元

版权专有,侵权必究。如有质量问题,请与营销发行部联系调换。

序

新疆是我们博大的故乡。它的博大不仅体现在山川、河流、沙漠、戈壁、绿洲，还体现在生活在这里的五十六个民族以及多元一体的文化形态。

新疆，是多民族共居的美好家园。生活在这里的各族儿女密切交往、相互依存、休戚与共。在中华文明怀抱中孕育的新疆各民族文化包容互鉴，共同成为多元一体中华文化的一部分。

在新疆，普普通通的一场雪，会落在不同的语言里。每个阳光明媚的早晨，"太阳"这个词会在这些语言里发光。人们用许多种语言在述说我们共同生活的地方。这正是新疆的丰富与博大。

每个人都有自己的家乡。家乡可以是一个很大的地方，也可以是我们心里默念的一个小小的地名。有时候家乡可能就是我们小时候生活的一个地方，当我们越来越远地离开家乡的时候，这个地方就变成了一个地名。但是，往往是那些细小的家乡之物，承载了我们对家乡所有的思念，比如家乡的一种非常简易的餐食。我每次到外地超过三天就会怀念拌面。

当人们热爱自己家乡的时候，想念自己家乡的时候，文学是我们表达以及读懂家乡的途径。我认为文学是不分民族的，作家面对的是在这块土地上共同生活的不同民族，当我们用文学来呈现这块土地上各民族人民共同的生活的时候，我们面对的是人的心灵。

那些远处的生活是看不见的，只有文学能呈现这块大地深处的脉搏，只有文学在叙述这块土地上人们共有的情感。每个人生活中的悲欢离合、快乐忧伤，一起汇聚出这块土地上人们共同的命运和共同的情感。

各民族共同生活，大家的情感交融在一起，这可能就是新疆文学最大的魅力。新疆文学给我们提供了一个多民族和睦生活的样板。用不同的语言表述一件事，用同一种语言描述不同的生活，这就是新疆文学作品的精华所在。

新疆的自然风光、传说故事、地域风情等先天具有文学气质的素材，容易孕育出各民族的众多写作者，也引起了无数读者的阅读关注，使当代新疆文学成为具有独特地域内涵和文化内涵的审美对象。

各族作家们用全部身心去发现和感受新疆日常生活的温度与深度，坚守家园热爱和文学梦想，以其独具特色的文化风貌与美学意蕴，记录和呈现各族人民的生活、梦想与奋斗。

此次推出"在新疆"丛书，是铸牢中华民族共同体意识的一次文学出版实践，通过各民族作家的文字，把新疆这块土地上各族人民共同的生活呈现给新疆的读者，呈现给全国的读者，用文学观照人心，用文学观照生活。希望读者多看新疆作家的书，因为从他们的文学作品中，可以读到熟悉的土地，熟悉的山川、河流，读到发生在身边的故事，或者发生在不远处的历史中的故事。除此之外，借此机会，我们还向读者推介已经在新疆文学界乃至全国文学界成绩斐然、广有影响的各族中青年作家，他们如天上点点繁星，照亮文学的星空。

我们想把新疆最好的文学献给读者，把优秀的作家介绍给读者，希望读者喜欢。

2024年11月

目录

第一辑 雪落天山外

雪的款待 003

等一场雪 007

昭苏的雪 010

那么多的雪 013

雨落时 016

坐看云起 019

去大草原的湖边 021

月季在可克达拉 024

夏日之杏 028

石榴记 034

黄昏的向日葵 040

窗台上的天竺葵 043

蜀葵与木槿 048

"蕉下客" 053

芙蓉生在秋江上 057

如果是天山红花　065

莲叶何田田　068

薄　荷　071

康苏沟的野蔷薇　074

其甘如荠　077

牛油果与鳄梨　085

烤包子　088

百变面剂子　091

途中之境　095

远　望　105

夜雨灯火深　118

第二辑　还顾望旧乡

从此以后　123

乌鸦飞过的冬天　132

什么事也没有发生　135

大地上所有的风声　138

一闪即逝的光亮　145

立体的风雅之宋　148

心事有猫知　152

"东风且伴蔷薇住"　155

永远的话题　158

想象的乌托邦　161

被呈现的命运　164
一本"名不副实"的志怪集　167
还顾望旧乡　171
光的诗人　175
小说的事，世上的事　178

第三辑　坐对芳菲月

月色与流水　183
"蓝色的大海和帆影"　195
未选择的路　200
疯狂的柔情似水　210
当白色淹没一切　214
消失的伊尔玛　218
那条从未走过的路　222
毒舌王尔德的忧伤　225
"孤独及其所创造的"　228
讲故事的那个人　231
无法过去的过去　234
林深不知处　238
以玫瑰之名　241
如果那就是一生　244
纸上博览　248
在忧虑中思索　252

童话的背面　256

爱是欺骗、引诱和拒绝　263

盲　点　266

草尖上的露水　269

一念逃离　272

有痕生活　275

有趣的小事　279

和孩子一起读的书　282

大世界里的小情书　285

爱的馈赠　289

不能说的秘密　292

狐狸鸡与鸡狐狸　295

后　记　299

第一辑 雪落天山外

雪的款待

已经是二九第四天了,仍然没有雪。

正午阳光温暖,没有风,朱雀湖中夜里结下的冰,此刻正在悄然融化,冰面上是一层薄薄的温润的水。岸边柳树枝条柔软,站在树下,向蓝天望去,柳树似乎就要发芽。一片火炬树,细瘦伶仃,树上除了深红色圆锥形的果穗,还有红黄相间的枯叶尚未落完。幽蓝的天空下,叶子映照着阳光,显得格外耀眼。移栽的山楂树树干粗壮,渐渐扎下根,枝条已然有遒劲之姿。湖边步道左侧一潭池水,柔缓流淌,汇入朱雀湖,水声叮咚,差点以为是开春天气。

今年冬季天气真怪,从十月份到现在,只敷衍般细细小小不痛不痒地下了三次雪。

往年此时大地已被积雪覆盖,天空中纷纷扬扬的,是另一场充满寓意的大雪。小孩居然仍有记忆:去年我们在家门口舀了一盆雪回来煮雪烹茶念诗,虽然没有红泥火炉,但雪一点点融化成水,亮红的茶汤盛在白瓷小盏中,轻抿一口,谁说不是一件好玩的趣事?更何况窗外大雪正在纷飞,白雪之下,我们笨拙地堆出的那个大雪人，戴着一顶粉色棒球帽，安静地立在院门外。

有一场接一场的大雪，才是个像样的冬天。

什么时候下雪呢？什么时候我们再煮雪烹茶？我们要堆一个比去年更大的雪人！小孩子心心念念盼着大雪的到来。

我也盼着大雪。

雪是整个冬天的梦境。

如果大雪纷飞，朱雀湖上苍茫一片，远望湖心岛，四周围枯树被雪，树干黝黑，积雪洁白，树梢上未落光的枯叶和种子，捧起无数积雪，柔软蓬松，是盛开的"雪花"。莲花亭檐角飞扬，四下而望，人迹全无，鸟雀无声，天地间仿佛只有不断落下的雪。

湖心岛上的莲花亭，其实是夏天的亭。就连亭中两副对联都是为夏而作，一联是：山偷半亭月，池印一天星；一联曰：盈盈碧水随波动，朵朵莲花带露开。

冬天的莲花亭，已然成为雪花亭。

雪后天晴，如果没有风，站在朱雀湖边，阳光铺展，雪映照出一个亮晃晃的世界。湖面厚冰覆雪，孩子们或拉着滑雪板，或坐在滑雪圈上，欢呼尖叫，惊动湖边树梢，积雪扑簌，金光闪落。

这都是雪的款待。

说到雪，总让我不断地想起王子猷，想起一千六百多年前的那个雪夜。

那个故事记录在南朝宋时刘义庆的《世说新语》中，短短不过百字。

> 王子猷居山阴,夜大雪,眠觉,开室,命酌酒。四望皎然,因起彷徨,咏左思《招隐诗》。忽忆戴安道。时戴在剡,即便夜乘小舟就之。经宿方至,造门不前而返。人问其故,王曰:"吾本乘兴而行,兴尽而返,何必见戴?"

以往每每读到此,都觉得王子猷不愧为一个意趣丰富、兴致盎然、性格放达的名士,而常常忽略他"造门不前而返"访的那位"戴"。

那位"戴",就是著名画家戴逵。戴逵的绘画艺术有多高呢,举个例子吧,书法有二王(王羲之、王献之父子),绘画就是戴顾(戴逵、顾恺之),当然,戴逵的儿子戴颙也是绘画大家。但我并不想说他的画,我感兴趣的,是另一件事,是与王子猷雪夜乘兴而行兴尽而返同样令人难以忘怀的别样气度。

《晋书·隐逸传·戴逵传》中说如此:"太宰、武陵王晞闻其善鼓琴,使人召之,逵对使者破琴曰:'戴安道不为王门伶人!'"

说的是,武陵王司马晞听说戴逵善于鼓琴,就派人去请他。戴逵却当着来人的面将琴摔破,且怒骂:我戴安道不是(不当)王门艺人!

琴破铿然,一千多年,余韵犹存。

这便是戴逵破琴的故事,这般风骨气魄,也难怪王子猷雪夜"忽忆"。

此时此刻，朱雀湖边，我没来由觉得，戴逵破琴之时，必然也是一个雪花纷然的时刻。

琴韵中，已经下过一场又一场的雪。远山迢递，雪压竹林，扑簌有声。马蹄踏雪而来，戴逵迎雪抱琴开门，以腿当石，破琴断弦。天地静寂，只有雪花，无数的雪花从天空之外前仆后继。

魏晋风流杳然，而雪花仍在飘落。

等一场雪

如果说冬天还有什么值得期待的事物，大概就是雪了。然而雪久久不至，让人无名地心生一种懊恼，但这懊恼又不能明说，谁还能真的因为冬天没有下雪而怄气呢？即使怄气，又跟谁怄呢？

等雪的心情，就像约会时等待恋人的心情。月上柳梢头，人已经约好，在黄昏的某一棵柳树下，然而，暮色渐起，月亮也已经上来了，薄薄的云雾在西边的天上若有若无，脚步声来来回回，忽远忽近，等的那个人却迟迟不来，心里又着急又担心，又幽怨又羞恼。等雪的时候，也一样，眼看着天色阴了下来，风也渐渐吹起来，空气中似乎都能嗅到白雪的味道，天色稍稍明亮一点，都担着十二分的小心：千万别是不下了啊！一转眼，天空又晦涩下来，满心以为这雪是一定要落了，可是呼啦一下，天色又一变，雪的影子也看不到了。整个心情都因满心的期待、窃喜落空而陷入失望和沮丧。恋人不来，还可以埋怨，还有埋怨的对象，可以嗔怒、撒泼，但是，雪说至未至，你要冲谁发脾气呢？

如果冬天没有雪，这冬天还能叫冬天吗？雪是人们整个冬天最纯洁最透明的梦境。纷纷扬扬，无论是在城市还是在乡村，如果有一场雪在你内心最无期待的时候落下来，便是一件惊喜的事。少年时候，老家的雪是非常大的，三天两头就要落一场雪。麦田、麦田里的老坟，乡村、乡村中的老屋，河流、河岸边的柳树、洋槐……目之所及，都是一望无尽的白色。庄稼人抽着旱烟袋，被雪映照的眼睛眯成一条缝：今冬麦盖三层被，来年枕着馒头睡。而最快活的莫过于孩子们，呼朋引伴，大半个村子的孩子都聚拢来，到村头麦场上打雪仗、堆雪人。玩得一身湿漉漉的，回家里换鞋换衣裳，钻到被窝里，一边嬉皮笑脸地听着妈妈的训斥，一边还问妈妈要点炒蚕豆，嘎嘣嘎嘣地嚼。

　　读了书，念了诗，于是知道"燕山雪花大如席"，知道"胡天八月即飞雪"，知道"积雪浮云端"……天色晚暗，雪将至未至之时，就想对远方的那个人说："晚来天欲雪，能饮一杯无？"雪真的纷纷扬扬、毫无悬念地落下时，正是"窗外正风雪，拥炉开酒缸"的好时节。吟诗者吟诗，饮酒者饮酒。也许炉火温柔酒半酣的时候，还惦记着夜归的人，那个正走在路上的人，也许有雪有思念，内心孤寂之情也会减半，随之而行的，大约就是喜悦、期待，内心暗想：加快步子，快几步，再快几步，就到家了，就有了温柔的酒、炉火和思念。

　　在芜湖念书的时候，一到冬天，就常常渴望一场雪，青春年少的心，期待一场雪，就好像私自爱慕一个人，雪落了，整个世界都落在雪中，你看着雪，眼睛里有异样情愫，内心里潮湿渴望，仿佛那个人也和你一样在雪中，彼时，竟有一种"海上生明月，天涯共此时"的欣慰。

第一辑　雪落天山外

然而南方的雪，并不好等，十次倒有七八次会落空。到了伊宁，秋天刚刚过完，还未准备好心情的时候，雪就落了下来，睡眼惺忪时拉开窗帘，窗外竟然一片雪白！内心雀跃可想而知。再不会像往常一样惴惴不安地期待一场雪了。伊宁的冬天，随随便便就可以落一场大雪。而落下的雪，不到来年绝不融化。

这里的雪绵密厚重，往往是灯火昏黄的时候，天空酝酿着落雪的情绪，人在暖融融的屋子里，看书写字，吃饭听歌，洗衣刷碗，就是那一瞬间，不经意地往窗外瞟一眼：哎呀！雪什么时候已经这么大了！这真是历史性的惊鸿一瞥啊。内心总有小小的喜悦，于是整个心情也随之改变，干脆，就立在窗前，看看夜色温柔中正纷纷而来的雪。路灯下，雪花闪着晶亮的光，慢慢悠悠地落。有时，有微微的风，雪儿们就打着转儿再落在已经洁白的路面上。偶尔有车经过，车灯一闪，风随车动，雪纷纷扰扰，仿佛黑暗中爱跳舞的孩子被灯光发现，惊慌而又桀骜地四散逃开。

这雪也许会在夜半人们的酣梦中止息，也许会下到黎明，也许，整个城市都醒来的时候，它还在落。雪落在路边的松树上，落在还有几片枯萎而未落的叶子的白杨树上，远而望之，却像是空旷四野中一株开着花的巨大的棉花树。雪还落在那些缀满干枯种子的白蜡树上，落光叶子的榆树上，以及那树梢上停落着的一群一群的乌鸦上。下雪的时候它们不说话，不歌唱，也不飞来飞去。也许，静默就是它们对雪最好的迎接和褒奖。

※ 夜雨灯火 ※

昭苏的雪

我总觉得，要说出一个人的好，非得要等到永别之后，十年，二十年过去，再想起他，才能更有意义，才能觉察当时的美好，忧伤或者荒唐——那时，即使内心耿耿、无法释怀的都更增加了一份绵绵的情意。

同样的感情，适用于某个地方。总觉得要永远离开，或者觉得山高水远，这一辈子都再也不能重游，才会渐渐地，在某个不可名状的时刻想起来它的一点一滴，一草一木，一场雨或者整个冬天连绵不绝的雪。

如果非得这样坚持，若干年后，当我离开昭苏，第一件想起的事情大约就是雪了。

如果冬天是从第一场雪落开始计算的，那么昭苏的冬天是从十月开始的。

早就已经准备好迎接昭苏的漫长的冬天了，早就知道，这个地方，从十月一直到来年五月都会落下一场又一场或大或小的雪，但是，真正到了冬天，才会发现，从前的准备、猜测、想象，都是非常有限的。

昭苏的冬天不在想象之中，或者说，这是一个无法想象的白雪世界。

从十月的某一天开始，你推开窗子，不经意的一眼中，冬天就来了。地上落了一层雪！大街上那些没来得及收回家的乌黑的闪着幸福的金光的油菜籽在大雪下做着甜美的梦。树叶还没有落光，微微的雪白正点缀着黄中泛红的叶子，嘿，你想一想那样的光景吧！

如果说，第一场雪、第二场雪都是意外，那么随之而来的第三场、第四场……该怎么说呢，也许每一场雪都有它想表达的情绪，每个清晨，每个午后，每个黄昏，每个深深的夜里，它们静静地落着，从来没有发出过任何声音。

我记得苇岸在《大地上的事情》中曾这样说："雪也许是更大的一棵树上的果实，被一场世界之外的大风刮落。它们漂泊到大地各处，它们携带的纯洁，不久繁衍成春天动人的花朵。"

这样的想象，让我惊喜的时候，又让我觉得莫名惆怅。世界之外是什么呢？那样的长满雪的树又是什么样子？要落成昭苏这样一望无际又持久绵长的雪地，大约是需要一片森林的吧？

有时候，看着窗外不停落下的雪，心里渐渐地浮起一些说不清道不明的小情绪、小心思、小暧昧。也许在一瞬间突然想起某个不在场的人，想起某一个青春年少的冬天里，纷扬大雪中谁的背影。

雪是最能唤起人们情意的事物吧！

我一直想象那样的场景，水乡山阴在夜晚落了一场大雪，王子猷一梦初醒（也许是被雪叫醒了），一边饮酒，一边推开房门：四下一片洁白，嗯，用书中的话说是"四望皎然"。这"皎然"叫他心里恍然，于是诵诗，于是思故人。他突然想起戴安道，就像有时候，一阵风吹过，你想起在某处看见的风中的花骨朵。王子猷就决定乘舟去看他。我相信，在茫茫的水面上，一叶小舟悠悠划过，也许桨声沉，但是一定没有风。夜是静的，远山在水尽头氤氲，也许还有一两朵雪花正在落下，他偶尔在舟中饮酒，偶尔在船头看这"皎然"的雪夜，看着越来越近的目的地，忽然觉得，已无须见戴了。

我也常常想，若王子猷居昭苏，这样的雪夜他得想起多少故人？茫茫高原，无水面，无舟楫，他要想起附近的谁，应是骑马踏雪而去，寒星在头顶闪着蓝色的光，雪原在马蹄下映着蓝色的光，牛皮囊中浊酒将尽，无酒他是要归家的。

昭苏的雪，大多数落在夜晚。天将晚未晚，光将暗未暗，雪已经在路上，它们裹挟着天山之外的风，一点一点地到来。人坐在屋中，根本不知什么时候一抬眼，就看见窗外偶尔的灯火中亮晶晶地闪着雪花。打开窗子，偶尔路过一辆车，车灯所及之处，是纷纷扬扬的亮闪闪的雪，如金子一般铺向灯光消失的地方，而它们的头顶，还有成千上万的这样的金子前仆后继地落下来。的确，昭苏的雪要下起来绝不会零零星星的，而是漫天，只有"纷纷扬扬"这个用到俗烂的词才能恰如其分地描述它。

也有时候它们在白天到来，等发觉时，已经是天地苍茫了，远山都隐在雪雾里，白茫茫里又带点温柔的灰，叫人的心不自觉地想起故人的句子，只是雪已经落下，还有谁在这温柔的天地间，围炉饮酒，赏雪诵诗？

第一辑　雪落天山外

那么多的雪

　　这是"一片缺少细节的隆冬世界"。

　　唯一所有就是雪，漫天遍野的白色，一片接着一片连绵不绝的白。晴天的时候，远山辽阔，山顶的白与天空的蓝交相辉映，十分纯净。

　　车子行驶在公路上，小心翼翼，路旁的是雪，是落光叶子的青杨，是人家院子里一株开满"梨花"的苹果树。偶尔有一树麻雀忽地掠过车窗。几只大鸟（也许是乌鸦）落在电线上，几座矮矮的房子，颜色鲜艳：浅蓝色或紫色的墙壁，配以红色或蓝色的屋顶。

　　除此之外，很远的一段公路上，就只能看见远山，有时候雪还在淡淡地落，细碎、精致。该怎么形容它们下落的姿态呢？每一场雪都是不一样的，它们有各自的路径，一场雪就有一场雪下落的方式，它们选择天气、风向，选择时间、地点，选择恰好遇见的人，有时候它们还选择将会碰到的鸟群。

　　有风时的雪比无风时的更妩媚、更恣肆，如一个被宠坏的孩子，撒娇、任性，却叫人无法生出怨恨。而无风时落下的雪是一位端庄娴静的淑女,她小心翼翼,悄无声息,一点一点落下来,你一抬眼,路上已经落了一层。

在昭苏,茫茫的雪落在白天的时候,四处一片混沌,你只能看见雪不停地在落,落啊,落啊,不知疲倦,模糊的山,模糊的树林,模糊的对面走来的人。几匹马在雪地里走走停停,翻找着埋在雪下的枯草,偶尔一匹马抬起头,看看远处,又低下头。这是白天的大雪特有的苍茫。

而夜晚的雪是神秘、温柔的。夜雪天生是为了给人惊喜,晚睡的人坐在灯光下想着心事的时候、看一本小说的时候、和亲密的人喁喁细语的时候,忽然心血来潮想知道此刻外面是什么样子,打开窗户,探出头:哎呀,竟然下雪了!外面明亮得如同有月亮的深夜,但又比月夜更温柔。雪花悠悠而落,在远处闪烁着的灯火的映衬下,给人一种莫名的亲近感,好像远道而来的故人,可在窗前与之对望,轻轻询问来时的路。或者,你对它一无所知,在夜半被雪叫醒——真的是被雪叫醒——窗外明亮如昼,那是一场大雪的功劳。雪叫醒你时是如此温柔缱绻却又叫人内心一凛,多少梦境此刻醒来,却又与这雪连在一起,一瞬间叫人分不清真假。

大多数的雪落下时会碰见乌鸦停在树上,若雪落在黄昏,乌鸦们不发一语,它们端庄地停在树梢,一大群,仿佛白树上开的墨色花朵。当夜色渐临,已经看不见它们的身影,在远处的灯光中,一片夏橡树上一只乌鸦也看不到了,夜晚它们停在哪里?我从来不曾知道。可清晨到来的时候,你就又能看见它们在树上的身影,仿佛一夜未曾离开。若是雪还在落,你就能听见它们的叫声，并不如书中所说的叫人厌恶。它们的声音里透出欢快，仿佛对清晨的雪情有独钟，有一种一个人等雪而雪如愿所至的欢欣。

更多的雪还在落，一片片雪花落进白雪的海洋里，白茫茫的世界中，它永远都不会忘记哪一个是它自己。

雨 落 时

夜里做了个悲伤的梦，醒来全忘了，只余莫名的感伤。窗外乌鸦在叫，雨下个不停。几个月以来的第一场雨赶在惊蛰前落了下来，春天总算有了要来的迹象。

然而屋顶街角的雪还未融尽，暗色的积雪上落满了灰尘，雪堆上有融化时留下的如磨砂玻璃般模糊的小孔。树木们依旧赤裸，但它们整个冬天都呈灰色的枝条渐渐有了变化，不像冬天那么萧索而有了点明亮的光泽。

雨淅淅沥沥地下了大半天，我想起曾经的那些雨水。

白居易写过"夜雨灯火深"的句子，于是我无端就喜欢落雨的夜晚，以至落雨的夜晚，总不忍早早睡去，但终究还是"睡美雨声中"了。

夜晚的雨适合听、适合想、适合睡。而白天的雨，则是另外一番景象了。

清明节前后，长江北岸，连绵不断的雨就落了下来，白天、夜晚、清晨、黄昏，所有的雨都落在窗前、落在后院的竹林中、落在长江里慢行的沙船上。船上汽笛低鸣，声音透过重重的雨帘送到遥远的地方。油菜花在雨水中闪光,世界是明亮的灰色。

在上海,大暴雨啪嗒啪嗒地拍打着屋顶,老旧的出租房里四处渗水,水渍从墙角往下漫延,天花板上渗出大颗大颗的雨珠,干净透明,如一颗颗明亮的珍珠,攒久了,它们就落下来,落在地板、衣柜、小桌子上,落在被子上、枕头边,甚至落在你正在睁着的眼睛里。屋子里是梅雨季的霉味儿,空气潮湿、黏稠,屋外大雨还在落,水井将满。不远处人家后园丝瓜架中一片水声,经过植物的"过滤",雨水声音更加清脆且悦耳,仿佛经过了植物,雨水改变了暴虐的情绪。

几年前,在芜湖念书时,每逢雨天,就会去新建成的图书馆靠窗坐下,看窗外的水塘,木栈,新栽的荷,池边幼小的花树、垂柳,偶尔小径上有人撑伞而过,在蒙蒙的雨汽笼罩着整个校园的时刻,绿意在雨水中荡漾,而池水潋滟,我才觉得江南是美的,那美,正好应了"芜湖"这两个字:水草丰美、波光潋滟。

周作人曾言:"喝茶当于瓦屋纸窗之下,清泉绿茶,用素雅的陶瓷茶具,同二三人共饮,得半日之闲,可抵十年的尘梦。"

不知为何,我偏偏觉得这"可抵十年尘梦"的喝茶,应是在雨天。雨天瓦屋纸窗之下,陶瓷茶具素雅,二三友人或轻谈或各自安静,而纸窗外雨若有若无地落,时而紧,时而懒散;他们的窗外还应该有湖泊,雨水落进湖水,像久别的人回到了故乡;或者如张岱看雪的湖心亭,雨从檐上坠落,烟波水面,四顾茫然……若果真如此,可抵多少年尘梦?

在伊犁这几年,每个冬天有绵绵无尽的雪,实在满足了我爱雪的心,唯一可惜的是无论何时都没有连绵的雨,甚至连着下一整天的雨也几乎没有，也没有长久的阴天。时常是一阵风来，一片云至，一场雨落。若路过山中，晴朗朗的天，忽地就飘来了乌云，然后就洒落了雨，翻过这座山头，那边又是艳阳高照了。有时候，太阳正好的时候，也下雨，角度碰巧，会看到雨水中的彩虹。去年夏天我在昭苏，几乎每一场雨后都有彩虹、双虹，雨后即晴，彩虹绚丽，十分美好。即使没有彩虹，远山脚下也是云雾缭绕，让人觉得似乎那里就是仙境。

这大约是从前没有想到的美好。

坐看云起

夜里落了一场雨，清晨起来，天空又碧蓝又洁净。云朵一丝一丝地随意铺着，风一吹，氤氲成一片毛茸茸的云毯。有鸟在榆树上叫，太阳还未全部露面，它躲在某处，慢悠悠地晃着。

昭苏的云很多，我常常不知道怎么样去描述它，它们过于平常又过于骄傲，你要注视着，你一直注视着，它就会安静地待在那里，像是与你对视，千万不能眨眼，一眨眼，它们就不见了。

有时候，它们千军万马一般扑面而来，又巨大又柔软，又如此低，低得仿佛要俯下身子来拥抱你。你站在空旷的田野里，远山上落满了云的影子，羊似小小的弹珠随意散落在云影中，麦子正在生长，电线上停着三两只乌鸦，风一吹，它们就呱呱叫着跟云朵一起飞走了。

有时候，天空湛蓝，蓝得叫你不忍直视。只在高高的天空中有一朵云，懒懒的，在蓝的映衬下无比白。你听见谁在某处叫你的名字，再回头时，它们已经翩然而逝。

有时候，云朵是最美的浮雕，仿佛刻在空中，你看一看吧，慢慢地，你能找到亲爱之人的脸。你看他在云朵之中低眉顺目，轻轻微笑。你看一看,你能找到从前那些歌里唱过的爱情,然后一低头,泪水就落了下来。

有时候,它们聚在山前,将自己染成深青色,像墨玉,一层一层叠在空中,它们在不远的地方,冷冷地看着你,看着你头顶的那一朵还在阳光中晃荡的白色云朵,直到那白云也主动地奔向深青。然后大风起,雨来不来,谁知道呢。

有时候,在傍晚的夕光中,云朵将自己染上色彩,像金色却比金色润泽,像橘黄却比橘黄柔和。四处的天色已经暗下,而山的那一边还有这样的云朵,仿佛世界还没有完全陷入黑暗全部是它们的功劳。

唐代诗人王维曾写过一首诗:"中岁颇好道,晚家南山陲。兴来每独往,胜事空自知。行到水穷处,坐看云起时。偶然值林叟,谈笑无还期。"

此间真意,你在看云的时候必然能够体会。等你一人独自静坐时,不经意间地一抬头,蓦然看见山间云雾缭绕,清晰又洁白。此中感觉是如鱼饮水的冷暖自知,如他所谓"胜事"。不能说与人分享,亦不能感同身受。

你永远不知道哪一朵云的心里藏着雨,就像你永远不知道一个人没有浮现的心事。远方的人,就这样对自己说,当你想家的时候,就看一看云吧。也许有一天,你曾经看过的这朵,就飘到了故乡,云朵中刻过你的目光,它们以云朵或者雨水或者霜花或者冰雪的形态从遥远的地方重新到来,你一定能够认出它们。

去大草原的湖边

周六一大早和朋友去赛里木湖,天气不太好,但沿着高速公路走的时候,乌云渐渐地被抛在后面,越往前,天气越明朗。进入果子沟,两边的山上草色青翠,偶尔有未融化的雪像白色的飘带在山坡树影中闪现,云渐渐聚集起来,大朵灰色云朵沉沉欲坠,偶尔有雨滴洒落。出了果子沟隧道,赛里木湖笼罩在一片阴云之中。沿路往右边望去,远处雪岭云杉耸立的山坡云雾缭绕,没有人,也没有牛羊马群。我们下车往山坡那边走,才发现已经下了雪粒,冷风吹得人直打哆嗦,草地上多根毛茛一片一片的黄色花朵耷拉着脑袋,油亮的花瓣上沾着水珠,黄色的鸢尾被风、雨、雪粒打击,冻僵了似的花瓣愈发薄而透明,而一丛丛紧贴地面盛开的红心、黄心的小白花却显得清新明亮。

草地上的水珠打湿了鞋袜,冷风一吹,便更觉得冷了。再望向赛里木湖的方向,遥远的地方有一光亮,那是阳光从山的另一边照过来。我们上车沿路找掉头的地方,打算奔向那阳光照耀之处。

等到了湖边,太阳照耀的地方也多了起来,天渐渐放晴,云朵变白，湖水变蓝，雪山变得清晰透亮，一切都那么纯净。

沿着环湖公路前行，路的左边是黄色多根毛茛铺展的草地，草地尽头是雪岭云杉耸立的山峰，再往上，是一片一片又低又大的云朵。风吹云影落在草地上，像是影子的舞蹈。路的右边，鲜花盛开的草地一直铺展到湖边。黄色的多根毛茛，紫色的一丛一丛的勿忘我，稍大稍高一点的金莲花，簇拥生长并盛开的黄色的鸢尾，其他的叫不出名字的各种花草，身上还有未干的雨水的它们，在并不强烈的阳光的照耀下，十分动人。

而湖水湛蓝。再确切一点说，其实那并不能笼统地叫作蓝。湖对面的雪山、碧蓝的天空、洁白的云朵，它们的影子落在湖面上，组成了深浅不同的蓝，甚至淡绿，风吹影动，深浅不同的蓝或绿在湖面上波动，微波轻轻荡漾，岸边湖水哗啦哗啦拍着碎石子。远远的湖面上一只天鹅张开翅膀飞了起来，飞了很久又飞到另一个远方，模糊的远方有两只模糊的白影子。眼前是这一切，身后就是微风中摇曳的野花，坐在湖边的人，心里还有什么忧愁？

这美一眼望去仿佛是相似的。因为走了很久，再看湖边，仍旧是一片连着一片的各色花草；再看湖水，还是那么蓝、那么纯净、那么波光潋滟；再看云朵，还是那么洁白、堆积却又并不显得厚重；再看雪山，仍旧那么清晰、洁净。尽管看上去相似，我仍不能说出赛里木湖千万分之一的美，就像那首歌唱的："言语从来没能将我的情意表达千万分之一"。

路边遇到游人，听到最多的话语就是："太美了！""真美啊！""好漂亮！"是啊，除此之外，还能用什么词语来形容呢？

赛里木湖的美与好，无法用更多的言语来描述。

从前，我总觉得，要说出一个人的好，非得要等到永别之后，十年、二十年过去，再想起那人，才能更容易觉察当时的美好、忧伤，或者荒唐，才能更容易发现当时的那个自己。我同样觉得这种感觉适用于某地。总觉得要永远离开，或者觉得山高水远，这一辈子都再也不能重游，才会渐渐地，在某个不能名状的时刻想起来它的一点一滴，一草一木，一阵风来，一场雨落，或者整个被白雪覆盖的冬天。

但是，赛里木湖不让人觉得如此。赛里木湖，是那个只要你去过一次就能感受到它的好的地方，是那个无论你去过多少次都会有新发现、新感触的地方，也是那个会让你词穷的地方。

我一个朋友曾在她的文章里说，此生唯一使她落泪的地方，就是伊犁；此生让她懂得爱和美的地方，就是伊犁。我也想如此仿照：此生唯一使我落泪的地方，就是赛里木湖；此生让我懂得爱和美的地方，就是赛里木湖。

回去的路上，我翻看照片，那花朵、蓝天、云层、雪山，分明不像真的。从前有梦，梦见湖水湛蓝，云朵洁白，梦见鲜花盛开，天边云霞如锦缎……

赛里木湖，就是那样一个梦境。

※ 夜雨灯火 ※

月季在可克达拉

　　小区里的玫瑰花今年长势明显不好，花丛稀疏，叶片小而干燥，植株病恹恹的，好像还没从冬天醒来似的，花朵也因小而略显单薄。因为小区一直没有浇水，说是管道网坏了——小区里的花草树木只能靠天。在新疆，靠天，就有很大运气的成分了，好在今年春天和初夏落过一些雨。玫瑰花丛瘦弱矮小，加上大蓟和杂草丛生，略显荒芜，但进入盛花期的玫瑰开在杂草丛中也算别有一番风致吧。

　　暮春初夏，清晨的阳光映照着鲜绿丛中的深桃红色玫瑰花，天空的蓝和鸢尾的蓝高低呼应，云朵生动，风也渐渐舒畅起来。

　　就在这样的蓝天下软风中，月季悄悄地开了。灌木丛中，人家院墙外，栅栏旁，马路两边，到处都是。我们小区里面最多的是两三个品种的月季，一种是深粉浅红色，重瓣，柔弱的花瓣和茎秆，好像禁不住那朵花的重量，总是甫一盛开，就立刻垂下了头颅。还有一种淡粉单瓣，有点太淡了，几乎可以说是白了，开着单薄的六七瓣花，风一吹，摇摇晃晃，下一秒好像就要晃掉一样。野草已经结籽，月季花的花托和茎秆上长满细细密密的腻虫——那大概是叫蚜虫？我并不知道，只是密密麻麻，令人起鸡皮疙瘩。但成片的月季在结籽的杂草丛中随风摇曳，高低错落，深红淡粉浅白映衬，下班回家，远远望去，倒也好看。

有几栋楼的邻居买来不同品种的月季苗，在自己家院墙外种植，爬藤的居多。一进小区左手边那栋楼，靠着院墙种了几株彩虹色月季，一株深红，一株明艳的黄色，一株爬藤的小而单薄的粉色月季，今年比去年长得好多了，花朵渐渐绽开。还有邻居家小院里种的不是菜，全是各色月季，风吹叶摇花影婆娑。

但那也许是蔷薇。如果我能更仔细钻研一下，就可以把月季、蔷薇和玫瑰，一一细说。但算了，就把它们也叫作月季吧。

有次我在团购小程序里买了一盆颜色随机的月季，拿到花才发现，里面其实有四根独立的小苗，一株已经开出香槟粉的小朵，一株顶着两个花苞待放。又过几天，居然还开出了一种浅黄色。如果太阳太大，花朵的颜色都趋于平淡，但是花瓣繁复细碎，有点欧月风韵。我把它们种在院子里的一个深缸中。花儿开败，花瓣一片不落，是一整朵干枯起来，花瓣边缘趋于灰、白和脏，剪掉之后，第二天便发新芽，几天长成一个带着花苞的枝条，渐渐又要开放。

湘江西路上，宏福众安的南北区中间那条马路边，还有井冈山路的西侧，月季花是重瓣而多彩的。有深红，红得有点泛黑，花朵大而美、花瓣边缘微卷，使得花朵更显立体而丰盈；有粉红，是真正温柔的粉红，硕大的花朵，在早晨的阳光中，明眸善睐，温润可亲；有香槟黄，花型紧致，中心黄色浓郁，愈到花边黄色愈淡，而花瓣瓣瓣分明，层层递进，每一朵都开得郑重其事；还有逐渐深入的红色，慢慢淡去的粉色、黄色和月白……

安康西路和峨眉山南路的交会处，井冈山南路和湘江西路的交会处，有几种别具一格的月季。它们的茎秆很粗很直，在一众月季中，算很茁壮了。有米白色、香槟色、肉粉色，还有一种是桃粉色，带一点病态的白。无一例外，它们像约好了似的，花朵饱满而硬朗，但很内敛，即使盛开也不会开得肆无忌惮，几乎可以当成花店里售卖的一种玫瑰。

井冈山路再往南，树荫下有一丛灰紫色的月季，叶子薄薄的、偏黄绿色，茎秆直立但略显柔弱，晚风吹过，袅袅婷婷，动人心弦。只是那种灰紫色，猛地看过去，像是失血过多的公主惨白的脸色。

前两年我还坐通勤车往返伊宁市和可克达拉市。早晨起来太早，往往在车上昏昏欲睡。直到大巴车从七一七大道拐进迎宾路，才渐渐清醒过来。就是那时，路边树下灌木丛中斜伸出来的各色月季，在明亮却十分柔和的晨光中，随风浅浅摇曳。那一瞬，仿佛花朵有灵，仿佛它们早就准备好了，在清晨的柔光中，一起从矮灌木丛中跳将出来，一下子铺展在瞌睡人的眼前，让人拥有美好一天的开始。

有时候我想，月季真是最识大体的花。品种繁多，容易成活，也好打理，剪下来插花，也枝枝分明。花期又长，简直是一刻不停地开，开得义无反顾、前仆后继。

根本不像玫瑰那么娇弱，只在春末夏初，几天时间一股脑儿开完，便纷纷凋落，像什么也没发生过。当然，"Rose is a rose is a rose is a rose."。

月季太过普遍和常见,连名字都显得那么家常而不如玫瑰雅致,开在灌木丛中的品种并不高贵而几乎被等同于开花的"灌木"。

汪曾祺先生写栀子花的时候说,栀子花粗粗大大,又香得掸都掸不开,于是为文雅人不取,以为品格不高。栀子花说:"去你妈的,我就是要这样香,香得痛痛快快,你们他妈的管得着吗!"

就让玫瑰是玫瑰吧,月季,我们可克达拉的月季香不香的倒也无所谓,就是要这样盛开,开得痛痛快快,你们——管得着吗!

※ 夜雨灯火 ※

夏日之杏

五月底，单位的保安白叔带来一包杏子。杏子很大，黄中透红，酸甜爽口。因为是今年的第一口杏子，实在是新鲜好吃。只是我很惊讶：现在杏子就熟了吗？只有南疆的小白杏才熟吧？我们家门口的杏子才刚刚长成个儿。

白叔很鄙视地看了我一眼：我朋友山上的，杏子就是这时候熟呀！有很多种杏子！

啊，我突然意识到，不是杏子熟得早，是时间过得太快了，因为时光飞逝，因此讶异：不是前几天才看完杏花，怎么转眼就吃到了杏子？

这时节，小满刚过，端午将至，麦穗黄芒，即将收割。我们老家有一种叫麦黄杏的，就是这个时候成熟的。但记忆中吃杏子的时刻少之又少，好像杏子不像什么正经的水果——那么酸。

现在想来，也许是小时候从来没有吃过好吃的杏子，甚至就没有吃过一颗完全成熟的杏子。

整个村里都没有什么果树，除了过于常见的枣树。只有村西头一个奶奶家门口，有两棵非常高大的杏树，和枫杨树、洋槐树长在一起，要么没结什么果子，要么就是还未成熟就被人用石子砸落了。那么高大的树，现在想来，春天的时候，两树繁花开在晴空下、土墙外，开在嫩芽初绽的春天，一定十分美好，但记忆里毫无线索，只有在密密匝匝的叶子中，遗落着一两颗泛着青白色的即将成熟的杏子闪着诱人光芒的画面，以至于我来到新疆后，看见密密麻麻挂满枝头的杏子时，实在惊诧不已。那几乎可以用一串串来形容！

有一年到位于特克斯的七十八团，正是杏子成熟的时节，一路上都是果园，红扑扑的杏子缀满枝头，未待看清，便从车窗外一闪而过，刚要指指点点，又一片杏树掠过车窗。团场果园里鸡蛋那么大的红杏，密密麻麻地"排列"着，枝条伸出土坯垒就的矮墙，真正是"一枝红杏出墙来"。人家院子门口，水泥地上，墙头的簸箕里，到处是一片片的杏子——去核的、整个的，是要晒成杏干。

喀拉峻深处，溪谷旁，野杏树撑起浓荫，地上落了一层杏子，有种熟透的果子恰到好处的发酵味儿，马儿、奶牛低头啃食。夏日野风吹过，杏子像大雨点倏忽而落，你要看准它们掉落的地方，捡起来，放进嘴巴，熟透的野杏子浓郁的果香盖住了微微的涩苦。

来新疆之前，我没吃过好吃的杏子；来新疆之后，我吃了好多个品种的杏。

黎光杏（它的名字大概是这样写的吧？）是我在伊犁的大街小巷最早买到的杏子。年轻的维吾尔族小伙子推着车，杧果、香蕉卖过了，菠萝、火龙果也卖过了，就开始卖草莓、桑葚、杏子，再过一段时间，就卖苹果、油桃、蟠桃、葡萄和无花果。推车里的杏子，从小白杏到大黄杏，不一而足，但最早的就是黎光杏。它们果皮光滑，但有不少斑点，像痣一般，即使尚未熟透也很甜。

小白杏，据说最出名的产在轮台，我吃过的是库尔勒的小白杏。那年在鲁院学习，和远在库尔勒的朋友聊天，说到文学馆院子里酸涩的青梅，梅林前的一树李子，落在玉簪花下的桑葚，说到那些在初夏刚刚长出青涩果实的梨和柿子……她说小白杏正好熟了，便托人带来一箱，还随箱带了几个大馕，杏子的美味和情谊之温柔，铭记在心。

树上干杏，小而美——仅看长相，就是"你看起来好像很好吃"，果肉酸甜适中，果核轻薄好嗑，果仁的口感是紧致而多汁的。我先前不会嗑杏核——太硬了吧，用牙齿使劲咬，不仅把杏仁嗑碎，也担心牙齿会坏掉。一次吃饭，有人带来此杏，我说这个核太难嗑了，往往不吃。一位老师大叹我"买椟还珠"，最好吃的是杏仁呀！并且当即示范嗑杏核妙法：把杏核立在槽牙上，轻轻一压，壳仁分离，两两完好。而不是像我以前，平放杏核，从中间最鼓的地方咬开，牙、壳、仁"三败俱伤"。说到树上干杏，此地还有一个通俗的名字曰"吊死干"，过于直白形象而被商品杏所弃，但有时冬天买杏干，有小作坊自制，封好的透明袋上贴一片纸赫然写着"正宗吊死干"，有时那个"干"字被遮盖住了，藏在褶皱里，猛然一看"正宗吊死"，实在有些"画风突变"。都说六十一团的树上干杏最为正宗，因其特有的树源、水土和风韵。八九年前我还当记者的时候，到六十一团采访，看过两棵树龄超过一百年的老杏树,为树上干杏写过一个整版的报道,并取了一个现在看来很是矫情的题目《树上干杏的前世今生》,真不知道当时写了啥。

2020年金秋,搬到可克达拉来,我看小区群里有人发广告卖树苗,就买了杏树和西梅。发广告的姑娘说,树苗是她爸妈苗圃育的,在六十四团,下过霜再种容易活。某个周末,她开车给我捎来,她妈妈看我们笨手笨脚,一把接过铁锹,帮我们把几棵树都栽种好才走。临走时指着一棵略粗的树说,这红杏在我家已经结果了。今年红杏开了一树的花,我还想着该能吃到杏子了,结果花儿落了,一颗杏子也没结。倒是我未寄予希望的一株略小的杏树结了几个青涩的果子。

杏的种类还有很多,但我大都不知道名字,买的时候只好一手拿着品尝,一手往塑料袋里装。大的光杏,黄杏,鸡蛋杏……杏杏不同,口感各异。每每吃到好吃的杏,就觉得人间俗语"宁尝鲜桃一口,不要烂杏一筐"充满着对杏的极大的偏见,说这话的人,一定没有吃过新疆的杏。

从伊宁市到可克达拉,公路两边有不少的杏树林。春天还没到来,远远看去,树林已经变了颜色,杏花的芽苞渐渐鼓胀,但还紧紧地藏在深紫色的花托里。就在你几乎忘记了它们的时候,某天清晨,不经意地望向窗外,哎呀,杏花已然开出一片淡粉色的烟霞!在早春较为荒芜的时刻,在别的树木刚刚冒出新芽的春风中,那一树一树的杏花映照着湛蓝的天空,尤为珍贵可爱。

七一七大道上也有很多杏树,大都是吊树干杏。

可克达拉市区的杏树更多。大道两旁、绿化带中,小区里,公园内，无处不在。市规划馆正门对面的公园里，有一片杏树林，杏花开放时，蜂蝶嘤嗡，香气扑鼻。

花城佳苑七区还有一个名字叫杏花苑，小区里绿化树木就是以杏树为主。

但杏花的花期不长，一场大风，一阵冷雨，一次倒春寒，花儿便会凋残。如果一直都是艳阳高照，杏花的粉渐次失于苍白，在疾驰的车窗外，在瞌睡人的眼眸里，渐渐不成为风景。

与桃之夭夭相比，杏花似乎冷艳低调一些。我读过的古诗词中，桃花诗多，杏花词多。而杏花（树）成精作怪，蒲松龄好像没有写过。《西游记》第六十四回，唐僧师徒过荆棘岭，风清月霁之宵，松树精十八公将唐僧摄至木仙庵，但坐论道谈诗，月明如昼，不肯放行。

正留客时，杏仙拈着一枝杏花登场："青姿妆翡翠，丹脸赛胭脂。星眼光还彩，蛾眉秀又齐。下衬一条五色梅浅红裙子，上穿一件烟里火比甲轻衣。弓鞋弯凤嘴，绫袜锦绣泥。妖娆娇似天台女，不亚当年俏妲姬。"

只可惜，因为杏仙想与唐僧婚配，便从得道的草木成为唐僧修行路上的配角——管他是千年的松竹桧柏，还是成精的枫桂杏梅，均被八戒一顿钉耙，三五长嘴，连拱带筑，悉数败坏。

读到此处，内心凛然一叹。

关于杏子，还有一点题外话。在我的老家，我们通常不说"杏子、桃子、梨子"，而叫它们"杏、桃、梨"。杏从树梢到手中，我们是摘，是够，我的新疆师友们不说"摘"，而是"拔"。且"拔"字用途之广，常常令我惊叹不已。不仅杏子可以拔，草莓可以拔，桃子、梨子、苹果，番茄、黄瓜、辣椒也可以拔，甚至洋槐花、榆钱也是用拔的，大地上扎根而生的荠菜、蒲公英、野芹菜都是可拔之物，那些摘、采、撸、剜、捋，统统可以不需要，一"拔"了之。

搞得我也有点"拔拔欲试"。

不知道从什么时候开始，我的口音里带了很多的新疆味儿：比如"po"和"bo"。我很多次听同事朋友讲话，几乎都把"bo"发出了"be"的音，怎么形容呢？本来是把口腔鼓起来，爆出一个音，但偏偏是要把嘴巴扁住，嘴唇一撇，把声音从嗓子眼里推出来。一开始我还十分注意，暗自要求自己千万不要学会，但不知道从什么时候开始，我也有点这样的倾向了。

再比如我曾耿耿于怀的，在家里不说在家里，非要说在房子。朋友打电话问：你在哪？从前我都是说我在家，现在张口就是：我在房子，你过来玩。

于是我想，入乡随俗这个成语，其实不是让你入乡去随"俗"，而是这"俗"不知不觉就改变了你。

然而，"试问岭南应不好，却道：此心安处是吾乡"。

石榴记

这几年流行软籽石榴。尤其是所谓的突尼斯软籽石榴,价格也贵得惊人,一个石榴要十块钱以上,但是颗颗晶莹剔透,汁水饱满,真的甜。

我喜欢石榴。

新疆有石榴,产自南疆的石榴。在伊犁,我还没见过石榴树,除了那种被当作盆景栽在深盆里的石榴,仿佛假的,似乎一年四季都挂着小小的花,偶尔也能看到鹌鹑蛋大小的果实。

南疆的石榴有两种,一种酸,一种甜。但无一例外,都是果肉薄籽粒大,不吐籽吃石榴,咽下去有点费劲。但剥开的石榴籽是真漂亮啊!一颗紧挨着一颗,每一颗都紫红发亮,都闪烁着宝石般的光彩。

一到秋天,大街小巷的手推车、三轮车上就是一车一车的深红色的石榴。有的车上安放一个手动榨汁机,几瓶已经榨好的石榴汁,一堆已经榨干汁水的渣子。穿着艾德莱斯绸裙子的姑娘三三两两站在车边,拿一个纸杯,小口地喝石榴汁。姑娘们乌黑柔顺的长发,在秋天的阳光下,闪烁着梦一般的光泽。

石榴可以算是古老的水果了。

在古时候的伊朗，野石榴到处都是，味道酸涩，人们用石榴籽做酱油：先把它浸在水里，用布过滤，可使酱油有颜色和辣味。有时，他们把石榴汁煮滚用来在请客时染饭，使饭色味俱佳。

石榴又被叫作涂林、丹若、安石榴、若榴木。

据说，阿拉伯人要求男人要像石榴一般——又苦又甜，在太平的时候对朋友们温和有情，但遇有必要起而自卫或保卫邻居的时候，就会激起一股正义的怒火。

卡尔维诺在他编著的《意大利童话》中有这么一个故事，一个国王的儿子在吃饭时切奶酪不小心划破了手指，鲜血滴在奶酪上，于是他突发奇想，就对母亲说："妈妈，我想有一个像牛奶一样白像血一样红的妻子。"自此，开始了他的寻妻奇幻之旅。在路上，王子遇到一个老人，老人给了他三个石榴，并交代他在泉水边打开。对，你猜得一点没错，三个石榴里都是他要找的人，在打开前两个石榴的时候，他没有像老人交代的那般，在泉水边打开，石榴中像牛奶一样白像血一样红的姑娘便死去了，经过了两次血的教训，王子才铭记教导，到泉水边打开了最后一个石榴。这个从最后的石榴里出来并完好存活的姑娘一丝不挂，披着王子的斗篷藏在树上等着王子来接。

我一直不能理解，为什么连到泉水边都等不及就要剖开石榴的王子不陪着这"初来乍到"的姑娘一起回到王宫，而是让她一个人在凶险未知的地方孤独地等待。也许，童话故事就是如此，童话故事也总是这样发展：丑姑娘、坏姑娘、嫉妒她美貌和将来地位的人，要害死她要替代她，于是一个叫萨拉奇娜的丑姑娘毫不手软地杀死了她，石榴姑娘的一滴血先是变成鸽子，鸽子也被杀死，花园里鸽血滴落处又长出了一株石榴，树上的石榴能叫垂死的人恢复健康，于是人们纷纷祈求恩赐，最后一个石榴在树梢上，萨拉奇娜想留给自己，心地善良的王子却将石榴给了一个丈夫快要死了的老婆婆，但老婆婆没来得及用石榴救丈夫，丈夫就已经去世了，于是把石榴留下来欣赏。后面的故事，像中国版的田螺姑娘，姑娘从石榴中走出，给老太婆洒扫庭除，等待被发现。再后来，我不说，你也一定知道：无论多么曲折，石榴姑娘必然会重新遇到王子，两个人必然将永远幸福地生活在一起。

童话就只是童话罢了，我并不知道，石榴里为什么会有牛奶一样白血一样红的姑娘，我其实也无法想象一个牛奶一样白血一样红的姑娘是什么样。我只是想，要是前两个石榴里的姑娘也活了下来，会如何？三个一模一样的姑娘，会和王子幸福地生活到地老天荒吗？也许，那又将是另外的故事，但也许只有前两个的牺牲才能成全王子和石榴姑娘最后的幸福。

这些其实都不重要，这个故事，给我印象最深刻的，是童话里的轻信、随意、残忍和血腥，尤其是故事的结尾，丑女人萨拉奇娜丑行败露，王子叫她惩罚自己，她竟说："把我身上涂上沥青然后在广场中央烧死吧。"如此对待自己，更是让我大惊失色。

相比外国的童话，中国语境中的石榴，基本上都是多子多福的象征。榴花胜火，有爱情的意蕴；石榴裙，俏丽而暧昧。武媚娘的那首《如意娘》，我总以为是将石榴裙写得最辛酸憔悴的诗："看朱成碧思纷纷，憔悴支离为忆君。不信比来长下泪，开箱验取石榴裙。"

陶弘景说:"石榴花亦可爱,故人多植之,尤为外国所重,有甜、酢二种,医家惟用酢者之根壳。"

中国的植物,都少不了药用。

石榴是很奇怪的水果吧。好像每一棵树上结出的果实口感都不一样。有的石榴小,但是石榴籽很甜。有的石榴很大很红,甚至在成熟的时候还裂开了,露出似乎诱人的籽粒,但是不行,尝一口你就知道,汁水酸涩,种子干硬。

初中好友静家种有一株石榴。种在院墙里,树下围着一个小花园。初中三年,每逢中秋节前后,石榴成熟的时候,她都会给我带石榴。从石榴皮还是青的,到渐渐泛黄微红,再到果实熟透了裂出小口。那是我吃过最好吃的石榴。

每一年吃石榴的时候,我们都商量,等到春天,要从她家剪几根枝条回家种,但每逢春天,总是不约而同地忘记,仿佛她家的石榴树只有秋天才存在。

有一天下雨,她邀请我晚上住在她家。一路上天色阴沉,小雨淅沥,一进她家的院子,眼前突然明亮起来:那一树的石榴花花开似火,翠绿的刚刚被雨水洗过的叶子,映照着火焰一般的石榴花,明亮了整个院子。

回想当时,才觉得那句"五月榴花照眼明",比白话还白话,却又非常难得。

午睡时做了一个梦。关于石榴。

我在窗台上看书,其实是心神不定地等一个人,因为我知道一个地方长满了蜀葵,而那儿的天空又蓝得特别好看。我想带他去看看，却又不确定那人愿不愿意去看。漫长等待的时候，觉察到身旁有一株亲戚家的石榴树，树旁是一间土房子，房子靠近石榴树的地方有一扇老窗户。那是一株很大的石榴树，但是它长着紫薇花的样子：被锯掉了一些主干，新鲜长出来的枝条顶端蓄满了细碎的花朵，一簇簇，含苞待放，像紫薇又像丁香，是白色的。我有点疑惑：石榴花明明是大朵而鲜红的啊，而且现如今也不到开花的时候。但我心里知道，它就是一株石榴树，因为我曾经在九月吃过它甜美的果实——它能结很多甜美的石榴。

风雨吹打在石榴树上，树上被锯掉的几根枝干上拴上了铁索——铁索自然是为了让石榴树保持健康、多实——仿佛已经有人这样告诉我了。风一吹，铁索就往外拉，绑在树干上的索套就一层一层地把那树干剥开，在树干被截断的顶端留下了一层又一层堆积起来的石榴树的纤维。每次索套即将到达顶端仿佛要被树干挣脱的时候，风就小了下来，索套就掉到它从前的所在，然后风又大作，周而复始。

风雨清晰，却仿佛只吹落在那株石榴树上。

梦境里出现了三个人，一个外国老头，在风雨中跨过这株石榴树，借着石榴树的高度跨过了近旁黑色的铁栏杆。他光头，戴一副眼镜，穿一件黑色的呢子大衣，一条黑色的裤子。他神态自若，仿佛风雨并不存在。当他跨到栏杆最上方的时候，栏杆的外面来了一个人，那是个中年男人，和这个外国老头似乎认识，但他们没有交谈，连对视也没有，我心里埋怨后面的那个人为什么不帮助前面的这个老头，因为我太担心他会挂在栏杆上，在风雨中凄惨地死去——他的年纪太大了，以至于他跨栏杆的矫健姿态让我怀疑带有某种表演性质。

　　远处又走来了一个模糊的影子,那影子走过去的时候,我看见他稀疏的头发上挂着亮晶晶的雨滴,但他和梦境毫无关系,也许只是个路人,从这里经过。

❋ 夜雨灯火 ❋

黄昏的向日葵

　　住在昭苏高原的时候，白天时间短，夏天每天只上七个小时的班。下班后的时间过于充足——小镇没有什么娱乐活动，又不能就待在屋里无事可做，就会出门散步。

　　初夏的时候喜欢去东边的矮山，野薄荷在石缝间、在草丛里、在牛马的蹄子下、在沿着雪水融化的黑土地上生长，散发着异乡的风情——那确实是异乡的，我老家的薄荷不是这般模样：细小的叶子对生，一簇挨着一簇，等到夏末，就开同样是一簇一簇紫色的细碎微花，散发着迷离梦幻的馨香。

　　在山上远望，每一条光洁的水泥路都通往农田，每一条路两边都是瘦高光洁拥挤的杨树。那些杨树挤挤挨挨，每一棵都直立向上生长，好像终其一生都要探出头去往更高的天空中瞭望。杨树叶子小而密，被风吹翻的叶片泛着银白的光，像不知道什么花开在树梢。而四面都是遥远的雪山。雪山下，草原舒展，羊群点缀其上，河水蜿蜒——冰凉的雪水从遥远的山巅落下来。澄澈的蓝天下，一万亩油菜花盛开了，八千亩香紫苏盛开了，一千亩向日葵也盛开了。

天空蓝得像是另有一个幽蓝而明亮的星球在关注、拥抱着我们。向日葵明艳的黄,不同于油菜花拥挤而娇嫩的黄,一朵朵向日葵像一个个痴情骄傲又倔强的少女,站立在一望无际的蓝天下,一直蔓延到遥远的雪山脚下,越来越小的葵花像约好了似的,渐渐隐去形状、笑声和身影,只余一点淡淡的黄,只余一缕淡淡的绿,夹杂在棕色的茎秆上。

高原黄昏,凉爽宜人,散步的人们对这种晚景司空见惯,只有我像个城里人似的没见过此种世面。

安房直子写过一个名为《黄昏的向日葵》的童话故事。一朵向日葵爱上了每天从她身旁跑过的少年。因为过于执着,她变成了穿着鲜艳的黄衣服、戴着宽檐帽子、嘴唇闪闪发光的少女,在少年需要帮助的时候,指引着少年藏到一艘废弃的旧船里,并将追赶少年的人指向了另外的地方。夏日炎炎,晚风逐渐清凉,向日葵变成了女孩是向日葵的一个梦,还是向日葵真的就变成过一个穿着鲜艳黄衣服的女孩,就连向日葵自己也不知道。总之空荡荡的船里躲藏的少年不见了,夏天也结束了,向日葵呢?蔫了,枯萎了。

这是一个读来令我久久难忘又恍惚不安的故事,穿着艳黄衣服的向日葵女孩羞涩的心事,如昭苏夏日高远而幽蓝的夜空中蓝莹莹清凌凌的星星,在无尽的夜晚闪烁,忽隐又忽现。

小时候村里有人家在玉米地旁稀疏地种几棵向日葵,高高的艳丽葵花伸出碧绿的青纱帐。上学路上,远远就能望见"秀于林"的那几株向日葵,心里不停念叨:哼!等你结籽就去偷来!然而,也不过是心里想一想,路上看一看。不知道什么时候,那几朵向日葵从小圆笑脸变成大圆笑脸，再枯萎了黄色的花瓣，饱满了圆盘，再悄悄地只剩下光秃秃的秸秆在日渐饱满的玉米中间兀自摇晃——一定有人偷走了其中的一个花盘甚至所有的花盘。

一直惦记着等到向日葵成熟的时候去地里偷几个回来，同事们笑话我：这也值得用个"偷"字！你去拉一车，也没人拦你。

当然，这不是我们吃瓜子的食葵，不是小时候摇曳在玉米田中的向日葵，而是制油的油葵。夏天从乌鲁木齐乘坐火车到伊宁，路旁就有一片连着一片的油葵在火车的行进中缓慢后退。也有在一大片碧绿的田地中忽而亭亭的几棵、几十棵笑脸——那是去年的油葵地。

"四月清和雨乍晴，南山当户转分明。更无柳絮因风起，惟有葵花向日倾。"伏天里读司马光《客中初夏》，有种莫名的清爽之感，仿佛夏天还未到来，仿佛春之余韵犹存。就在余韵犹存中，盛开的向日葵花田渐渐远去，整个夏天也渐渐远去了。

窗台上的天竺葵

读古诗《十五从军征》:"十五从军征,八十始得归。道逢乡里人,家中有阿谁?遥看是君家,松柏冢累累。兔从狗窦入,雉从梁上飞。中庭生旅谷,井上生旅葵。舂谷持作饭,采葵持作羹。羹饭一时熟,不知饴阿谁。出门东向看,泪落沾我衣。"寥寥数语道尽征战之凄苦、惨愁。诗中所说的旅谷大约就是旅行而来的谷子吧。谷种随风飞到荒无人烟的院子,落地生根,在破败的院子里自在生长,年年岁岁自生自灭,长成了一大片,以至于年少外出打仗耄耋而归的人,都能用其做饭了。而葵呢?葵是什么?我从来没有想过葵是什么。

有次读汪曾祺《葵·薤》,汪老也写到这首诗,他还重点探寻了"井上生旅葵"的"葵"是什么,从自己所知带"葵"的作物上分析开来,如向日葵、蜀葵、秋葵,最后研究总结推测说此葵为冬苋菜。冬苋菜没见过,也没有吃过,但那已经无关紧要了,是汪老的列举让我觉得有趣,他没有列举的还有一种"葵",就是天竺葵。听这名字就不像什么本地本国的植物,以至于我很长一段时间都不知道天竺葵是什么样子的。

确实，天竺葵原产于遥远的非洲南部。在外国文学作品中，它是常见且常常摆放在窗台上的花。如今世界各地，城里乡下，到处都有天竺葵的身影。

昭苏的天竺葵多。正红、樱桃红，浅紫、深紫，淡绿、鲜绿、嫩黄、明黄，还有粉红中间点缀着一些白色的、浅红中间点缀一些深紫的，猛地看这种两色花瓣，倒有点像三色堇了。

天竺葵易活，剪一段枝条插入土中，随便怎么折腾都能成活，花色又如此繁多，在向阳的窗台上，一摆一溜儿，也是一道景观。我来到伊犁之后，进过的许多餐馆，靠窗的阳台上都摆有各色的天竺葵。不管是晴日艳阳还是雨雪纷纷，它们开出的花朵都有艳丽之感，几乎使小餐馆"蓬荜生辉"。但它们的气味并不好闻，凑近了，花和叶都有一种淡淡的苦腥味。

文印室李阿姨种的一株天竺葵开粉色的大花瓣。不管什么时候去，那天竺葵都开着一簇粉色的绒球。春天窗外屋檐上的冰柱融化，滴答滴答，哗啦哗啦，像一条河哗啦啦流过，又像一场大雨在阳光中落下。滴水声以及融雪水在地上如小溪般流动的声音，带动着粉色的花朵仿佛也在舞动。偶尔一根冰锥掉落，砸到地上"砰"的一声巨响，整株花都要慌忙颤动起来了。

我见过天竺葵最好的花季是冬天。在昭苏有暖气的房子里，它们开得出奇地好。

天气阴沉时，世界灰白灰白的，远山顶上云朵厚重黯淡，一缕亮灰色的光线从云中落下，像雨线不断。暮色铺陈，然而雪仍在路上。成群的乌鸦从草原上飞回来，一到黄昏就呼啦啦拍打着翅膀从光秃秃的榆树上飞到松树没有雪的枝头。

那些天竺葵就在窗台上看着这些稀松平常的光景，日复一日、年复一年几乎相同的冬日风景。

晴天的昭苏像一个童话世界。

院子里长满白蜡、榆树、白桦和杨树的小树林总是笼罩在一片苍茫的白色之中。要么是冷洌而又独特的白霜，要么是浓重又神秘的晨雾，要么就是剔透而凌厉的雾凇。稀少的枯叶罕见地从积雪的树上露出来，几乎像一只鸟从厚厚的雪中探出了头。几株松树长在道路两旁，当然被厚厚的雪压住。

从住的地方走过来上班，踩着嘎吱嘎吱的厚雪，路两边也是堆积得几乎有一人高的雪。冷蓝的天空下，远处是为雪白头的连绵的天山山脉。天越晴越冷，冷得让人几乎不敢呼吸，吸一口气都觉得凉气会渗入心扉。围着围巾戴着口罩，鼓足勇气呼出的气甫一出口便已经在睫毛、眉毛和头发上凝成了晶莹的霜花。

太阳升高了，偶尔一阵风、一阵乌鸦拍打翅膀，都会震动树上的雾凇或者积雪，它们就像闪光却又轻盈的金子从树上"纷纷而来下"，悠扬、缓慢，映照着阳光，晶莹、闪烁，有时候就悬浮在空中，仿佛那一瞬，时光停滞，世界静止。

天竺葵在这样的天气里仍然盛开得无拘无束。是的，当然无拘无束了！它们在有暖气的室内临窗而立，开出一簇又一簇表情各异的花。

夜晚窗外如果一片暖黄色，那一定是一场大雪不知道从什么时候开始已经落下。雪花带着自身的光亮从世界之外飘落。在越来越隐约的温柔中，重读阿摩司·奥兹的《费玛》。看到第四章，我读到自己画线的地方，是写那个刚从耶路撒冷石头铺成的小径上爬起来的费玛，"心不在焉地站在雨中，看上去像个茫然不知从何而来又不知去向何方"的傻瓜，于是他抬头看到了许多窗户，紧闭的，或者虽打开却被窗帘遮蔽的，那些阳台上几乎都放着一盆天竺葵。"雨水使天竺葵发出肉感的光亮，让费玛想起一个荡妇那两片涂着口红的嘴唇。"就是那种令费玛想起"荡妇那两片涂着口红的嘴唇"的雨中天竺葵，让我当年莫名惊诧，于是才将书中所言天竺葵与实物对上了号。从此再读到外国文学作品中的天竺葵，才有了实物之指。

弗兰纳里·奥康纳有一篇以天竺葵命名的短篇小说。讲一个叫达德利的上了年纪的白人老头，跟着对他尽义务的女儿到大都市纽约度过晚年的无聊无趣。因为很难和后辈们融洽融合，每天，老达德利蜷缩在那把"与他的身体形状渐渐浑然一体的椅子里"，一边回忆往事，回忆自己熟悉的生活和熟悉的黑人"朋友"，一边等着十五英尺外的窗台上，一株总是在相同的时间被搬出来的天竺葵。复杂的城市，时髦拥挤，也肮脏寂寞。一模一样的大楼，一模一样的尖嘴猴腮的陌生人，以至于他每天打发寂寞和无聊时光等待远处窗台上一株被搬出来的天竺葵时，还心有不甘：我的家乡有很多天竺葵，我家乡的天竺葵才好看，我的家乡才适合养天竺葵，我家乡的天竺葵才是真正的、"千真万确"的天竺葵！

想独自度过晚年生活，却又对从未到过的纽约心生向往，窗台上那一株病态的天竺葵，那株最终从六楼掉下去摔碎了花盆、根裸露在空气中的天竺葵，在进城后悔之晚矣的老达德利眼中，是无聊，也是安慰，是无拘无束的乡下生活，也是无奈黯淡的现实挣扎。也许正因如此，他才对着空荡如伤口的楼梯，对着摔下六楼的天竺葵，不可遏制地泪水奔涌。

我真想对那个老头说，去捡吧，捡回那个落在小巷深处，根裸露在空气中的天竺葵。它太不容易死了。只是我深知，他在乎的并不是那一株天竺葵。

蜀葵与木槿

昨晚有梦,梦到小时候的伙伴。她正在揪园子里盛开的蜀葵给我粘在耳朵上,又给我编辫子。编好两根辫子,她扶正我的头,郑重地跟我说再见,然后就爬到高高的蜀葵上,坐在枝头:蜀葵会长得很高,到时候我就飞到天上去了,以后我们就再也见不到了。过了很久我来看她,她仍旧端坐在蜀葵上。蜀葵长高了些,而她似乎变小了些。我拉她一起回家,她不愿意:明天你再来,就见不到我了。第二天我再去园子,碧蓝的天空中,蜀葵像魔豆般高耸入云,她变成了蜀葵上的一个小点,隐约可见,我的耳边仿佛回荡着她的声音:再见呀!我飞到天上去了。

醒来一阵恍惚,这个莫名其妙的梦啊。

蜀葵梢头的那个要"飞到天上去"的女孩叫兰,比我大两岁,是祖母的邻居。小时候我跟着祖父母生活,和她一起玩闹、一路上学。我做的第一顿被小叔奚落的面疙瘩,还是跟她学的。那时候,我们没少吵架。吵架、和好,再吵架、再和好,一直到她初中辍学。我接着上学,她出门打工,那以后,我们就几乎没有再见过面了。

梦境中的蜀葵，是兰家园子里的。一株高高的茎秆，一边往上长，一边不停地开花，一边又把种子结成一个个饱满的扣子。

在村里，几乎没有谁家的园子里种过花——指甲花是不算的，那是染指甲的，有园子的人家都有。指甲花旁边一定还有一篱笆的眉豆，眉豆的心形圆叶子刚好用来包涂了指甲花的指头。

兰家的园子入口有一棵高大的枣树，枣子成熟，我们一定会爬到高高的树梢摘最甜的枣子。树上看过去，并没有什么视野，目光总被附近的树木遮挡，不是有刺的洋槐树就是硕大的枫杨树。枫杨树下潮湿的荒草中遍布着几乎都长不成株、像豆苗一样的枫杨树幼苗。谁家门口还没有几棵大树呢？就只好看看树下的园子。

园子边角篱笆跟前除了开着各种颜色的指甲花，就有一丛粉色的蜀葵，也许还有一簇淡紫色的鸢尾花，我已经记不清楚了。

那些花儿都是兰种下的。不知道她从哪里弄来的种子。每次她都细心收集种子交给我，让我也种到家里去。但我常常不是把种子弄丢，就是把种子撒在一块家里经常泼水的地方——我们家的院子实在太小了。那些种子总是无一例外地被冲走、被泡烂而从未发过芽。

彼时我们不叫它蜀葵，叫它秫秸花。兰家园子里的秫秸花，是粉色的，花瓣中间靠近花蕊的地方颜色深红，盯着看，好像看到一个人的眼睛里，神秘而幽深莫测。

蜀葵的后面是一棵木槿。开在一起的时候，蜀葵的花就显得不如木槿庄重和谨慎。不横向比较的时候，木槿的花，开了的，不如没开的好看。我更喜欢那未开的花苞。结实、干净、爽利，色泽鲜明，绿色的花托包裹着深粉色的蓓蕾，看得人心满意足、忧虑全无。可小时候，我们都是喜欢盛开的鲜花的，还不懂得花未全开月未圆的深意和蕴藉。

兰家的木槿来自小学语文老师家。老师家园子的篱笆几乎是木槿围成的。

同属锦葵科的木槿和蜀葵，花型有点相似。皱纹纸一样的花瓣，一个浅红，一个淡紫。像假的。

我们悄悄从小路旁走过，借着木槿本身枝条的掩映，掐几朵花，一瓣一瓣撕下来，再将花瓣底端小心撕开粘在耳朵上当耳坠。

因为看到老师家的篱笆中有很多从木槿树上砍下来的枝条，都叶子舒展，甚至还开出营养不良般的小花，就偷偷地攀折几根枝条，甚至急功近利地直接攀折带着新鲜骨朵的枝条，带回家种。

可从来没有种活过。直到我们又一次攀折时，被师母抓了个正着："你们干吗！"

兰才不怕，理直气壮地说："你们家的花这么好看，我也想种。"

师母被气笑了："现在夏天，花开这么大，叶子长这么多，你们折下来种？！"

我和兰面面相觑。

"等春天的时候吧。"师母说。

第二年的春天，兰家的园子里果真种上了从老师家拿来的木槿。那是一棵已经生根并发出枝杈的木槿，当年就有花骨朵冒出来，开出五瓣大花片托着一丛细碎小花瓣的浅紫色花朵。雨水淋过，油亮的花和叶微尘不染，滴水不沾，花和叶更加明亮。那种明亮，是阴沉天气里沁人心脾的亮。

兰自己种上了木槿，却惜之又惜，再不肯摘一朵下来，扯花瓣粘耳朵上当耳坠了。

后来知道木槿花能吃。于是心里总有种看到过老师一家围坐吃花的假象：夏夜清凉，月朗星稀，鸡鸭鹅悄然无声，猫狗却在脚下摇头摆尾，蝉鸣树梢，风从四面吹来，篱笆中的木槿花在月光下摆动着它们的影子。老师一家人围坐在院中，一道以木槿花为主料的什么菜就摆在桌子的正中央……

但他们应该是没有吃过，大概也根本不知道这花除了观赏、除了当围墙，还能吃。木槿花炒鸡蛋，据说美味。又有一道菜：油炸木槿花。但木槿花碰到油炸，不知道炸成什么样。有天早上母亲从院墙上摘了十几朵南瓜花，裹上面糊，下锅炸了，趁热吃，咔嚓咔嚓，有点花朵的芬芳。但是油太多，而且浸到了裹着的面粉里，酥脆感也是几秒钟就没有了。油炸木槿花，也许略微类似吧？

总觉得开得热闹风火的蜀葵与"无心驻车马，开落任薰风"这样的诗句并不合拍，"朝看暮落"的木槿看起来更容易"开落任薰风"。从前的"凉风木槿篱"，已然成为园林、城市绿化中显眼的一种。

可克达拉儿童公园的迷宫旁就有几棵木槿，初种下时是一个小小的棒棒糖形的低矮灌木，长了这几年，一株木槿铺展一大片树冠，盛开的时候，花朵紫红，枝叶暗绿，一株株圆滚滚的，开在碧绿的草坪上，很是好看。

除了木槿，儿童公园里的花果实在很多。公园只有巴掌大，但花草树木非常多。三月四月是碧桃、梨花、杏花、苹果花、山楂、海棠，是芍药、丁香、鸢尾、锦带花和萱草，还有一些叫不出名字的，五月以后花少树多，但也有月季一轮一轮一直开到冬天下霜下雪，薰衣草在迷宫中散发淡紫色的幽香，稠李细碎而密实的小白花儿，芬芳扑鼻。孩子们在公园中奔跑、打闹，很少有谁抬眼看看盛开的花朵。这些花草树木，丝毫不能令他们感到意外和新奇，因为它们已然成为孩子们生活中不可或缺的一部分。

故乡与他乡，只有在逢年过节的时候，夜深人静的时候，才会有点分明。我很多年没有回过老家，不知道老师家的篱笆墙还是不是木槿做的。从前没有吃过的木槿花，现在要吃，大概更不容易吃到了。

那年春节回家，正赶上兰的弟弟结婚。她家种过蜀葵和木槿的地方，盖起了一栋两层的楼房，是弟弟的婚房。楼房明亮的玻璃闪着耀眼刺目的光，喇叭唢呐的吹奏吵得人耳朵生疼，兰温柔地哄着大孩子去带小孩子玩。我们站在冬日的阳光下，想说点什么，却又什么也没有说出来。

"蕉下客"

小区的另外一头,有邻居在门口种了几丛美人蕉。土里施过有机肥,美人蕉的叶子绿得黝黑发亮,黄色、深红的花朵大而厚重。一丛开在栅栏外面,一丛开在白蜡树下,袅袅婷婷,真是花如其名,美人般临风而立。

这是我第一次在可克达拉见到美人蕉。不,应该是第一次在伊犁、在新疆见美人蕉。在我的印象里,美人蕉是温暖的南方植物,最起码也得是嘉峪关以外的植物。

我家种过一次美人蕉。

初中一年级的时候,学校动工盖新教室,地基周围树木被挪了地方,花花草草只拣了大的重新栽种。一些调皮胆大爱凑热闹的男生围在跟前翻东找西。放学的时候,隔壁班的表哥喊住我,满是泥巴的手里捧着一块什么东西的根茎过来让我带回家种。问他是什么,他含含糊糊也说不清,只说这是好花的根,你回家让大姨埋在土里,年年都会像学校里的那样开花。

那是秋天还是早春,我完全不记得了。只记得夏天的时候,靠近堂屋窗户的院子,长出了一大片的美人蕉,浅黄的花,碧绿的叶。雨后叶子更美,而花朵便有点受到伤害似的,薄薄的,透明的,被雨滴打伤了。

只可惜,大概是那年冬天太冷冻死了根,第二年一个芽也没有发。

父母到上海打工,我们姊妹去过暑假。那是浦东的乡下。水泥公路铺展,水杉笔直高大,踏过松软的落叶,就是一畦一畦的稻田,方正如大大的田字格。夏日午后,树影斑驳,蝉鸣如雨,稻秧翠绿,渠水清凉,一只大龙虾不知从哪里蹦到路上来。人家的屋后面,厂房外,水塘边,临水照花,除了紫薇,便是美人蕉。公路两旁尤其多。高高大大的,硕大的翠绿的叶子捧出红的黄的花束,挤挤挨挨,挨着公路两边,一直延伸到看不见的地方。被风吹烂的叶子上落满灰尘,但花朵总是那么明亮鲜艳,二十多年过去,每次想起,仍有明亮的黄色花朵在阳光下闪烁。

说到美人蕉,不免想起芭蕉。在唐诗宋词中流连的,芭蕉居多,不管什么时候读到,都令人心思缱绻,百转千结。

唐代徐凝,拿芭蕉与美人蕉对比过:"红蕉曾到岭南看,校小芭蕉几一般。差是斜刀剪红绢,卷来开去叶中安。"

诗句过于通俗和写实,毫无意蕴可言,只可当岭南风物之记录。皇甫汸有首《题美人蕉》诗,可约略与芭蕉分一点风致:"带雨红妆湿,迎风翠袖翻。欲知心不卷,迟暮独无言。"

《红楼梦》中芭蕉很多。怡红院外有一株海棠、数本芭蕉,这也便是宝玉最初题写匾额"怡红快绿"的缘由。探春最喜芭蕉,结海棠诗社时便为自己取名"蕉下客"。黛玉笑话她是"蕉叶覆鹿"的鹿。其实那覆盖住樵夫打死之鹿的,并不是芭蕉的

"蕉",而是砍来的柴。黛玉当然不是不知此蕉叶非彼蕉叶,不过是利用这个典故现成的字面捉弄一下探春罢了。

元春省亲,游幸大观园,令一众姊妹兄弟为匾额题诗。别人都气定神闲,唯独宝玉,在作"怡红院"一首时,因说"绿玉春犹卷",被宝钗提醒说元妃已将匾额由"红香绿玉"改成"怡红快绿",可见是不喜"绿玉",何必再写"绿玉"呢。宝玉一时智短,无奈拭汗。宝钗有心相帮,便令他将"玉"字改成"蜡"。一说典故,宝玉顿时洞开心臆,连称宝钗为一字师,还说"从此后我只叫你师父,再不叫你姐姐了"。

这典故出处,便是钱珝的《未展芭蕉》:"冷烛无烟绿蜡干,芳心犹卷怯春寒。一缄书札藏何事,会被东风暗拆看。"

这是我读过写芭蕉最温柔可爱羞怯的诗句了。把未展芭蕉比喻成少女心事,不像其他,常常与雨和夜晚、与思念和忧愁交织。

雨水洗过蕉叶,蕉叶的绿便带了浓浓的雨意。芭蕉似乎是为雨而生。

"芦叶西风惊别浦,芭蕉夜雨隔疏窗""窗前新种绿芭蕉,夜雨声声枕上敲""短檠灯火掩书卷,屡听芭蕉夜雨眠"……无一不是蕉窗外夜风瑟瑟夜雨潇潇。古筝名曲《蕉窗夜雨》,将漫漫长夜孤客不眠,静听雨打芭蕉的愁绪表达得淋漓尽致。

宋代诗人胡仲弓有一首《芭蕉》:"为爱芭蕉绿叶浓,栽时傍竹引清风。近来怕听愁人雨,斫尽檐前三四丛。"因为惆怅而迁怒雨打芭蕉的心意几乎与"打起黄莺儿,莫教枝上啼。啼时惊妾梦,不得到辽西"一样令人怜爱和伤感。

芭蕉是属于南方的植物。园林中的芭蕉暂且不提,出门在外,汽车奔驰在南方大地,那一闪而过的除了春天开满山坡、一树一树的玉兰,除了夏日覆盖山坡、浓密茂盛的翠竹,便是举着硕大叶子的芭蕉了。

如果是晴天,天空之蓝、云朵之白和芭蕉之绿,便一时明媚起来。但若是阴天,那风中摆弄硕大叶子的芭蕉,在远山迢递中,似乎也带来了无限忧愁。

人在旅途,难免有孤客之感,便总想到一点芭蕉一点愁。但哪里是芭蕉愁呢?

芙蓉生在秋江上

小区门前公路旁的绿化带里，胡乱长着草花，诸如石竹、黑种草、亚麻花、蛇目菊、百日草、金鸡菊、大滨菊……高矮参差，花色杂陈，新栽的悬铃木刚刚成活，树皮斑驳，枝干萧索，颇有野地之风貌。

大约是觉得不好看，这片绿化带就被重新布置了。有一片种了小叶女贞，两丬小叶女贞之间，埋下了一墩一墩的某种植物的根。

我常常猜测这是什么，但花叶全无只是光秃秃的枯根，甚至连是不是活的都不知道，如何猜得出来？

然而日子匆忙，一次散步路过，突然发现那绿化带里居然开出了硕大的五颜六色的花朵，叶子硕大、花朵硕大。仿佛一夜之间，那些根变魔术一般，一下子就抽出了叶、开出了花。

这些颜色丰沛的花，花瓣大而单薄，五片花瓣将一柱花蕊围住。猛地一看，有点像大号的棉花。只有根的时候不认识，现在花叶俱全，仍旧不认识，拍照百度，搜索对比，才知道它们叫芙蓉葵。小孩把鼻子凑近，那花朵居然像一只大碗可以"装"下一张脸!他一边闻一边问,妈妈这是什么呀?我现学现卖说,是芙蓉葵呀。他听到便立刻说,妈妈妈妈,是"芙蓉生在秋江上"的芙蓉葵哦。我一时有点愣,许久才想起,这是高蟾的诗句。

这首诗我曾经给他录过,但一读即忘,他自己每天听,居然会背了,还能在说到芙蓉葵的时候联想到芙蓉,尽管"指鹿为马",但当妈的心也真的有几分安慰了。

佛系带娃的我,有时候也会生出突然而至的焦虑。就想让他会点什么,会点什么呢?英语?发音不准。数学?哎,别提数学吧。只好想想最简单便捷的:读古诗吧!

平常觉得自己会背不少古诗,但是秋天来了,叶子黄了,想教小孩一首什么秋天的诗,脑海里忽然就一片空白,想很久才想到一句"雨中黄叶树,灯下白头人",这凄凉、这晚景,也就不太想读给孩子听。就只好等孩子睡着后翻翻手头的书,翻到觉得简洁明快的诗,就录下来,一边自己熟悉一边让小孩听着玩。

小孩子记性好,学得很快。

很多时候我只是读两遍,录上了,就不管了,回头一忙工作,忙其他闲事,就把这诗给忘了。而小孩常常会在他听得半生不熟的时候,非要背给你听,并且只背出前面两句,问:妈妈,后面是什么呀?如果他发音精准,你还能立刻在脑海里回忆翻腾这是一首什么诗;如果你心不在焉,加上他口齿不清、吐字不准,你连猜都无从猜起。只好给孩子道歉,说妈妈也记不得了,我们查一下好吗。然后默默确认、多读几遍,记住它,以防小孩再次提问。

高蟾的几首诗我就是这样背会的。

不过，小孩所说的"芙蓉生在秋江上"之芙蓉和眼前这芙蓉葵，也不能说毫无关联，毕竟它们都属于锦葵科嘛。木芙蓉初开时是白色或浅粉色，再渐渐变成深红色，一朵花上白色、粉色、深红的比例不同，就似乎生成了许多不一样的花。它们长在高高的枝头，花瓣簇拥在一起，有点骄傲地随风摇曳。

我趁热打铁，就问小孩，这首诗是谁写的呀？他口齿不清地说唐高蟾，还没等我夸，就接着一口气全背了出来：天上碧桃和露种日边红杏倚云栽芙蓉生在秋江上，不向东风怨未开（只在第三句停下来喘了口气）。他又接着问：妈妈，这诗是什么意思呀。我又一愣。诗是好诗，言是好言：有碧桃，有甘露，有日出，有红杏，有芙蓉照水，有秋水绵绵……诗中表达过于丰富，向两岁多的孩子解释起来有点费劲。但他并未到疑心重重的年纪，三言两语打岔也就过去了，只是深夜细想，心潮澎湃，意绪难平。

高蟾这个人，如果用他的一句诗来形容，那大概就是"一片伤心画不成"。

《唐才子传》中，关于高蟾，叙述不长，转录如下：

> 蟾，河朔间人。乾符三年孔缄榜及第。与郑郎中谷为友，酬赠称"高先辈"。初累举不上，题省墙间曰："冰柱数条擘白日，天门几扇锁明时。阳春发处无根蒂，凭仗东风次第吹。"怨而切。是年人论不公，又下第。《上马侍郎》云："天上碧桃和露种，日边红杏倚云栽。芙蓉生在秋江上，不向东风怨未开。"意亦指直马怜之。又有"颜色如花

命如叶"之句,自况时运蹇塞,马因力荐,明年,李昭知贡,遂擢挂。官至御史中丞。蟾本寒士,遑遑于一名,十年始就。性偶傥离群,稍尚气节。人与千金无故,即身死亦不受。其胸次磊块诗酒能为消破耳。诗体则气势雄伟,态度谐远,如狂风猛雨之来,物物竦动,深造理窟,亦一奇逢掖也。诗集一卷,今传。

(关于这首《上马侍郎》,大概是因为记录或者其他什么地方出了错,与平常见到的题目并不一致——《下第后上永崇高侍郎》,这首诗写给高侍郎抑或马侍郎,于我来说无关紧要。)

《唐才子传》中这短短不到三百字的一段,说完了诗人的一生:命运,累举不上,时运蹇塞;性格,偶傥离群,稍尚气节;诗作,气势雄伟,态度谐远。

这样的人,在唐代生活必然是不如意的。那首《瓜洲夜泊》,这样写:"偶为芳草无情客,况是青山有事身。一夕瓜洲渡头宿,天风吹尽广陵尘。"

关芳草青山何事?广陵又有什么尘?

白发无人能医,年华逝去,人无再少年啊。然而,即使"鬓欲渐侵雪,心仍未肯灰"。

他真是天地间一个可爱可怜的天真的人,即使鬓发渐白,却还明知故问:"何事满江惆怅水,年年无语向东流。"

人生境界与心态,实在不如他之后的东坡豁达。

深陷乌台诗案,被贬任黄州团练副使,政治生涯遭受如此大的打击,苏轼却能在偏僻、遥远、陌生他乡的春雨潇潇里,子规声声中,写道:"谁道人生无再少?门前流水尚能西。"

高蟾的"平生心绪无人识,一只金梭万丈丝",在苏轼那里,也许就是一句:"谁怕!"

所以,在金陵的秋日黄昏,高蟾极目四望,傍晚苍翠之景中,鸟鸣虫唱,风吹叶摇,云朵浮动,心内怅然,无人可表,只好说:"世间无限丹青手,一片伤心画不成。"

其实两人并没有什么可比性,只是晚间小儿走进卧室,光洁的地板上映出一轮明亮的圆月,他大声呼喊:妈妈妈妈,你看看地板上"明月几时有"!这才想起苏轼。

一个人命途多舛,于其自身来说是不幸。他自己当然可以说:我于苦难中得到了另外的恩赐,但旁人若不痛不痒地说这些苦难是财富、是历练,可苦心志劳筋骨云云,听来未免有些不是滋味。

纵观苏轼的一生,你所能看到的,都是不管在怎样的逆境中都闪耀的永恒的光亮。命途多舛却极富创造力,那样一个放任不羁的潇洒的灵魂,即使在他生活的时代,亦令人倾倒,追随者众。

苏轼一生中多次被贬,却从未潦倒过。

王巩告别岭南,命歌妓寓娘劝酒。苏轼问寓娘:岭南风物如何?与家乡相异,恐怕很不习惯吧?那歌声如雪花飞舞在炎夏的"点酥娘"笑语盈盈:此心安处,便是吾乡。

此心安处是吾乡,也可以说是苏轼对待生活的态度。

他几乎总想在谪戍之地安下家来,耕田锄禾,饮酒作诗。也许他每到一处,总是他乡当故乡,使此心安。但人的命运并不常常在自己手中，于是常常奔波劳苦，在大地上辗转，而正是这种漂泊不定的无归属感给了他无数的诗意和灵感。

在黄州，他像当地真正的农人一样，头戴斗笠、手扶犁耙，在田间耕作，把陶渊明的《归去来兮辞》，句子重组，教农人按照民歌小调吟唱。我读后久久不能忘怀，那田地在青山绿水之间，或许，还在青山之上，放眼四望，到处是春天的翠绿和希望，而四野歌声渐起：归去来兮，胡不归？

不能说是苦中作乐，他天性豁达如此。也是在黄州，他写了名篇《前后赤壁赋》。明月夜，泛舟江上，他意宽广豁朗。世间风物，耳得目遇皆为己有。贬戍之地，或许风景不如别处，但风景之美否，多半在于观风景之人的心意吧。

后来苏轼又遭贬戍，这次是更偏远的广东大庾岭以南。他以六十高龄，长途跋涉，风雨兼程，从北至南，并非不苦，但于他来说，绝不寂寞。在岭南，他酿桂酒，烹羊脊。阳春三月，他在一座不高的小山顶盖房。房屋雅致至极，共有二十间，北望河水；南面，他植上橘树、荔枝、栀子、枇杷、杨梅……他在春风微醺里酣眠，又在房后寺院钟声中悠然醒来。

这简直不像贬戍之人的生活，没有丝毫的落魄！然而细想，那时怎会不落魄：俸禄少且不按时至，一大家人要生活，所谓房子也不过是因时因地制宜而已。但也只有苏轼，有这种化落魄为旷达的能力。

然而，即便如此，在新居落成仅仅两月，他又被贬谪！这次却是到海南岛！海南岛在那时怎么会是好地方！尤其是对一个花甲之人。他其实也已做出最坏的打算，在给友人王古的信中说：

"某垂老投荒,无复生还之望。昨与长子迈诀,已处置后世矣。今到海南,首当作棺,次便作墓。仍留手疏与诸子,死即葬于海外,生不契棺,死不扶柩,此亦东坡之家风也。"不管何时读来,都令人鼻酸。

然而他住下后便说:"此间食无肉,病无药,居无室,出无友,冬无炭,夏无寒泉,然亦未易悉数,大率皆无耳。惟有一幸,无甚瘴也。"

因此他还说:"问汝平生功业,黄州惠州儋州。"

用林语堂先生的话来说,像苏轼这样的人物,是人间不可无一难能有二的。

是的,拿苏轼来和高蟾对比,很不公平,太不公平。他永远不会像苏轼那样:"尚有此身,付与造物,听其运转,流行坎止,无不可者。"

所以有时我想,如果不是生活在唐代,而在眼下,高蟾会是什么样子?

想来想去,我发现很难为高蟾描述一个现世生活。

一个人的想法和生活,观念和心态,与他身处的时代密不可分。你怎么可能脱离他所生活的时代来谈论他呢?

高蟾家贫,是寒门学子,高考未必考得上,也许复读好几次,终于考上,但又只会读书、作文,只好学一个文科的专业,毕业找工作勉强糊口。考公务员?也许会,但也大约会常常"下第"。

工作之外的高蟾呢?情感之中的高蟾呢?我没有找到更多的诗句,他的诗名不大,诗作留存下来的不多,仅有的二三十首诗,也只有"天上碧桃"和《金陵晚望》比较出名。

关于生活和情感,远在异乡的杜甫在月夜直接写道:"今夜鄜州月,闺中只独看。遥怜小儿女,未解忆长安。"常以忧愤面目示人的他也有清爽闲适的夏日生活,与家人相亲相近:"老妻画纸为棋局,稚子敲针作钓钩。"

苏轼这样情感丰富、感情丰沛的人,自不必说,即使是诗歌中向来秘密最多的李商隐,也有雨夜里直白隽永的相思咏怀:"何当共剪西窗烛,却话巴山夜雨时。"

高蟾的诗歌中,找不到这种情感的流露,我读到最多的,是缺少知音的伤怀。读多了,让人有种感觉:他像一个才华并不是特别出众的人,却常常抱有怀才不遇之心绪。

很多年后,韦庄写过一首《金陵图》:"谁谓伤心画不成?画人心逐世人情。君看六幅南朝事,老木寒云满故城。"

伤心画成画不成,其实并不重要,重要的是心已然有"伤"啊。

如果是天山红花

并没有觉察今年雨水特别多，但漫山遍野的野罂粟开花了！单薄细弱的茎秆擎着四瓣的花朵，在浅草里一株挨着一株，一朵连着一朵，闪着毛茸茸的光亮。游人在花丛中，一边惊叹，一边拍照，一边望向山坡下汽车扬起的尘土。

有牧人牵着马，慢腾腾地边走边用不太流利的汉语招呼：照相了，骑马照相。远处的山坡上，红花渐渐变得小起来，仿佛连着远处的雪山，仿佛连着天边的云朵，远远的坡上，一个孩子骑在马背上，用他的背对着我。

野罂粟，在伊犁，我们叫它天山红花。天山红花并不是每年都开得这样热烈。有一年五月，我们专门去尼勒克县木斯镇看红花。到的时候已是正午，太阳热烈，放眼望去除了连绵空旷的远山，还是连绵空旷的远山，脚下干燥的草丛中只零星地开着几朵同样干燥的红花，再往前看，一两匹马心不在焉地啃食着干燥的草。

天山红花的种子深埋在广袤的草原里，它们有足够的耐心等待，等着哪一年雨水充沛，湿润的空气，将它们从黑暗潮湿的土地里唤醒。于是春风一吹,它们在一片又一片绿意融融的山坡上舒展开纤细的茎秆,把花朵从毛茸茸的花苞里送出来。

我有时候想,天山红花这个名字真的是过于潦草,过于敷衍了事了。盛开在天山脚下,色彩艳红,所以就叫天山红花?别的花都有动人的独特的名字,比如桃花、杏花、梨花,比如梅花、荷花、桂花,比如雏菊、金盏菊、矢车菊,比如……

有人告诉我说天山红花就是虞美人,我心里有点怀疑,但又想相信,只是心里嘀咕:即使叫虞美人,也不能表达它的个性啊。是的,任何名字都不能表达它个性的千万分之一。

但天山红花究竟是不是虞美人?我没有考证过。姑且不算吧。

我知道,虞美人有各种的颜色,有红、黄、白以及各种组合搭配的彩色,有单瓣、有重瓣。但天山红花只固执地开着薄薄的单瓣,靠近花蕊的地方有一圈亮亮的黑,像某种隐喻,让这单薄的红在黑的衬托下丰满起来。

在霍城县三宫乡,天山红花随着绵延的山坡绵延。近处的一个山头,被人稀疏地种着杨树,杨树下天山红花开得热烈。在红花丛中,间或夹杂着一丛细小叶子闪着蜡质光亮的野草,它们开着一簇一簇的蓝色淡紫的小花。人们在红花中看到这样的紫,也似乎有点惊喜,但又不是很在意。只随着山坡一转,又去了另一个山头。

那边就是天山红花盛开的山坡了!

目之所及,只在一个高高的坡顶上有一棵高过花朵的树,那棵树枝杈凌乱,是一个又一个延伸向远方的山坡上唯一的一棵树。天山红花在略显灰白的天空下,在同样纤细的草丛中探出它们带着黑色亮圈的花朵。蜜蜂并不多,和红花比起来,远处的游人也显得十分稀少、渺小。人们陷于汹涌的花丛中,也仿佛和山坡、红花融为了一体。

只有在这个时候,我相信,把天山红花叫作虞美人,才有了些许不同的诗意。我还记得看宫崎骏编剧的《虞美人盛开的山坡》这部电影时带来的感受。摇曳的虞美人花朵,被风吹过的大海,少年脚下的单车,下坡的路……那种细微的忧伤和美,让我至今难以忘怀。

事物带给人的,并不仅仅是美的享受,也许更多的是眼前之景、之物所牵起的回忆,它们为某种早已遗忘的情感打开了一个幽远而神秘的通道。人在此时此刻,思绪已然飘远。所谓触景生情只是其中之一,真正让人心动的,也许并不是因此情此景而触动的"情"。也许是某个永远也不能到达的远方,像这漫山遍野的红花一样汹涌的大海;也许是某个一生也不曾遗忘的爱人,像这淹没于相同花海你却一眼就能认出的唯一却并不属于你的花朵。

此刻,天山红花(或者别的)是一个重要的线索,指引人靠近或远离一种情绪。

普鲁斯特曾说,真正的旅行不在于发现新的风景,而在于用新的视角观察事物。

这是不是旅行姑且不说,我知道他其实只说对了一半。

世界上还有什么新的风景等待人们发现?世界上到处都是新的风景。因为,看的人不同;因为,风景之中,你身边的那个人不同。

莲叶何田田

我的一个朋友特别讨厌吃藕,因为"一想到藕断丝连这个词语,就觉得不爽快,因此讨厌吃"。

我喜欢藕,在皖北老家,藕最多的吃法是凉拌,鲜嫩的藕切薄薄的片,用开水微微焯过,青辣椒红辣椒切细细的丝,撒上盐,放上醋,滴几滴从后院福运家打来的香油,真是要多美有多美。这是咸食儿。

我在老家没有吃过别的方法做的藕。求学念书时到了皖南,才发现街头巷尾到处都有一种吃食:蜜汁藕!我从来不知道藕还可以这样吃,一截藕泛着淡红色——那是红糖给它上了色,藕孔中的米晶亮黏糯,它们端庄地在黏稠的汤汁中半露身子,不动声色地勾引着你肚内的馋虫。几乎要流口水了,却又故作矜持,假装淡定地问:"怎么卖的?"然而等不及回答,就快快地说:"称一点吧。"

蜜汁藕好像女孩子喜欢得多一点,甜美香糯,糯米的黏软和莲藕的清香糅合,红糖熬出的汁水浓稠晶亮,吃一口,仿佛爱情一般甜蜜。

如果说藕的美好之处是吃货的秘密,那么跟藕血脉相连的莲子、荷花、荷叶呢?

想象一下,碧波之上,"莲叶何田田",在这碧绿之上,间或露出盛开的、含苞待放的荷花,风吹来,碧波连着绿荷、淡粉连着红莲……

这大片的、美得波澜壮阔的"莲叶何田田",长大后才得见。小时候,村里有人家挖了两个半亩大小的池塘,每到夏天荷叶长出来时,我们这群孩子总是蠢蠢欲动,想摘一片荷叶当遮阳伞,下雨的时候顶在头上,也是很酷的呀。但从荷叶长出来到它们渐渐枯萎,也没有人去摘一片,大孩子是有去摘的,我们太小,一则不敢,二则,大人们说,把荷叶摘掉,下面的藕就要坏了,到时候大家就没有藕吃了。没有藕吃不划算呀,所以我们就老老实实远远地看着它们吧。

夏天落雨的时候,那荷塘里蛙声连绵,雨水像珍珠在荷叶上滚来滚去。雨水停止,乌云散开,阳光清亮地照在荷叶上,残留的雨珠儿折射出彩色的光芒,常常令人看得发呆。

上学时,老师叫背诵朱自清的《荷塘月色》中的几段,描写的倒并未记住,念念不忘的是他引用的句子:"于是妖童媛女,荡舟心许;鹢首徐回,兼传羽杯;櫂将移而藻挂,船欲动而萍开。尔其纤腰束素,迁延顾步;夏始春余,叶嫩花初,恐沾裳而浅笑,畏倾船而敛裾。"念起来的时候就不断想象那从前的时光:初夏悠悠时光,小舟中采莲女风姿绰约,湖面风光秀美,一派热闹、自由之景,而爱情于良辰美景中肆意流淌。

后来读萧绎《采莲赋》全文,才知道后面还有一曲姑娘们采莲时唱的歌："碧玉小家女，来嫁汝南王。莲花乱脸色，荷叶杂衣香。因持荐君子，愿袭芙蓉裳。"我觉得这曲子和诗经中《桃夭》可以一起当作嫁娶之歌，只是一个在春天，一个在夏日。

与荷有关的诗词写出的意境都那么美，就像我最喜欢的《西洲曲》："开门郎不至，出门采红莲。采莲南塘秋，莲花过人头。低头弄莲子，莲子清如水。置莲怀袖中，莲心彻底红。忆郎郎不至，仰首望飞鸿。"我有时想，是思念令她打开门来观望，未见郎至，于是顺便找个借口：我并不是想看谁，是想出门采莲。

我忘了问那个不爱吃藕的朋友，喜不喜欢这些诗词。

薄　荷

有一次小舅舅到我家里来，一进门就掏出全身上下口袋里的东西，一边掏一边嚷：姐姐快来，我带了好东西来，中午就用它下酒。妈妈还没到跟前呢，我就好奇地围上去，哎，我当是什么好吃的，原来是薄荷。

舅舅走小路来我家，一路上，野地里也过，河边也走，哪里近走哪里，看到一片片碧绿的薄荷，忍不住边走边采，直到装满了全身上下的口袋。

妈妈哭笑不得，把他掏出来的薄荷洗干净，用盐给腌了起来。吃饭的时候，舅舅拍着我的头说：去，把我的薄荷端来。我一溜儿小跑到灶房，管妈妈要薄荷。妈妈一边用手揉薄荷，一边往堂屋走。舅舅看见妈妈大喊一声：姐啊，你把我的薄荷给毁了。谁叫你用手揉了啊？放点盐就行了嘛！

舅舅喜欢吃那样的薄荷，说是够味儿。那个中午，他老是冲着那盘被我妈用手揉过的薄荷叹气。

因为舅舅的夸张，我记了很久。

老家里的薄荷到处都是，尤其是河坡上，四五月份的时候，你随便挎一个小篮子，或者带一个蛇皮袋，采薄荷去吧。在我的老家布口，人们不怎么吃薄荷。常吃的野菜是荠菜、灰灰菜、苋菜、雪菜。薄荷就是个新鲜劲儿，有的人用来泡酒，有的人用来泡茶，还有像我小舅那样用盐随便腌一下下酒的。极少的人家像包荠菜饺子一样把晾干了的薄荷当成馅包包子的。我吃过一次，不怎么喜欢。薄荷季节，我们去采薄荷是因为有人下乡收购薄荷，据说是提炼薄荷油。但是我们采了许多次，印象中一次也没有卖出去过。

采薄荷不是一件正经的单独要做的事情。放羊的时候，把羊拴在羊橛子上，就不用管它了，放心在附近采薄荷吧。等它以羊橛子为圆心，以拴绳为半径吃一个圆出来，已经采了半袋薄荷了。薄荷只需要嫩头，怎么，你还不认得薄荷吗？去别人那里拿一个闻一闻就全都知道了。那种味道你一辈子都忘不了。清香，醒脾。

老家的薄荷叶子宽大、敦厚，茎秆略带紫色，在河边草丛里非常好认。采过的薄荷过几天又会长出新的芽头来，生命力十分旺盛。来到昭苏后，听当地同事说，五月份可以上山采薄荷晾干了泡茶喝，我很惊讶，薄荷也会长在山上吗？及至五月份，我们下了班，到山上去，我才见识到了高原山上的薄荷。

一簇簇生长着，小小的叶子一对对往上蹿，我不敢把它也当作薄荷，但是采下来闻一闻我就相信了：就是那样的味道。哦，这山上的薄荷也是采头，也重生，只是小之又小，半天也就采了那么一小塑料袋。

新鲜薄荷泡茶，清凉解渴。将刚从山上采来的薄荷洗干净，找透明的玻璃杯，放上几颗，开水一冲，叶芽舒展，像一朵朵绿色的小花在杯中舞蹈。余下就放在花筐里晾，昭苏天气干燥，没两天就干了，可以收起来以后泡茶。

这里的薄荷好像比老家的薄荷老得快，也许是天气干旱的缘故，还没采几次，薄荷们就老了，渐渐地开了花。薄荷花也好看，紫色的一簇，好看好闻。以前没开花的时候没注意，等到开花时才发现原来马路边，墙脚下，到处都是！它们在乱草丛中举着紫色的花束，在黄昏的晚风中，独自起舞。

我采过一束放在房间里，它自己风干了。后来我找到一个空酒盒子将干花放在其中，连同先前采下的薄荷一同寄给远在绍兴的女朋友，她收到后，将干花插在一个漂亮的花瓶里，又拍了照片给我看，我顿时觉得十分美好。

※ 夜雨灯火 ※

康苏沟的野蔷薇

　　七月初的时候，油菜花刚刚用浅黄色点染昭苏的大地，我们去康苏沟采蘑菇。一路上白杨树哗啦啦地摆动着叶子，像是在落一场温柔的大雨。两边的菜花色彩渐渐地深起来，搭配着牧人家洁白的毡房，搭配着草地上深浅不一但是成片铺展的野花，搭配着低矮天空里的蓝和云朵的白，还要搭配上散落的牛马羊群，嘿，你想一想吧！

　　养蜂人早已经把木头房子搭好，棕褐色的蜂箱摆在地头，有女人带着面纱查看蜂箱。我们骑着摩托车一路向康苏沟的方向去，一路风追逐着云朵送来花草的清香。

　　刚到康苏沟，就落了一场雨，太阳还在头顶上晃啊晃啊，雨水毫不客气地打湿我们的衣衫，而湿衣衫随即在风和太阳的作用下变干了。几个牧人骑着马从康苏河里蹚过，不知谁说了什么，其他人快活起来笑成一片。

　　在时断时续的太阳雨中我们蹚过康苏河向康苏沟的深处走，山谷两边随处可见党参那淡紫微白的小铃铛一样的花朵，在细细的茎秆上头摇晃，它们的脚下是岩石缝中的泥巴。还有金黄色的不知名的花儿贴着地面探出几枝。

拐过一个小山头，忽然看见一树一树洁白的花朵！这时节，我能想到山坡上一定有无数的野花，却不知道山上这些白色的花儿叫什么名字。下了山头就是一片开阔的绿草地，我飞奔向那一片花海。

是野蔷薇！灌木属性的蔷薇花在深山里竟长得又高又大，当然，在雪岭云杉的眼中这算不得什么，但是，对于蔷薇来说，真是不容易了。这一片蔷薇全是洁白的，薄薄的花瓣上一尘不染，蜜蜂在四周飞来飞去。

山下的蔷薇早已经落光了，而此处的它们还在不停地酝酿着花骨朵儿。

年少时读诗，一直不懂"人间四月芳菲尽，山寺桃花始盛开"。从前总以为，世界就是我们村子的模样，所有的时间都是一样的，都像我所生长的小村子一般：清明的好天气里，油菜花开满田野；到了端午就要把黄澄澄的麦子收回家……而桃花什么时候开，枣子什么时候熟，雪花什么时候落，都是固定好的。

渐渐长大了，看的书多了，走的地方多了，才知道，世界是那么大，却也是那么小，只在银河系里，像我们看见的一颗星星。而对于远方，对于时差，也渐渐有了自己的概念。也知道，此刻的夜在别处是明亮的昼，此刻的冬雪纷飞在别处是炎炎的夏。

就像昭苏高原山，四月份春天还不见踪影，到了五月榆树的叶子才渐渐地铺展，七月份油菜花才漫山遍野。而即使在昭苏高原：山下的蔷薇已经败落,而山中的还在酝酿着骨朵儿。

就像某时,你在深夜里醒着,而远方的爱人已经在晨光熹微中踏上一天的路。就像康苏沟的蔷薇花,山下的已化作春泥,山上的还在人间深爱。

其甘如荠

天渐渐冷起来的时候，小孩子仍然不愿意待在家里，户外一片萧瑟，又车多灰大，老妈就喜欢带他到第八中学门口去散步。那儿是一个"死胡同"，路的右边是学校，学校对面的人行道旁即是八中的"临时停车场"，停满了学校的各色车辆，尽头是一片尚未建设的荒地。孩子喜欢看车、辨认车牌，更重要的是，学校门口的马路宽敞、整洁、安全，上课期间门口连一辆自行车也不会经过，还有几道小孩喜欢的减速带。我确实百思不得其解，不知道他为什么这么喜欢减速带，以及路上所有缓坡、坑洼和凸起的路面。

就是在八中对面停车场后边一片荒地上，老妈发现了荠菜。

周末我休息的时候，老妈找了一把小刀，带着塑料袋，兴致勃勃地对我说："咱们带小孩去外面玩，你好好看着他，我去挖荠菜。"

"快冬天了，到哪里去挖荠菜？"我十分好奇。

"八中……梅……口……"老妈还没说话呢，刚刚才只会几个人称词的小孩就口齿不清地接话了。

老妈哈哈大笑:"对对对,宝宝真聪明!"

仔细辨认回想,也确实说的是八中门口,嘻嘻哈哈笑开了,于是就去"八中梅口"。我看着小孩在八中门口的马路上乐此不疲地一遍遍过减速带,老妈就在那块种着筷子粗小树苗的荒地里挖荠菜。

其实我是怀疑的,这时节哪里来的荠菜?我从来没有吃过秋天的荠菜——如果非要强调时间的话,彼时已是秋末,速生杨的叶子早就落光了,地上几乎都是荒凉灰暗的枯草。不久前还落了一场小雪,早上出来的时候还有点冰凌样的冻土。这样的时候,会有正在暗自生长的荠菜?

我连哄带骗从减速带旁抱起玩兴正酣的孩子去看老妈挖的荠菜,心里却对此"荠菜"抱有强烈的怀疑:那一定是老妈看花了眼,多半是什么类似荠菜的野草。

但那可不就是荠菜!在小树苗周围的凹地上,一棵棵,不,应该用"堆"来形容,一棵荠菜就是一堆,荠菜锯齿形的叶子,略微发暗地几乎贴着地面生长。太阳出来后,解冻的地面略微潮湿,老妈用刀子很容易就挖出了几乎可以算是肥硕的荠菜。灰中带黑的泥土沾着枯萎的草叶裹在荠菜根部的叶片上,乳白色的根系毛须须的,沾着冰冷的黑泥,一棵完整的荠菜放在手中,像一朵硕大的盛开的蟹爪菊(不够妖娆和鲜艳而已),被扯断的荠菜叶子散发出的野菜清香混合着泥土的灰尘味。那一块种了小树苗的荒地,除了荠菜和稀疏的几株我不能辨识的野草之外,就只有一些枯干的草棒、树叶紧紧地粘在泥地里了。放眼望去,秋末的灰绿里,不仔细看,根本找不到荠菜的身影。

是荠菜没错！我肯定地说。老妈不无鄙夷地看了我一眼，那眼神仿佛在说，我老人家挖荠菜，还需要你来鉴定！

荠菜好像也有自己的朋友圈：围着一棵树，挤挤挨挨长了一圈，而另外的一大片地块连一棵也见不到，好像它们商量好了要聚拢在一起开什么小会似的。经过一个多小时的东找西找，老妈已经挖了一大塑料袋荠菜。要带孩子回家吃饭了，老妈还有点依依不舍。"还能再找一些呢，哪天我自己再来找找。不过，"她满意地拍拍鼓鼓囊囊的塑料袋，"这些也够吃一顿饺子啦。"

回家的路上，在小区门口就立即买了五花肉和饺子皮，回到家伺候好孩子吃饭，老妈搬个小凳子，戴上老花镜，在地板上铺了报纸，倒出挖来的"秋天的荠菜"——那确实是秋天的荠菜，仔仔细细地择去黄叶枯叶草棒……

中午，我们美美地吃了一顿鲜味十足的荠菜饺子。

但如若是将这秋天之荠交于东坡先生，他定不会如我们这般简单粗暴，他是绝不会让荠菜沾染一丁点儿肉腥的（尽管是他真的已经吃不起肉）。

美食家苏东坡不仅吃红烧肉、河豚，吃蒌蒿、芦芽，还吃荠菜等其他野菜，会吃也就算了，还会做，又能写。所以你能看到他绕麦田寻野荠，洗手生火煮菜粥，食尽美味又写《东坡羹颂》："甘苦尝从极处回，咸酸未必是盐梅。问师此个天真味，根上来么尘上来。"在黄州时，苏东坡给他患疮之友徐十二写信说："今日食荠极美。念君卧病，面、酒、醋皆不可近，唯有天然之珍，虽不甘于五味，而有味外之美。《本草》曰：荠和肝气，明目……君今患疮，故宜食荠。其法，取荠一二升许，净择,入淘了米三合,冷水三升,生姜不去皮,捶两指大,同入釜中,浇生油一蚬壳多于羹面上,不得触,触则生油气,不可食,不得入盐、醋。君若知此味,则陆海八珍,皆可鄙厌也。天生此物,以为幽人山居之禄……"你看你看,不仅写信问候安慰,且推荐美食,不仅推荐,且详述做法,何止是见信如晤啊。我今日食荠极美,因此想到你,我的朋友,你身体不好,卧病在床,很适合吃荠菜,你且如此这般做来……闲谈亲切家常,无限情意跃然纸上,不知徐十二读来是否"其甘如荠",病好大半,反正我是感动莫名。

如果食物不是"极美",怎么能激起你分享给亲朋好友的欲望呢?

老妈学会了刷抖音之后,经常看美食达人做菜的视频。她看到可操作性强的,就瞅着我们休息了,做给我们吃。若我们说好,在给妹妹他们视频的时候,就会大力推荐,言之切切,恨不得跨屏操作。

老妈对给我们做吃的,或者采野菜等,抱有无限热情,且从来不怕麻烦。挖荠菜,找蒲公英,采苜蓿,够高高树上的洋槐花,或者去摘杏子、苹果等等——"哪怕只是看看呢。"老妈说。小区里紫槐花开的时候,一树一树的紫槐,不管植株大小,从下到上,一串一串紫色的花朵,在春风中盛开摇曳,蓝天下紫得诱人。老妈就曾无数次地赞叹:"这花开得,连叶子都看不见了!"紫槐确实能开。上班路上有一片育苗林圃,四月中下旬,紫槐花盛开,远远望去,只见一树树繁花,片叶不见。仿佛荒野山坡上先花后叶的玉兰,只是比孤绝的玉兰热闹而更有烟火气。

"要是能吃该有多好!"老妈仍在感慨。其实紫色槐花也可以吃,但口感极其一般,且毫无营养。其实这些东西即使要吃,也根本吃不了多少,只是,看到漫山遍野的野菜,树上挤挤挨挨的槐花,密密麻麻的青杏,能亲手去采摘,"哪怕只是看看"也行呀,便觉得春和景明、物阜年丰,有种地主老财般收获的踏实和幸福。

我于是跟老妈说,等春天来的时候,咱们开车去,找一个果园子,痛痛快快地挖荠菜和蒲公英。

朋友说果园里有荠菜,我没有看到过,但果园里是有很多蒲公英的。有一年苹果花开的时候,我在六十一团一个苹果园里,看到了地毯般铺满果园的蒲公英。春日的蓝天,蓝得清澈,微风轻拂,白云生动,地头渠埂上高大的速生杨直指蓝天,榆树嫩叶舒展,老去的榆钱随风飘落,粗壮的苹果树枝干遒劲,树上白中带粉的苹果花清秀端庄如少女,花间嘤嘤嗡嗡的蜜蜂忙碌着飞到东又飞到西,花下铺展的,就是盛开的蒲公英黄金一般的花朵。走在果园里,闻着苹果花的芬芳,鞋袜衣角沾染的都是蒲公英黄色的花粉。我那时还愚蠢而没有常识地以为,这满园密密匝匝的蒲公英是果园主人套种的呢,不然怎么解释这如此盛大的开放?

仿佛是有了某种期盼,几次北风吹,几场大雪飘,向来漫长的冬天几乎转瞬即逝,可真的到了春天,杏花都快开败了,桃花、苹果花、梨花都快要争奇斗艳了,还是没有时间去找一个果园子,"痛痛快快地挖荠菜和蒲公英"。上班,加班,值班,入户、走访,不是爱人忙,就是我没时间,一直到清明节假期即将结束的那天,我们才抽出一天到野外去。

爱人开车拉着我们缓缓往东,听朋友说,往潘津乡那边去的麦地里就有很多荠菜。沿着公路一直往东走,我、老妈、小孩三个人六双眼睛都盯着车窗。窗外路边低矮的墙头上画上了鲜艳的墙绘,路边的杏花开至淡白,几近凋败。小孩如往常一般指着一辆辆路过的车,兴奋而口齿不清地说,妈妈看看大卡车,妈妈看看大奔、奥迪、雪铁龙、丰田等各种他能认出来的车。老妈则细心观察,哪一块地究竟有可能长着她心心念念的荠菜。走过下潘津村,穿过铁路涵洞,走了八九公里,路两边终于是广袤的林带环绕着的田地了。果园浅淡的白在林带后面隐约,那一定是杏园:杏花将落未落时,最是惨淡,等到繁花落尽,杏园便会是一片暗红色,那是花尽蕊落后花托的颜色——青杏即将跃然枝上。

我们在路边一条靠近水渠的小路旁停下,爱人先跑到路基下杂树林旁边的麦地里看有没有荠菜。过了一会儿,他捧着一棵鲜绿的带着露水的野菜跑来,略显犹豫地说:"这,是荠菜吗?"那野菜肥嫩,锯齿形叶片上有点毛茸茸的,不太像我印象中的荠菜。而老妈把野菜接到手中,一边点头一边激动地问:"多不多?"他也颇为激动:"多得很多得很,麦子地头全都是。"我们于是提溜着小孩,挟着手套、刀子和塑料袋从路基上下到麦地里。

果然有很多的荠菜,地头靠近杂树林的那一块,几乎没有麦苗,都是野草。荠菜居多,间或有一丛长得几乎算是高大的准备开花的蒲公英。靠近树林和路基的一边,还有密密麻麻的小小的野薄荷!掐一朵放在鼻尖闻一闻,嚅,多么熟悉的清凉的薄荷啊!

爱人带着小孩在地里玩,我和老妈挖荠菜。春风拂面,早晨的露珠在草尖上闪着亮晶晶的光芒,映照着又鲜又嫩的野菜,内心一片清新惬意。

那么多的荠菜散落在田野麦地里,有一些紧贴着麦苗,不仔细看,几乎发现不了。有一些大棵的荠菜已经开花了。老妈一边不停地挖,一边带着遗憾感叹:"哎呀,哎呀,来晚了,来晚了!"

小孩从来没有到田里来过,看着绿油油、苗尖带着露珠的麦子,十分新奇,不断用手指戳戳碰碰麦苗尖端的露珠,他爸居然教他说:"宝贝,你看,这就是韭菜咯,这么多韭菜!"孩子也咿呀学语:"这么多,韭菜!"

这种"现场误导教学"也可以说是十分清新脱俗别具一格了。

伊犁人把荠菜叫作荠荠菜,挖荠菜不说挖荠菜,说拔荠荠菜。"拔"字,之于荠菜,倒也勉强可说得过去。但是,我的几位伊犁本地的朋友,不仅仅是拔野菜,还喜欢拔草莓、拔杏子、拔榆钱……"拔"的范围之广令我瞠目结舌。

那天上午,我们挖了很多的荠菜,仅收拾清洗就花了一半天时间。新鲜的荠菜用来包饺子,打豆腐汤,做荠菜盒子,多余的,用开水焯冷水过,挤干水分放到冰箱冷冻冬天吃,美味不减。

荠菜的好吃,几乎可以算作基本的生活常识。如果给它一点深沉的历史背景,则可以找到《诗经》。《邶风·谷风》有云:"行道迟迟,中心有违。不远伊迩,薄送我畿。谁谓荼苦,其甘如荠。宴尔新婚，如兄如弟。"

当然这并不是说荠菜之甘美。因为，遭到背叛的人，内心多么凄苦，对比一下你就知道了，苦菜如荼，你吃着一定觉得苦不堪言吧？然而，于内心苦楚的"我"来说，这都是像荠菜一般甘甜的美味了。且不论"我"情感状态如何，只通过诗歌即可知晓诗经时代的古人，已经吃过荠菜并给予它很高的评价了。荠与荼并称对比，屈原在《九章》中也说"故荼荠不同亩兮，兰茝幽而独芳"，这大概是我所见到的，对不同流合污最清新而接地气的表达了，至于孟郊那种"食荠肠亦苦"的别有所指则非荠菜之过了。

老妈也说，你看，这种野草杂草多的地方，肯定不会有荠菜。我妈这朴素的不识字的劳动人民，用她一生劳作的经验告诉我一个真理：某些野草绝不会共生于一处，不是菟丝子附女萝，互相依附彼此依存的缠绵相守，而是有你无我我去你存的干脆利落。

然而可以想象，那时候的荠菜鲜则鲜矣，但一定是没有现在好吃。你看，如今我们用荠菜包饺子，一定要油大，五花肉剁碎了，还要再加几勺菜籽油，不然口感涩，真的会"食荠肠亦苦"了。

清代吴其濬在其名著《植物名实图考》中写到荠，赞叹"伶仃小草，有益用如此"，并进一步升华说："岁欲甘，甘草先生，荠成而告甘焉。乾端坤倪，牙于小草，故君子曰慎微。"荠菜丰盛甘美，预示着这一年年景丰时光好，乾坤大事，尽显于小小荠菜之上，因此，吴其濬说，事关重大，君子啊，哪怕是细微之处，你也要慎之又慎。古之文人，从吃喝小事，动辄言至立身处世，小小荠菜也算因肩负重任而"与有荣焉"了。

牛油果与鳄梨

村上春树写过一篇随笔叫《难挑的鳄梨》。他不无感慨地写道:"世界上最大的难题,恐怕就是预言鳄梨的成熟期了。"甚至应该让全世界最优秀的学者齐聚一堂,搞个"鳄梨成熟期预测智库"。

因为他总是搞不清什么样的鳄梨是恰好可以吃的,不管是从外观上看还是触摸感受。以为"已经好了吧",拿刀一切,却还坚硬无比;觉得"大概还不行吧",便搁在一边,事实上里面已经烂成糊状了。因此,当村上春树在夏威夷考爱岛北滩写小说时,遇到一个能完美说出鳄梨成熟度的小小水果摊摊主,便着实感动不已,也就一直在那个胖老太摊主那儿买水果。

三十岁以前,我没有吃过鳄梨,也没有想尝试的欲望。

完全是因为鳄梨太过神秘。更何况,它还有一个名字叫牛油果呀!听听,牛、油、果!这种"混搭",好吃吗?又那么贵!还有时候,看到关于鳄梨的食谱,对被当成沙拉酱抹在切片面包上那种绿油油的糊状物有种天生的不适感,于是更是一直不想尝试。

自从有了孩子，总想给他弄点什么有营养的啦，新鲜的啦，没有吃过的啦，等等各种新奇的东西。而鳄梨据说含有多种维生素、丰富的脂肪和蛋白质，还有什么"森林奶油"之称，那必须要买来给孩子吃吃呀！

于是，我花了九块九毛钱买了人生中的第一个鳄梨。早上起来用半个鳄梨和两个鸡蛋蒸了一碗鳄梨蛋羹，一岁半的小家伙吃得津津有味。

是的，鳄梨论个卖，就像味道特别好的奇异果。超市里，一个个金黄的奇异果贴上了进口标签——实际上猕猴桃原产于中国中部、南部至西南部，1904年才因一个偶然的机缘，被一位新西兰女教师带到新西兰，改名换姓——整齐地排列在水果专柜上。而鳄梨则堆叠在一个荆条筐子里，表面疙疙瘩瘩，完全和光滑无缘，青色、暗黑色、褐色的鳄梨们聚拢在一起，在超市的灯光下，有些闪着油油的光芒。它们模样过于深沉，十分可疑。

买过两次之后，我便学会了挑鳄梨。因此也发现，鳄梨，也并不像村上老师所说那般难挑。果皮粗糙不平的要比显得光滑的好，绿色泛青的硬果子自然是未成熟的了，而果皮呈深褐色，甚至有点发黑，但又不是那种看上去像坏掉的黑，则是成熟度刚好、买回家就能吃的。你用手略微捏一下，有点软就行，太软的话里头便大概是村上老师所说"烂成糊状"的了。听起来好像很难的样子，但真的去挑几次，就会得心应手了。村上老师之所以觉得困难，也大约是因为作为作家的他，心思并非在挑选鳄梨上，而仅仅是为买来吃而吃吧。

关于营养价值超级高的鳄梨的吃法，村上老师写道："首选当然非加利福尼亚寿司卷莫属,不过做成沙拉也很美味。将黄瓜、洋葱和鳄梨拌匀,再浇上姜汁沙拉酱……"

哎呀哎呀,简直不能想象。这种吃法,我是不大能接受的。不过萝卜青菜各有所爱,有喜欢的可以尝试一下村上春树同款"鳄梨沙拉"呀!

说来也很奇怪,叫它牛油果的时候,觉得真是又土又俗气,简直像个没见过世面的村姑嘛;而喊它鳄梨呢,就仿佛变成了另外一种高大上的神秘女郎。就像我们平时总喊番茄为西红柿,很少有人知道,它居然还有另外一个略显凶狠的名字叫作狼桃。

世界上有很多事情也是如此,同一样事物给了它不同的称呼,给人的感觉和受到的追捧度便立刻不一样了。听起来好像有点"崇洋媚外"或者热衷表面功夫的意思,但我们不妨从鳄梨和牛油果身上学学:为了让事情更好,感觉更熨帖,更容易令人愉悦、甘愿接受,我们完全可以选择不同的表达方式呀。

据说夏目漱石当老师时教英文翻译课,讲到男女主人公月下散步,男主人公情不自禁说出"I love you",夏目漱石说,不应直译,翻译成"今晚月色真美"就已经足够了。

那么,对于喜欢牛油果的人们来说,有鳄梨的夜晚,月色是不是一样美呢?

烤 包 子

我有个好朋友，每次聊天都能把天准确地聊死。比如：

他：你吃饭了吗？

我：等会儿去吃。

他：又吃羊腿抓饭。

我：不吃……

他：那，吃大盘鸡？

我：不吃！

他：哈，吃烤包子！

好吧。作为一个到伊犁来已有十年的外地人，我的朋友们总觉得我每天的餐食都是大盘鸡、手抓肉、抓饭、烤羊肉串，再不济也得吃点烤的什么吧，自从有一次我在朋友圈发了烤包子，我这个朋友就断定我每天都有烤包子吃。我们的聊天也基本上以他说"你又要去吃烤包子了"之类的话作为结束。

但烤包子是真的美味！一般来说，美味的东西怎么能随时随地想吃就能吃到呢？除非你专门走进一家烤包子店，或者信步走在伊犁的小巷里，在成群鸽子舞动翅膀的蔚蓝天空下，在白杨和圆冠榆的树荫里，在蓝色院墙开出的一片缺口，恰好遇见了一个正在出炉烤包子的馕坑！即使吃得饱饱的，站在馕坑前，看着一个个刚刚出炉的金黄的散发着诱人香味的烤包子，也能吃上两三个！啊，那真是难得的美味！

刚出炉的烤包子，皮上带着炭火烤出的鼓起的焦黄的脆包，一个一个不规则散落在皮上，像条带斑纹的短尾巴小胖鱼。包裹着鲜嫩的羊肉和皮牙子（洋葱）馅料的四角的烤包子，是烤包子中的"基础款"，一口下去，鲜香四溢，肉汁和油汁顺着嘴角溢出，吃的人回味无穷，看的人垂涎欲滴。

在新疆，不，在伊犁——新疆太大了！我怎么敢说，伊犁的烤包子是最好吃的呢！我只好认怂般自我解嘲：这真的是我吃过的最好吃的包子——如果它也归属于包子一类的话。

嗨！你问我什么是烤包子？一个圆圆的面皮里放上肉馅，四边折合成方形，做好的包子像一只只乳白的小胖墩儿，排列在砧板上，然后被迅速贴到亮堂堂红彤彤的馕坑里，等上十分钟左右，就变成可待入口的喷香诱人的烤包子了呀。

烤包子的种类很多，除了羊肉和皮牙子作馅的"基础款"烤包子，也有外壳不是脆皮而是类似千层酥般松软酥脆的酥皮烤包子，还有"奢华"的羊排烤包子——这样的烤包子你一眼就能分辨出来，手掌大小的烤包子，头大身子渐瘦，尾巴处收得紧紧的。也有在"基础款"里加了彩椒和西红柿的五彩烤包子。有一次，我还吃到放了鹰嘴豆和玉米粒的烤包子！鹰嘴豆的糯、玉米粒的甘美与鲜嫩多汁的羊肉交会，经过炭火的炙烤，色香味俱全，不腻不膻，鲜香扑鼻……那真是令人难忘的美食体验。

大约六七年前，单位楼下有一家电影院，电影院门口就有一家烤包子店。说是店，其实是一个窄窄的像走廊一样的棚子，棚子门口砌了一个馕坑，一个女人在棚子里和面擀面，两个男人在馕坑前一边包包子一边往馕坑里贴。那儿的烤包子又酥又脆又多汁，瘦肉多肥肉少，不油不腻，美味无比。每次我去，馕坑前都排着长长的队伍，有的人居然从开发区开着车跑过来排队买。当然老板不是每天都愿意开张做生意的，哪天你去买，远远望去馕坑前没有排队的人，那一定又是老板没开门！

后来，我换了工作，那个烤包子店也没有再去了，有次想起来问以前的同事，才知道那个店早就关门了。

也是在后来，我才知道，在那里吃过的烤包子，确切地说，是叫"一把抓"：把擀好的面皮裹了馅儿，用手抓住握紧，然后贴到炉火金黄的馕坑里去。熟了之后的"一把抓"上赫然还有制作者手指抓握的印迹。

我年轻漂亮能歌善舞的同事迪丽拜尔告诉我，烤包子和馕一样，是他们喜爱的主食，它的哈萨克语叫"萨姆沙"。萨姆沙、萨姆沙，我鹦鹉学舌般重复起来，口齿生津，眼前仿佛出现了一个亮堂堂的馕坑，里面贴满了即将出炉的金黄的烤包子。

百变面剂子

和远在安徽老家的父亲视频的时候,只要聊到吃饭,父亲一准儿会念叨起面剂子,你们那里的面好吃,面剂子和拉条子都好吃!

我说那你再来啊,在这边,天天吃都行!父亲就摇摇头:太远了太远了!过了一会儿,又孩子气地说,我回来的时候带几根就好了!

十年前我到新疆来,父亲就赌气一般说,你那个地方太远,这辈子我是不会去的!我只有无奈地苦笑,心里暗暗期待将来他和母亲能来这里住一段时间,哪怕短短的十天半个月也行。

这些年父亲真的没有来,就连我结婚的时候,他和母亲都没有过来。直到我怀孕六七个月的时候,父亲想念我,又实在放心不下,加上我再三再四让他来住几天,他才终于同意了。

父亲来的时候,冬天还没过去,屋外冷得要命,而屋里因暖气供应只需一件单衣,出来进去,穿穿脱脱,再加上气候干燥,他觉得十分不习惯,总说要走。但饮食上,父亲对新疆面食赞不绝口,尤其喜欢切面店里卖的面剂子。

面剂子，其实是切面店里最常见的一种面食半成品，和好的面，搓成大小一样的圆柱状面条，刷上油摆在铁盘子里，供人们买回再次加工。

小区门口有三四家切面店，我们经常去的是马丽媛家。热情能干的大姐马丽媛家生意特别好，一铁盘的面剂子一会儿就卖光了。

面剂子几乎能做出各种饭食。我教父亲用面剂子做拉面、揪面片儿；父亲自己琢磨用面剂子做鸡蛋灌饼、做韭菜合子。有一次我们包饺子，馅儿做多了，他出去买饺子皮，好不凑巧人家卖完了，他便买了几根面剂子回来了。搓搓切切擀擀，包起饺子来居然也不错。

甚至我想吃的他最拿手的小鸡喝饼，他也不愿意和面手擀，而是选择用面剂子做饼子贴在锅里。他说，这面剂子真是好！做出来的饼子也好！想厚就厚想薄就薄，太方便了！

父亲来后，我们在外面吃过一次大盘鸡，他并不爱吃那里面的鸡肉和土豆，还说，大盘鸡，也就是和我们家里做的土豆炖鸡差不多嘛！倒是对最后添上来的宽面片赞不绝口。父亲说：这也是人家用切面店里买来的面剂子做的吧？我们都笑了：这还用买来的面剂子？哪一家卖大盘鸡的没有会和面拉面做宽面的大师傅？

父亲对面剂子非同一般的热情，还引起了母亲的嘲笑。可没想到后来她自己也爱上了面剂子。孩子出生后，母亲来帮我带孩子，吃过面剂子做的食物之后，就老是对我嘟囔，要我问一问切面店的老板面剂子的制作方法。我只点头应允，却一次都没有问过大姐马丽媛。

母亲是手巧的人，她能用面粉做出各种各样的食物。在儿时贫乏的生活中，母亲的手擀面、包子、花卷、贴饼子、烙糖饼、刀削面、饺子、馄饨、胡辣汤、面丸子……都让我们念念不忘。不识字的母亲，到上海打工之后，见到的多，学到的手艺就更多了。到伊犁我家之后，即使是给小孩擀面条，也要做出菠菜面、胡萝卜面等等。蒸馒头，她也要做出好几种不同的造型，什么小兔子、小老鼠、玫瑰花啦，还有玉米面、杂粮面、荞麦面啦，更别说煎饼、油条、汤面、面疙瘩等其他面食了。

我没有问过马大姐面剂子的制作方法，母亲自己带着孩子出门遛弯的时候问了。她说，真的太简单了，我还以为有多难呢。但回来兴冲冲地实际一操作，才发现自己做的面剂子还是有各种问题，不是不够劲道一扯就断，就是面软不成形。我就劝她不要学这个，想吃的时候买就行了。

但母亲不听，她像是跟我说，又像是自言自语：就是得好好学学，等孩子大点，我就回老家去，和你爸在街上开个切面店。

有天晚上下班到家都快十一点了，又饿又冷，母亲几分钟便利索地给我做了一碗热腾腾的汤面片。我吃的时候她就坐在桌旁，欲言又止地盯着我看。我一边吃一边好奇：有啥事想说？憋不住，母亲还是自己问起来：这个面好吃吗？我点头：马丽媛家买的？母亲骄傲地头一扬：我自己做的！说着打开冰箱，拿出一塑料袋的面剂子。这些刷了油的面剂子都是母亲做的。原来，这一段时间她经常和面，不停试验，寻找调和盐、水、面粉的最佳配比,又反复练习,反正面也不会浪费,最终做出了甚至比外面还好的面剂子。搓好的面剂子刷上油,放在保鲜袋里存入冰箱,吃的时候取一根两根,方便快捷又好吃。小孩也喜欢母亲做的面片。我一边吃着碗里搭配着绿油油青菜的汤面片,一边由衷地赞叹:老妈你太厉害了!母亲却谦虚起来:是新疆的面粉好!

途中之境

一

从上海到伊宁,行程选择大致有两种:乘飞机,到乌鲁木齐转机或转火车,候机(车)的等待时间,加上中转的时间,也大致需要一天;乘火车,上海到伊宁已经在2014年12月开通了一列直达的列车,只是时间大约是两天半。眼下正是旅游旺季,从上海到乌鲁木齐的机票价格是淡季的三倍,于是我选择了乘火车。

火车要经过上海、江苏、河南、安徽、陕西,再穿越漫长的灰扑扑的甘肃大地,最后过嘉峪关,才能进入广袤的新疆。之后还要再经乌鲁木齐,过果子沟到达终点站伊宁。两夜三天的"火车之旅",从东南沿海到西北边陲,从北纬30度的上海到北纬44.4度的伊犁河谷,途径大小站33个,用时54小时,行程共计4742公里。

交通工具中,我喜欢的还是火车。除去价格因素,火车仍有其他的好处。飞机在云端穿行,座位局促,令人紧张,过眼云海几无变化,偶尔也令人乏味。汽车在大地奔跑,渺小、单一,不够专注。至于船,我坐得少,但一想想那无边无际的水域(如果是在大海上航行的话),那幽深的、神秘莫测的海水,那缥缈的、不可辨识的前方,就令人心怀不安。而且,飞机、汽车和轮船都过分受制于天气,尤其是飞机。只有火车,有它自己古老的轨道,通向你要去的远方,而且它紧贴大地,让人内心踏实。它长长的身躯在大地上延展,在山间穿行,过高架、翻高山、渡长江、掠黄河,在原野上飞奔。火车经过的很多地方,即使是荒僻处也设有小小站台。路经这样的地方,更多的时候是西风渐起的黄昏,上下车的人几近于无,站台上稀稀疏疏三两个人影在黄昏的光芒中渐渐淡下去,一个简陋的石刻站名在风中屹立,站牌旁有当地著名的常见树种,有时是一树繁花,有时光秃秃的,连一片叶子也没有。

火车缓慢、安稳,安然无事地将你带至目的地,风尘仆仆的人一脚踏上火车便可得到片刻的安稳。

火车确实能给人安稳之感。即使车窗外风雨交加,车窗上雨水映出的光,也能给旅人带来别样的安慰。在火车上,如果愿意和陌生人说话,你大概率可以找到聊天的对象,但如果不愿意,人们也总能够在火车中想想自己的心事。漫长又漫长的旅程啊,太适合想一想平时无暇顾及的心事。可以发呆,甚至可以哭一会儿,谁也不用管、不用想、不用看,就望向窗外,就望向那也许从来没有人涉足过的远山。

夕阳在广袤的平原铺展,我忽然想起梁元帝萧绎的诗:"惟见远树含烟;平原如此,不知道路几千。"尽管,这并非秋天,夕阳下的原野还是让我想起了它。"相思相望,路远如何?"路远如何?不如何,因为,山海不可平。

暮色渐渐充满前方的道路。树木、房屋、早已废弃的站台在昏暗中充满着难言的忧伤。窗外有风,有风吹起的云朵。

其实我并不知道该如何描述夕阳下的旅程。

有时候,描述等于矫情的告白。想告白或需要告白的人,都不那么自由。在孤独却并不寂寞的途中,大概唯有沉默才能让人感到自由。无边的沉默等于无边的自由。在这无边的自由中一个人才更能清楚地认识自己,清醒地知道自己是谁。尽管这自知里包含有几分真假难辨的自省、几分无能为力的自卑。

对他人的表白和辩解也类似于此。因为清楚地知道辩解之后的巨大空虚和悔意。因为他人的不懂得,所以伤怀;因为言语说出后的不可更改,所以绝望。究竟哪一种情绪更接近彼时彼刻的自己,无从得知。人生中太多的时刻无法辩解、不能表白,一旦强行说出,就变成了虚伪和不诚恳。更何况,很多时候,人们并不在意你表白了什么、辩解了什么,而是沉浸在自己的情绪氛围中,只在自己需要的时候选择性地倾听。

二

铁路两旁的植物很大程度上展示了这个城市的常见植物,而大概只有上海、苏州这样的南方之地,才会种有那么多的夹竹桃。在这些南方之地的老火车站,进出站时,都能看到铁轨两旁盛开的无数红白相间的夹竹桃。

二十年前的那个暑假，我跟着父亲第一次乘火车到上海的时候，那铁轨旁就开着夹竹桃。清晨，我在拥挤、肮脏、颠簸、燥热、无座又晚点的绿皮火车中被父亲叫醒的时候，第一眼看到的就是蒙着灰尘的、盛开着红色和白色花朵的灌木丛。很久以后，我才知道，它们叫作夹竹桃。一转眼，那些夹竹桃已经开了这么多年了。

铁路两旁偶尔还会闪现一株又一株的合欢树，树上顶着毛茸茸的桃粉色花朵，像打了一把粉色的绒布大伞。而合欢树多像一棵巨大的含羞草。有时是玉兰，近处的和遥远山坡上的。如果是春天，你会发现，路上遇到的，无一例外都是白玉兰。那一树树洁白的花朵，簇拥着，却显得十分落寞。那些玉兰，近处的，从车窗外一闪而过；遥远的，过去了很久，你还能看到它们的身影。跟着火车一路向西，便可见更"西域"的植物：葡萄藤、啤酒花、青储玉米、棉花。再数一数开花的植物，便有了油葵，黄色的花朵在夕阳的余光里、在清晨散发着的温暖干燥的光芒中。然后有番红花、薰衣草、大波斯菊。如果季节刚好、雨水合适，铁轨两旁，还能看到散落的天山红花。

不同的窗外有不同的植物。我记得，有次乘火车往贵州方向去，那边的车窗外，是一山一山的翠竹，夹杂在翠竹间，有大棵的芭蕉，蕉叶在刚刚落雨的午后，绿得那么鲜亮，绿得好像从来没有人写过"一点芭蕉一点愁"。远处灰白的公路在山间隐约。每一座山头都被浓密的绿包裹。那是南方的山，也大概只有南方的山才绿得如此浓郁。山上隐约可辨的除了竹，还有橘、椿树、枇杷、洋槐、樟树、女贞、楸树、松树……更多的是我没有见过或辨识不出的树木。芭蕉摇动它们硕大的叶，偶尔，在路边高高地闪过一株开着粉色花朵的蜀葵。

越往西北，天空越蓝，大地愈是荒芜，到处都是看上去因为缺水而产生的枯萎、干燥和荒凉。

这一路，确是要从林木翁郁到赤裸的荒凉山坡的。山坡下有更荒凉的戈壁似的原野。即便如此，这大地上仍有牧人和羊群。然而有草可吃吗？目之所及，是一墩一墩略高的芨芨草，还有低矮的一簇簇暗灰色的不知什么植物，但我知道，那必定不是羊群的食物。阳光下，天显得灰白，山顶与天空相接的地方，有浓厚的类似雾霾的灰尘色。灰扑扑的土房子，土房子周围同样灰扑扑的杨树、柳树，也可能有沙枣树，但无一例外都瘦弱、伶仃、过于随意。只有榆树显出了浓郁的绿，然而那浓郁的绿中也夹杂着不可避免的灰扑扑，只有如此，才能和远山、房舍一起镶嵌在同样灰扑扑的广袤大地上。从金昌到张掖的一段路程，两旁有低眉顺目的油葵在盛开，一截土长城在夕阳下显出更沧桑的影子，红柳在墙根随风摇曳。

除了油葵、玉米，还有收割过的麦田上枯黄的麦茬。而更多的是低矮的房子，房前屋后的草垛，当然，也同样是灰扑扑的，只有偶尔闪过的蓝色大门还算耀眼。远处与火车轨道几近平行的公路上，偶尔驶过一队又一队的卡车。没有扬尘，那里大概是国道。

翻过一座又一座的山，山间有曲折干枯的河道，一块块的石头和干枯的灌木瘦骨伶仃地立在曾经河水经过的地方。什么时候曾有水从此处流淌？它们又从什么时候起干涸了自己？

这干枯的河道令我想起有一年冬天经过的巩乃斯河。

彼时的巩乃斯河水细缓缓地流，阳光温暖，水面微波荡漾，沿河积雪有水流过而融化出的冰层，一层叠一层，仿佛风吹出的纹路已然凝固。河边枯萎的次生林里偶尔飞过几只乌鸦。山坡上有巨大的乱石，坐在车里从山下经过，总觉得那石头不知道哪一瞬就会滚落下来。

瞥见陌生的石块，总令我想起那个触犯众神而被罚日复一日推着同一块巨石上山的西绪福斯。因为诸神认为，最可怕的惩罚莫过于无望而又无用的劳动了。在加缪那里，西绪福斯是荒诞的英雄，他对神的轻蔑，对死亡的仇恨，对生命的激情，使他受到了这种无法描述的酷刑：用尽全部心力而一无所成。如果再为这惩罚加注一个背景，我总觉得西绪福斯推动巨石的地方必然是荒凉之所，毫无生机，没有风景，更可见此事的悲壮与凄凉。

也许，恰如此刻满目荒凉的乱山。

然而，那并非西绪福斯的高山，那荒凉的乱山上尚有薄雪。羊群、马匹散落在山上，像一个个钉上去的灰扑扑的大图钉，它们只低头啃食埋在雪里的枯草，但即使是在啃食的它们，也像是固定的不会移动的物体，凝固着，仿佛和山是一体的。

而此刻是夏日。夏日里的巩乃斯河畔风光旖旎：河边次生林在夏天的风里，郁郁葱葱地摇摆；流水潺湲，风吹起的波纹随着水流的方向前进；水面，有鸟掠过；天上，有鹰在飞。野杏树在稍远的山坡上婆娑，金黄的杏子散发出香甜的金黄色香气。一群浅白色的羊在草丛中——如果那短小的、暗绿的、刚刚把山坡的灰覆盖住的植物群体可以算作草丛的话——缓缓移动。间或有一两只羊抬头看着远方。远方有悠悠得显得空旷而冰凉的蓝天和蓝天里羊群般懒散的云朵。

也正因此般记忆和回想，此刻火车穿过的荒凉的山坡忽然生动起来，仿佛此处从未如此荒凉过，仿佛春天的风已经吹过，而众多的并不存在的草木萌发生机，群鹰翱翔，飞鸟啁啾，想象之翼拍打过的地方，甚至比距此千里之外、丰饶的巩乃斯河畔更为壮观和繁盛。

普通人如我们，尚能够在冰凉的雪意里想象春草的萌动，在荒芜的冬天里想象夏日的繁盛、秋天的丰硕，在荒凉的仿佛没有尽头的荒山中、隧道里想象生机勃勃的远方世界，西绪福斯怎么会面对无望无尽的惩罚而不生出想象的翅膀呢？在他推石上山的路上，也许因为疲惫和疼痛而无暇他顾，在巨石滚落的那一刹那，也许因为绝望和失意而无心他想，但事实已成，惩罚如此，已然不可避免，那么就可以尝试轻蔑此事。在他不得不下山去重新把这块石头推上来的这段路程，他会不会在永不停息的迈步中，抬眼看一看他曾经无数次攀爬、如今又要再一次经过的旅程？会不会想象一种他从未到过此处时的风景？会不会将他遥远故土上的风物、他的亲朋、王国，在想象中悉数移动至此？在这些回忆和想象之中，如果巨石不能变成一种苦痛的刑罚，那么诸神所认为的"无尽而无望的劳动"便失去了意义，西绪福斯也便得到了某种解脱。

也许，这也是加缪所说"如果在某些日子里，下山可以在痛苦中进行，那么它也可以在欢乐中进行"较为浅显的一层意义。

※ 夜雨灯火 ※

而此刻的我,已经在火车的奔驰中进入了整个行程的第二个夜晚。火车已经行驶了将近四十个小时。凌晨两点多,车厢里的旅客大都进入梦乡,有人打呼,有人磨牙,有人说梦话,有小小孩偶尔的哭声及母亲轻拍小小孩时模糊不清的安慰。火车在既定的轨道上向前方驶去,车轮撞击铁轨的声音浑厚,节奏分明。透过不甚干净的玻璃窗,可以看到夜空中的星星,它们和大地上遥远的不知什么地方以什么样的原因存在的稀疏的泛着微弱红光的灯火交相辉映。也唯有彼时夜空中的星星让人觉得内心安详和静谧。在如此的深夜、如此的途中,那些闪耀在戈壁荒漠和群山上空的星辰,带给人幽远的神秘和感伤。"我们在地球上遭遇的事情终究会遗失在那永恒无尽的闪耀中",但实际上,那空中的闪耀,也并非永恒无尽,我们此刻看到光亮,而发出这光亮的星辰也许早已陨落。

再往前,天就慢慢地亮了。窗外仍是碎石子铺就的、有着干涸的河滩、龟裂的大地,以及并无例外的风景。清晨,灰蒙蒙的天空下是深色的大地,大地上散落着一片又一片犹如薄雪的盐碱。太阳要升起的方向,天空有丝丝亮色,映衬出的远山轮廓清晰、柔美。

从国际化大都市上海开来的这趟火车,带着人从被丰富植被覆盖的江南水乡穿越被风沙包裹的西域大漠从而到达仿佛江南重现的西陲伊宁。只有过了乌鲁木齐,一路再向北,你才会发觉,绿色又重新覆盖,窗外有了丰富的农田和农田里郁郁葱葱的庄稼。如果不去看远山,忽视新疆杨特有的体形,你大概并不会觉得有什么不同。不过,那西域之绿明显干燥、凛冽、冷峻,而不如南方绿色的湿润、细腻和温婉。但这种转变已经能让人心从满溢到虚空，再渐渐填充，毕竟绿色给人安慰。

葡萄园沿着铁轨向远处延伸，天仍旧是灰白色的，葡萄园的尽头是一排一排的杨树，杨树背后是空茫，仿佛阴天安静的大海。那空茫往天上延伸，像某种永恒无尽的虚空。于是在这虚空中，渐渐到了目的地。

三

长途火车上的旅客大概是脾气和忍耐力最好的。拥挤、临时停车、闷热、吵闹，几乎都能忍受，顶多在车厢里向周围的旅客抱怨几句以求得共鸣。如果停车，几乎没有人去找列车员询问原因，他们会自己猜测：哦，火车跑快了，要在这地方等一等以准点到达；哦，我们的火车要为别的车让道；在一个站停久了，哦，长途火车自然要如此，要补给，要上水，要倒垃圾，诸如此类。因为，大家知道，不管火车要停多久，他们终将到达各自的目的地。而更多的人在漫长的停车中默不作声，他们耳朵里塞着耳机，也许在听忧伤的情歌；如果有窗外可看，他们还要望向窗外，即使窗外可能是一截废弃的铁轨，一片荒芜的戈壁，一座连着一座的同样荒芜的远山。太阳炽烈，远处仿佛腾起了白烟，就在这白烟中，在停得仿佛永远不会再开动了的时刻，火车再次缓慢启动。

火车上的交谈往往令人乏味。但听他人的交谈又十分有趣。在长途火车上，人们仿佛并无防备之心。一开始，大家唯唯诺诺，仿佛山水相隔，但等不到几站，就都开始有了相当的了解。大家彼此关照，分享食物，谈论心事、儿女、男女朋友、信仰、遇到的神迹，更多的人，谈论的是自己来自何方，将往何处。

我们有时候热爱某人，确实会连同地域：这一块土地某人曾踏足，这棵树某人曾见过花开，这一段流水、一声鸟鸣，某人曾经浏览。啊！整个荒芜的土地顿时生动起来。不，何止是生动起来，那儿仿佛是全世界最美好、最光亮、最温柔的地方，它蕴含了人世间几乎全部的意义。

新疆，这个有着166万多平方公里土地，占据了祖国陆地总面积六分之一的地方，有多少被风沙掩埋的往事，多少被天山阻隔的风物，多少被苍茫云海遮蔽的真相！

作为一个在新疆仅仅待了六年多的安徽人，我对新疆的认识仍然是肤浅、单薄的。我只能说，不到新疆，不在新疆居住一段时间，你真的无法知道新疆究竟是怎样的一个新疆。但即使如此，你也仅仅知道你所生活地方的微小的一部分。新疆不仅仅是宣传语中的"大美"，不仅仅有着众多民族，不仅仅有辽阔的草原，广大的沙漠、戈壁，不仅仅有和田玉；当然，新疆也不仅仅是作家文章中、摄影师镜头里的那样。

更广阔、壮美的新疆始终在途中，在不可回避、不能遗忘的历史里，在延绵不绝的天山山脉里，在神秘的、风沙覆盖的荒漠中，在久远的左宗棠和更久远的林则徐那里，在你没到达便不可知，到达了也未必可知的前方。

远　望

晚上七点多，手机突然响起了微信视频的声音，但仅仅只响了短促的一下，我打开手机，一看是妈妈。

我赶紧回拨过去。视频接通后，妈妈一脸开心，背景是她的"单位"：在网吧隔壁的一个几平方米的"厨房"，一摞摞纸杯纸碗在她身后，旁边有一盆青菜、一盆已经煮熟了的面条，上面都罩着纱罩。

"谁帮你拨的视频？"我问她。一定是小妹下班了到她那里玩，帮她接通了视频。

"我自己。"妈妈脸上的笑容又羞涩又骄傲。

我很惊讶。妈妈说，请网吧的小伙子帮她的手机连接上了网，她点开试试看能不能视频。"响声吓了我一跳！"她说。

"等会我要和你爸视频，我怎么找不到他是哪个？"妈妈说。

晚些时候，爸爸发视频过来，说妈妈在厂里休息的时候给他发了第一条语音，用了普通话："老公，你吃饭了没有？"他激动得眼泪都掉了下来。"你妈不得了！不得了！不得了！"爸爸连说了几遍，"要是读书认字了，真不知道是什么样了！"

是的,我妈没有上过学,并不识字。没有念过书是她一辈子的遗憾。妈妈兄弟姊妹六个,她排行第二,要下地干活、做家务、带弟弟妹妹、挣工分。"都到学校里坐下了,你外姥(外公)又过来把我喊了回去。老师到家里来找,你姥(外婆)硬是不让去。"妈妈说起来眼睛都是红的。

妈妈一直想学会写自己的和我们几个的名字。

有一次休假回家,晚上,在爸妈狭小的房间里聊天。妈妈洗好澡出来一手擦头发一手从枕头下翻出一张纸拿给我看。我打开那张折得整齐又压得有点皱的纸,上面笔画不平地写着我们姊妹几个的名字。我眼泪涌动,滴在纸上,怕她看见却故意说:"快离远点!看你头发上的水都落在纸上了!"

这是她平时无事照着手机通讯录上我们的名字写下来的。我不知道她练了多久才能写出这样整齐、没有错误的字来。那张纸我存在一个小包的最里面,有时翻出来看。

妈妈不识字,但手机上存下的我们几个的名字,她硬是记得了。那一个老式手机上总共只有十几个电话号码,老家的,几个亲戚的,老板的,包子店的,还有我们几个的。她打电话打得挺好,想必其他那些字她也大致认识了。

她有了自己的手机的时候,刚办了号码就打过来给我,开玩笑地说:"以后找我就打我的手机,再不要找你爸转了。"

那时我才突然意识到,她内心也是盼着有自己的一个手机号的。那时她和爸爸一起上班,平时都在一起,想找她随时找得到。家里的旧手机尽管也有,但我们都没有想过要办一个号码给她,或者教她用用。她似乎也没有表达过要用自己的手机的欲望，这个好像是小妹妹有次心血来潮给她买的不用身份证的号码。妈妈现在用的手机是妹妹换下来的苹果，小妹申请了一个微信号，把家人都加上了，说方便的时候教她视频。我们手机里，那个叫妈妈的微信好友一直安静地待在通讯录里，我想她了，会发视频给妹妹，给爸爸。只是有些时候，妈妈要求我们帮她存一些照片、视频，她闲时翻看，那自然都是妹妹们操作的。手机上的软件或者我们发过去的图片，她不敢点，因为一有变化她就有些害怕，一是觉得奇怪，二是担心要收费。她在工作的时候，食堂电视里播的新闻有时候会讲某某手机收费上万，可能是因为网络未关。她替别人心疼的同时也留下了心眼：除了通讯录和相册，她几乎不动她的手机。

然而我担心她不认得通讯录里的谁是谁，就自作聪明出主意让妹妹给她输数字，并告诉她1是我，2是老二，3是老三，以此类推。

但是没有，妈妈要编好名字。"我会学会的啊。"她说。

她果然是学会了。

我想起来小时候，妈妈还没出过远门时，我刚刚上学，因为她总说自己尽管不认识字，但字的倒正还是知道的。我于是写了妈妈二字叫她分辨倒正，一个正着写，一个倒着写。她看了半天，有些迷糊，终究讪讪地走开了。我骄傲了许久，觉得打败了她似的。

长大了每次想起来，都会很后悔。

妈妈生了我们姊妹兄弟六个。实际上在我们家里养大的是我和大妹妹阿莉，还有小弟，有两个妹妹送了人，一个妹妹在外婆家养到五岁。

自我记事起,妈妈的头上就时常绑着一个头巾,在农村老家,只有坐月子的女人才是这样的。

不记得是我几岁的时候,我跟着爷爷奶奶睡,天才蒙蒙亮,我还在奶奶的脚头没起来,爷爷在扫院子。那是秋天,我躺在被窝里,听着爷爷的竹扫帚划过落叶的声音。昏暗中,小叔叔进来跟奶奶说,嫂子又生了个丫头。屋里一片沉寂,许久我才听见奶奶长长地叹了一口气。没一会儿,爷爷拿了一个碗,碗里不知装着什么,他喝一口,往空气中喷一口,边喷边说,有邪气,有邪气。我吓得大气也不敢出,隐约觉得他们在说我妈。但我一点也不记得,那是哪一个妹妹出生。

有一次妈妈带我从她的一个阿姨家往外婆家里走。那是冬天一个阴云密布的早晨,已经下过几场雪,田野里到处都是积雪,一片灰茫的死寂。姨姥姥家离外婆家很远,我们走了很久,路过一个又一个被白雪覆盖的村庄,半个人也没有遇见。走到半路,冷风渐起,一棵光秃秃的楝树梢头挂住了一个破塑料袋,风一吹就呜呜作响,大片大片的雪花也飘起来。我忽然发现那白雪之上有很多血滴,大滴大滴的血十分醒目地蜿蜒在白雪上。

因为冷和害怕,我发起了烧,走不动路,怀有身孕的妈妈只好背着我,深一脚浅一脚地往外婆家走。后来妈妈跟我说,背上的我一直说胡话,她忍着没有哭,直到看到了外婆家的房子。那时,妈妈是二十几岁?

我的比我年轻的妈妈是什么模样呢?

很久以前,我见过妈妈和我的一张照片。她一头波浪卷短发，明眸皓齿，眼睛里闪着亮光。她蹲在地上，扶着还不会走路的我。那是在我家门口。彼时尚是老房子，三间瓦屋，两间厢房，一个墙头和院门。门口是一片细弱的杨树林，黑白的照片上却显出林木之下翁郁的阴凉，妈妈笑得甜蜜蜜。

妈妈那时应该是二十三岁。如今，将近三十年过去，照片也早不知道到哪里去了。

现在妈妈打两份工，早上七点到下午五点，在工厂食堂里洗刷碗筷，打扫卫生，有周末，这是第一份；下午六点到夜里，有时候十二点，有时候夜里一两点，很少时候到十一点，给网吧里的客人提供餐食，每天都要去，这是第二份。

每个人都劝她不要做，两个选一个好了，但没有用，跟她生气没有用，吵也没有用，她坚持两份都要做："哪里找这样轻松的活儿呢，就只是熬时间呗。一个老太婆啦，大字不识一个，还能找到什么工作啊。要不是熟人，这活儿放谁跟前还不都是抢着干，哪里能轮到我？再说了，现在还能做得动，闲着干吗？以后花钱的地方还多着呢！"爸爸生气，几天没理她。他向我诉苦："我早上六点上班，起来时不忍心吵醒她，晚上她半夜回来，我也睡着了。两个人一天到晚住在一起，连面都碰不上。"

我转述给妈妈，她有点不好意思。"住在一起还见什么面？"她也向我诉苦，"我也不是多累，这活怎么会累？但你爸他们都啰啰唆唆不让我做。我是不可能不做的！既然都做了，为啥还啰唆我，体贴体贴我不是让我开心些吗？"

他们都在上海打工，并住在一起。在他们曾经的老板顾老板的帮助下，找了两间宽敞的瓦房。几年前，准备搬进去的时候，顾老板找人给简单装修了一下,两间房一边隔成了两间卧室,一边隔了一间卧室和一个小小的卫生间,中间有一个窄窄的走廊,走廊尽头支了煤气灶,安了水龙头,可以做饭。"真好啊!"妈妈说。做饭的地方可以没有,但是有一个能洗澡的卫生间是多么好!因为从前住的地方,简陋得无法淋浴,而这么多年也已过来。

那房子前面是人家的楼房,后面是一片空地,空地再往前,是一道水沟,连着一个小小的池塘,塘边有人家的一小片竹林,几株橘树,一丛芦苇,再往外,有一小块田,据说顾老板付了租金,让爸妈拿来种菜。

那一小块地,大概有四五分,被爸妈分成了好几块,横平竖直。那儿几乎是妈妈的天地。在老家,我们的宅基地小,从来没有菜园,没想到在远离皖北的大上海,竟有了一块菜地!以前妈妈只有一份工作的时候,闲暇时候多,下班了、周末了,就在菜地里忙活。那一片近乎荒芜的菜地被妈妈侍弄得生机盎然。辣椒、茄子、黄瓜、番茄、豆角、白菜、萝卜、香菜、蒜苗、莴笋、茼蒿、芹菜、香瓜、油菜、黄豆、茴香、豌豆、南瓜、冬瓜……每一样都是妈妈的骄傲,她每天上班还会挑一些好的送给她的工友:某某对我很好啊,她喜欢吃茄子和豆角;某某是我的老乡呢,带一点青菜吧……

即便如今妈妈做两份工,周末的白天,她总还是要去地里忙活,有时实在没空,她交代给爸爸:哪一块的菜秧要拔掉,去撒菠菜籽了;哪一块要翻土,需要移栽芹菜苗;白菜快抱心了,该用绳子捆扎起来……

"如果能在这里一直住下去也很好。"妈妈说。但是也住不长久了,那里开通了地铁11号线,即将拆迁,他们前面人家的楼房已经成了废墟。

"现在房租太贵了,等这房子没办法住了,我们就不打工了,回家算了。"妈妈说。

可他们已然都把那里当成了家,尽管那里的每一块砖木,每一寸土地,甚至每一棵野草都不属于他们。

我到新疆六年多,除了刚开始的那几天,妈妈从来没有在上午十点钟以前给我打过电话。因为我告诉过她,新疆和我们那里是有时差的。时差,是她不能理解的词语。我告诉她,在新疆伊犁,夏天时六七点钟天才亮,晚上要到十一点多天才会彻底黑下来。我告诉她,你吃午饭的中午十一点,我刚刚起床上了一个小时的班。她一一记下,只是当我说到,要到晚上九点多才能到家吃饭时,她忧心忡忡,不断重复:那太晚了!太晚了!完全忘记了有时差的事情。

妈妈说,下了一个星期的雨了,到处湿答答的,屋角都长了蘑菇。

妈妈说,你在家里要多做点活儿,女人嘛,总要多操心点家务。

妈妈说,没事的时候多看看书,写写文章,不要老是贪玩。

妈妈说,你种太多花草了,家里放这么多不好。

妈妈说,我做了你爱吃的鱼和红烧肉,可惜你吃不到。

妈妈说,今天你大姑、表哥表姐们都来了,他们一大家人,咱们家就少你。

……………

这是我们几乎每天通电话时的内容。有时候，并无事可说，我便问问她做了什么饭，买了什么菜，菜地里，白菜抱心了没有，胡萝卜长得好吗，香菜呢，那些散落在菜地周围的小茴香呢，好不好。妈妈会一样一样告诉我，小青菜已经吃了很多次，黄瓜、番茄、豆角都即将下架，白萝卜烧汤特别好，蒜苗长大了，香莴笋可以移苗栽种了，前段时间你在这里时一起移栽的上海青已经长了很大……

生活中并没有多少事情需要打电话来聊，无非是一花一草的生长，一冷一暖的更迭。

每次回家，妈妈做菜给我吃，我低头吃东西，再一抬头，就看到她坐在桌旁，一手拄在桌上撑着下巴，另一手还拿着抹布，只看着我笑。

也许，世间所有的爱都是相似的。

因为她这个榜样，我竟然有些忧惧：我无法确定自己能否成为一个好的、负责任的母亲，一个能让孩子顺利成长为一个身心健康、热爱这个并不美好的世界的母亲。

妈妈当然也曾有过抱怨，面对着我，抱怨我的爸爸喝酒抽烟太多，又打麻将，田里的庄稼管不利索，新栽的菜浇水也浇不好；抱怨大妹妹不找对象，小妹妹有时任性；抱怨我的弟弟在家里不爱说话，在远方一打电话必是要钱；紧接着又抱怨我不抓紧生孩子，又离家太远……

我常常如哄小孩般劝慰她，涉及己身便顾左右而言他，给她讲新近发生的笑话，向她撒娇，或者问她一道简单小炒的详细做法。

然而挂了电话，我心里茫茫然不知所措。生活中太多我无能为力的事，我只好借口自己在远方，假装这些事情并不存在，假装一切不好的都没有发生过。

黄昏时，夕阳照亮了西边的云彩，天低得仿佛触手可及。云朵从深灰色渐次铺展，慢慢是亮黄、橘黄、浅红、深红、橙红，唯独即将落下的太阳是亮白的。当太阳沉没，那橘红的旁边是深灰的云，越过云层，又显出当日最后的金黄和橘红。再远处，就只剩下内敛的灰蓝了。那时候，是夏日夜晚十点半，我在散步，和妈妈打电话。如果她刚好不忙，我就向她描述此刻的天空、云朵和夕光，描述我渐渐沉寂在因为余光而显得淡蓝的暮色中。而她那里，太阳早已沉没，她身处城市耀眼的灯光里，仍旧在为生活而劳作。

"太远了啊，你离得太远了。像两个世界。"妈妈叹气。

年轻时不觉得远方有什么不好，如今想来，确实太远了。远，意味着需要更多的时间和金钱。而这些都是我目前尚未拥有的。

但已然如此，她也慢慢接受了我的远，她操心的重点转移到别的方面。

比如，她催我生孩子。"你怎么不着急呢？我像你这么大，你们几个都生完了。""你们不着急，我们不着急，你婆家也不着急吗？你怎么不替他们想一想？""你身体怎么样？究竟是怎么回事？"

有一回，我们电话闲聊，她吞吞吐吐："你这次回老家，你婶子说有个大夫挺好的，带你去看看？"我一头雾水："看什么大夫？"她更吞吐了："别是你身体有什么毛病，怎么到如今还没有生孩子呢？"

我这才明白，她觉得我大概是身体有什么不能生孩子的毛病。我心里有一种难言的感伤，并不是因为她的怀疑和误解。她要把这浮起的念头在心中怀疑、纠结多久，才这样吞吞吐吐犹犹豫豫地向我表露啊，她心里得充满多少的忧惧：她的女儿，已经三十岁了，结婚五年，嚷嚷着准备生孩子也已经有一两年，怎么竟还没有怀孕呢？三天两头小毛病不断的女儿，莫不是真的身体有什么难以启齿的不好吧？她要把这怀疑求证，又不忍心不愿意得到明证，她忍了又忍，终于还是问出了口。

我不知道她怎么样度过那些难熬的工作时间。不知道她每天要纠缠于类似这种犹疑和心病有多久。在遥远的新疆伊犁生活，年已三十、结婚五年却仍没有生孩子的大女儿是她的心病；二十八岁还不愿意找男朋友的二女儿是她的心病；按着他们的意愿定了亲即将结婚的小女儿仍是她的心病；在同样遥远得令她不安的乌鲁木齐念书的儿子也是她的心病。

我们都是她的心病。她过于操心生活中那些令人不安的事物和那些有可能永远也不会发生的事。

从来都是如此。

她不关心自己。她没有时间关心自己。"我能吃能睡能干活，有什么问题？什么也没有！"她确实身体还算不错。

但她的手，因为长时间劳作、洗刷，已经粗糙不堪。这是我从来不曾注意的细节。我已经很多年没有和她一起过冬，这也是说，我已经有很多年没有和他们一起过年了。有冻疮的手，我知道，冬天会干裂，痒，严重时，会裂开，流血。妈妈有一次抚着手掌埋怨老板派的活儿多，轻轻说了一句：疼不在你身上的时候，你怎么会知道怎么个疼法。

那时我才真正明白，感同身受这个词多么虚伪！

保罗·奥斯特《孤独及其所创造的》一书中写他父亲的那篇题为《一个隐形人的画像》的开头令我心碎：

> 某一天，生命犹存，那个人拥有最健康的体魄，甚至还算得上年轻，不知疾病为何物。一切如常，仿佛会永远如此。他度过一日又一日，独善其身，只向往着前面的生活。然后，突然之间，死亡不期而至。他微微叹了口气，重重倒在椅子上，而这便是死。这么突然，没有留下一点思索的空间，不给大脑任何机会来想一个或可安慰的词。除了死亡，除了人难免一死这个无法简化的事实，我们一无所有。久病后死去，我们可以顺从地接受。甚至连意外死亡，我们也可以归咎于命运。但对于一个没有明显原因便死去的人，对于一个仅仅因为他是个人便要死去的人，死亡将我们带到一个离生与死的隐形边界如此接近的地方，以至于我们不再知道我们在哪边。生变成了死，仿佛死一直拥有此生。毫无预警的死。也就是说，生命停止了。而生命可能在任何时候停止。

这段文字我反复读了很多遍。啊！简直不能够想象。一个人仅仅因为他是个人便要死去，一旦将切实的死亡落实到己身，心中总有莫名的惆怅，是啊，还有什么比这更令人无可奈何和沮丧的事吗？

我曾经两次梦见过妈妈已经死去，梦境清晰可辨，细节一一呈现，仿佛真的发生了一般。我不知道为什么会做这样的梦，是因为害怕失去，还是因为其他事情而情绪焦灼？我太害怕这样的事情会发生，而残忍地说来，这事的发生是必然的。除非我先死。但我不愿意，我怎么能忍心让妈妈失去我？我完全能够想象她失去我的悲伤和绝望。尽管她还有其他的孩子，但我怎会不知，在她的心里，我们每一个都是无法替代的。

两次都在惊惧和忧郁中醒来，脸上、枕上全是泪水，心里仍然因为梦中的失去而空荡荡。我不敢记录，不敢告诉她。梦见至亲死去，大约是不孝。但我们究竟要做多少准备才能勇敢而坦诚地面对"每个你所爱的人都将必然死去"这种显而易见的事实呢？我们大概永远都做不好这样的准备。只能在那一刻到来的时候，逆来顺受；只能怀着一万分的虔诚，祈祷那一刻晚一些、再晚一些到来。

因为，没有了妈妈的人，永远不能再做一次孩子。

我一直觉得自己不像她，她皮肤白皙细腻，而我粗糙黝黑，妈妈是美的，而我不是。但此刻我在寻找与她之间的相似时，才发现我所有的敏感和细腻，包括几乎令人生厌的啰嗦，都遗传自她。我们太在意别人的感受，自然，这也并非总是替他人着想，更多时候是不想让人们因为自己而烦恼、而受伤、而厌倦，更多的是想让别人不要迁怒或者归咎于己。我们更愿意把所有不安和羞怯的想法藏在最深的心底，而只对人显示和言说一切看上去乐观的事物。妈妈无声地教着我信任所有的人，相信每一个人表露出的良善，即使真的受到欺骗，仍选择相信事出有因。

这并非优点。我知道，这其中包含着强烈的不安全感、自卑感，包含着对自身过于严苛的保护，某种程度上，也是对他人的疏离。我还能付诸文字，借道阅读，而妈妈呢，她只有庸常而看上去没有尽头的琐屑生活和永不停息的劳作，日复一日，年复一年，流逝的岁月一点一滴改变我们的样子，而她心里的滔滔流水都流到哪里去了呢？

黄昏时，我看着阴云散开的蓝色天空，忽然想，我的妈妈心里想过什么？妈妈的生活和世界是什么呢？是我们吗？除了亲人之外，她的生活里还有什么不一样的吗？她有一些什么是我所不知道和无法知道的吗？

有一次，只有一次，我在不经意中，看到妈妈坐在那个水塘边的橘树下，望向西边的天空。她坐在地上，右腿伸着，左腿弯曲，左手托腮支在膝盖上，一动不动，望着西边。太阳即将落下，周围的云彩是金黄橘红的。她的右边是一丛茼蒿，左边通往池塘的水沟里铺满了盛开的水葫芦淡紫色的花朵。

她的渐长的短发被风吹了起来。我没有喊她。

夜雨灯火深

昨天夜里下了一场雨。那雨不知是什么时候开始落的，我往窗外看时，路上已经湿漉漉的，路灯下的水洼里雨水点点起落，雨水的光泽在灯火的映衬下，泛起一片金色。偶尔汽车驶过的声音，像是流水哗啦啦流过一般。风一吹，路边的一棵不知什么名字的树，就开始在雨水中婆娑起来。

我的心忽而有点迷惘了，深夜里这样的情景，总会让人有一点矫情的感伤。就是那一个瞬间，我想起"秋天床席冷，夜雨灯火深"的句子来。

这是白居易的诗，我想起来这一句，翻来原文，是他的《秋霖中过尹纵之仙游山居》，我看的这个版本的电子书，这一首是放在他感伤诗这一集里的，诗是这样说的：

> 惨惨八月暮，连连三日霖。邑居尚愁寂，况乃在山林。林下有志士，苦学惜光阴。岁晚千万虑，并入方寸心。岩鸟共旅宿，草虫伴愁吟。秋天床席冷，夜雨灯火深。怜君寂寞意，携酒一相寻。

和朋友聊天的时候说到这首诗，她说，你看前面"岩鸟共旅宿，草虫伴愁吟"，再读后面，就知道古人作诗其实是很讲究结构的，而且很具逻辑性，不像我们所看见的某些现代诗，总是不知所云。我读诗的时候很少注意前后关联，也不太讲究诗中深意，只是有时碰见一两个好句子、好景致、好境界就异常欣喜，不管不顾地喜欢上这里头的一句甚至几句。听她一说，深觉惭愧，于是又好好地读了读，但是脑子里总还是想着"夜雨灯火深"的意境。及至晚上落雨，我才觉察，她所说的和我所沉浸的这一句表达出来的内涵和意境其实是一致的。这种感触，作者在最后一句中已直接说了出来，那便是——"寂寞意"。而实际上，从诗的第一个叠词开始，作者都在描摹这种情绪。人们常常借景抒情，有时以哀写哀，所以有悲秋；有时以乐写哀，所以又有伤春。但总归是表达作者自心。人道是伤春悲秋不长进，但是，连春也不伤，秋也不悲，活着还有什么意思！

而白居易其实是一个很感性的人，有情调，有雅意，善于用简单的几个字表达感情。这也许是古时诗人都擅长的，但是，他写起来又别有滋味。那一集感伤诗里头寄予元稹的不少，余下的，看见秋天里的牡丹，他说"幽人坐相对，心事共萧条"；长风从西方吹来，草木凝霜，树叶飘落，他说"已感岁倏忽，复伤物凋零"；在每一个秋深露重的夜晚，听见被月亮惊起的鸟儿扇动翅膀的声音，他又说"栖禽尚不稳，愁人安可眠"……

真真的，是古人心巧，单单的几个字谁不认得，却"排"成这样的好句子。说到他不免又要提起每个冬天都会想起的那首：

夜雨灯火

"绿蚁新醅酒,红泥小火炉。晚来天欲雪,能饮一杯无?""绿蚁""红泥",在每个冬天阴晦的傍晚,其时,连风也不吹来一缕,万籁俱寂,可是,大雪即将到来了!

太多的人喜欢这个意境,我的一个朋友,在每个冬天来的时候,他都会在QQ签名里写下这首诗。说来也怪,冬天将晚,天气阴沉的时候,就真的想问一问:晚来天欲雪,能饮一杯无?这一句表达了太多的情绪,又简洁,又意丰,只是可惜问不到正确的人。

难怪,他总是在早秋天凉的时候,独坐窗前,铺一张信笺,磨一块好墨,随便捉起一支笔,就着天末四起的凉风和打落在芭蕉、梧桐树叶上的雨滴,写一首诗寄给远方念想的知音:

零落桐叶雨,萧条槿花风。悠悠早秋意,生此幽闲中。况与故人别,中怀正无悰。勿云不相送,心到青门东。相知岂在多,但问同不同。同心一人去,坐觉长安空。

第二辑 还顾望旧乡

从此以后

　　夜晚，刚刚给小孩读完《木偶奇遇记》的最后一章："随后匹诺曹去照镜子，他觉得看到的好像是别人。他看见照出来的不是木偶平时的形象了，而是一个漂亮、活泼、聪明的儿童形象：长着栗色的头发，天蓝色的眼睛，带着一副快乐的神情，像过五旬节一样高兴。"

　　房间也变得干净整洁温馨，生病的爸爸完全康复了。

　　如何解释这些突如其来的变化呢？

　　"因为坏孩子变成好孩子的时候，他们就有能力使他们的家庭从内部焕然一新并充满微笑。"

　　小孩子玩乐一天，十分疲乏，一章故事还没念完，就沉沉睡去了。

　　我收起书，有点发愣。

　　这样一个童话故事，教育坏小孩变成好孩子，结局幸福美满，令人们心生愉悦，但谁知道从此以后呢？

　　一个漂亮聪明变好了的小男孩和他重新变得健康但是仍然年迈的父亲一起生活。从此以后，那个变成了男孩子的木偶，将去

夜雨灯火

往何处？

在夜晚我的阅读中，在台湾作家黄国峻那里，还有另一种后来：木偶小男孩在爸爸去世之后，还有一个漫长的孤独消极颓丧和自我怀疑、自我放弃的时期："木偶怎么可以变成真人？我本来是棵没有思想的树，我不该是个人，我不必知道这世界看起来是什么样子，我要回到山林中结果子撒种子，然后枯干腐朽。"先否定了自己的出生，继而否定和反对自己的制造者：木匠和仙女。"我没有一个木匠父亲和仙女母亲！"

在黄国峻笔下，木偶小男孩敏感、孤独、不合群，却对人群和人世抱有强烈而热切的爱与渴望，但他又难以像水滴落入大海那样融于人群……

手中两本黄国峻的作品：《是或一点也不》是一本融合了短篇小说、故事及短文的风格各异的集子；《盲目地注视》则是寓言、童话、传说的"变异"。每天晚上等孩子睡着，端坐桌前，读一个半个。房子是小区最后一排，栅栏外就是马路，小书房只有一扇朝北的窗户。夜深人静——其实夜不深时也人静，这是一个新建的城市，人口稀少，居住在此的大多数是政府及其他机构工作人员，工业园区上班的、学校上学的——栅栏外一排垂柳兀立。冬天的夜晚，没有风，枝条纹丝不动，一盏路灯高出垂柳枝头，从书中抬头望去，居然像一轮明月镶嵌在西北的天空中。

有一晚，正埋头看书，不经意抬头望向窗外，雪不知从什么时候已经开始落下，地上一层厚厚的白。天空中，路灯下，硕大的雪花扑扑簌簌，仿佛从路灯趋向暖黄的光中洒落，仿佛那路灯乃是一个制造雪的机器，雪花争先恐后从中涌出。夜晚一如既往地安静，一如既往地没有风，眼睛盯着那雪花，心内某种难以描述的情愫潜滋暗长，猛然有种世界静止的错觉。

手中看的正是收录在《是或一点也不》集子中的故事：《国王的新朋友》和《国王的新天地》。从安徒生童话里"出走"的国王，十分善于反省，光着身子出游之后遭到全国老百姓的嘲笑愚弄，深感羞耻，心情沮丧，拒绝任何人接近，内心变得敏感、多疑，终至孤独而绝望。

一个人从极端走向极端，难免令人悲哀和伤感，哪怕他是一个国王呢。从黄国峻"续写"的两个故事来看，新天地中的国王，更具个人的悲剧性。

那个穿着"新衣"游行过的国王，究竟在追求什么？他要离开宫殿，离开从前——那带有浓烈羞耻和愚蠢色彩的从前，去见识外面的世界，去踏遍千山万水，但所遇皆是来自尘世的阻挠，比如，臣民们的逢迎、嘲笑、拒绝、设计。

而且，他所孜孜追求的"知音""外面"是什么样呢？又有什么呢？

在闭塞宁静的寺院里，国王坐在只有一张长桌的简陋的厅室里，终于"觉得感官轻松，思虑尽卸，仿佛从长眠中醒来，彻底与记忆中的诸多事物断绝关系，他不曾感到头脑如此清醒过，是否找到使仙术的朋友早已不重要，甚至去分辨那些事的真假虚实也是没必要的，他满足地坐在这里沉思……"

"满足"二字，就像大臣们给他设计的剧本，求仁得仁，"需要帮助却希望不依靠帮助"的国王，想放弃又不想主动放弃，最终得到的就是"满足"，但国王之"满足"，应该也是热爱或受够了他的大臣们剧本的完满吧，是千辛万苦所追寻的一个"结局"，至于寺庙是不是大剧本中的一个场景，即使对于国王本人来说，也已不重要了。

茫茫雪夜，万籁俱寂，路灯和白雪互相映照，那位面容愁烦、进退维谷的国王，那个为了要离开世袭的尊贵虚荣和愚昧，离开自己的虚荣偏见和狭隘，而去追寻他那位"离去的知音"——又一件不存在的"新衣"——更重要的是要去见识王国外面的世界、去历经千山万水的国王，仿佛此刻正在雪中茫然而立，对于要去往何方毫无头绪。

在无边的被白雪映照的昏黄苍茫的夜色中，大雪仍然纷纷而下。

读黄国峻的作品，几个关键词始终盘旋在我的脑海里：敏感、孤独、自省、隐喻。

在《一只猫头鹰与他》中，那个因为身体疼痛，在莫名中与笼中鸟——一次在菜市场买菜的偶遇中买回来的猫头鹰（父亲后来与街头卖猫头鹰摊位的一次遭遇，是解释、是强调，也是重现），交换了身体，或者说，交换了灵魂，如果真的有灵魂这种东西的话。

在一次次的跌落中练习操纵猫头鹰的身体，飞行让他变得轻盈，高处让他变得通透——"从鹰（原文如此）眼看人们居住的地方，他突然觉得疑惑而不可思议，好像退离得越远，就感到越了解这地方是多密实地夹绞着那一个个人……这片由房屋与人影所织成的景象，好像是无法让他落脚的滔滔江河，壮观而无法测度。"

这何尝不是对肉体和灵魂的思索，对人之为人的思索。

美国诗人、小说家梅·萨藤，在她老年岁月里所写日记《过去的痛》中曾说过："肉体自身就是一个宇宙，必须像对待任何神圣的造物一样地把握它，像每一只神奇的鸟、甲虫、蛾子和老虎。忘记神圣的肉体是危险的……因为一旦如此，毁损，一个伤口的毁损，或者单纯老年的毁损就可以把精神消灭。"

不管是被动的来自他人击打的痛，还是自然不可控的身体之痛，只有"痛才能让他变成懂事的人，无知的年纪就是用来搜集一身的皮肉之痛，牢牢记住后又彻底忘光"。

我一直觉得，只有拥有过切肤之痛，才能对疼痛有发言权。痛不在你身上，一切感觉未免有些隔靴搔痒。忽略或者鄙视肉体的人是愚蠢的，相信精神能够打败肉体疼痛的人同样也是愚蠢的。我从来不相信在肉体疼痛的时候能够思索出什么伟大的哲理，在真正疼痛的时刻，宣称能够用专注的阅读、思考和写作或者其他诸如此类事情来"忘记"的人十分可疑。对于肉体的疼痛，唯有承认它、承受它，科学地正视它、处理它，才稍微有可能在疼痛之后得到少得可怜的收获。

以敏感之心写出来的种种"奇遇"，读来几乎像自省。

夕阳西下，即将落山的太阳周围，云彩从红色、金色、玫瑰金到淡青、青灰往更遥远的空中铺展。空旷的大地白雪稀疏，可克达拉大桥在即将到来的夜色中渐渐朦胧起来。走在空荡荡的路上，总令人疑心，在凛冽的空气中，树上停着的那只偶然与你对视的雀鸟，会否携带着某人的灵魂。它一动不动，仿佛停在了时间深处。

就像黄国峻借着拥有猫头鹰身体（也可以说是摆脱了肉身的笨拙与疼痛）的"他"之口，告诉大家：奇遇是你们想象不到的，"奇遇必然是孤独而不被推理所寻见地偏远"。

奇遇可否称之为"物化"？

几千年前，那梦见蝴蝶的庄周（也许是梦见庄周的蝴蝶）："昔者庄周梦为蝴蝶，栩栩然蝴蝶也，自喻适志与！不知周也。俄然觉，则蘧蘧然周也。不知周之梦为蝴蝶与，蝴蝶之梦为周与？周与蝴蝶则必有分矣。此之谓物化。"

庄周与蝶，大概是物与人的"两忘"，而黄国峻的"鹰人"，却对个体的"人"和"猫头鹰"，有着更为明晰的界限。

冬天的夜晚，路灯寂寞照明。到不远处伊犁河边散步，水中沙渚影影绰绰，四周阒无人声，只有可克达拉大桥的灯光变幻着色彩，孤零零地倒映在不住向西流淌的河水中，水声鲜明、清澈、磊落，有冬夜的凛然和寒意。灯光映在流水上，偶尔一块浮冰顺流而至，旋即又顺流远去。一只不知什么鸟似被水声惊动，伴着短促啼鸣，呼啸飞走，翅膀在空气中滑动的声音清晰可辨。

这一座大桥，明亮而孤寂，夜晚，几乎没有一辆车通过，更别说人了。它就这样横跨在夜晚的伊犁河之上，独自亮着地标似的灯光，仿佛在暗夜指引着什么。冬夜静寂，一丝风也没有，一丝嘈杂也没有，然而空气冷峻，令人觉得似乎暗含某种隐喻。

奔腾的河水像许多年前一样流过，此时此刻，如果黄国峻站在河边，他会想些什么？他会怎样安排一个人、安排一个什么样的人，生活在这样荒凉空寂的地方，日日听从流水的教诲？

世界广阔无边，人的内心亦然。

马来西亚作家黄锦树曾提出中国台湾文学"内向世代"的概念:"不响应政治议题,不反思历史,而是从自我出发,绕一圈又颤巍巍地回到自我。从那些作品里我们可以清楚地看到一种关于写作自身的危机形态,脆弱的、濒临分裂的'自我'成为写作的真正主体,世界和语言都是问题。内向,向内崩塌,甚至对死亡有一种异乎寻常的迷恋。"

黄国峻即此"内向世代"的代表人物之一。只是他提到的一些代表人物,好几位都是自杀身亡。黄国峻如此,震动台湾的一代传奇、写下同志经典《蒙马特遗书》的女同性恋作家邱妙津,《寂寞的游戏》作者、黄国峻的好友袁哲生,也是如此。

"内向世代"的意思,其实就是深入"内向"的探索,回归心灵和文学性本身。

而剥离了"人之思"的肉身,是人形还是鸟兽,又有什么异同?

像那个"鹰人",不,应该是"人鹰",因为逐渐消失的语言和思想,肉身变得轻盈而更有助于飞翔。"他一直在小镇的天空中飞绕,出现在许多人眼中,毫无疑异处。那些脑中的语言与思想慢慢在冷落中消失,有时候他会觉得有个很重要的东西从身上掉下去,落在人群里,这个损失使他变得一无所有,却也因此而感到轻盈。"

他正在变成一只真正的猫头鹰,消失在丛林深处,有一天,也许它的后代,会像它一样,被捕获,还拿到那个市场路口来出售。治病的人,慢慢杀死它们,因为只有受到惊吓和濒临死亡时,它们的身体才会有一种特殊的内分泌,才能"包治百病"。

夜雨灯火

累积而来的深夜，读完这一个个故事，想想这个叫黄国峻的年轻人，年仅三十二岁便主动告别人世，不由得内心一阵凄然。

人到中年——到了超过黄国峻的年纪，再读他的"内向之思"，再读他的这些梦境和秘密，内心更多的是无言的惆怅。

他死后，袁哲生曾经这样述说他："国峻在我心中是一个勇敢的人，只是没有想到这份勇气竟然一直以来是那样用力，以至它的断裂，也像金属疲劳那样来得突然。"

袁哲生于黄国峻去世的次年，也让自己像金属疲劳那般突然断裂了。这两个人，也即是被张大春称为"撑起二十一世纪小说江山的两位作家"。

黄国峻曾经写信给母亲，说："我不想自杀了，因为我很怕被别人乱解释我的死因，我认为葬礼完全被活人利用了，是对死者很没礼貌的打扰，硬是要搞得迎合某种核心价值。我宁愿自己的尸体被狮子吃掉。"

对于死者——选择去死的人来说，不管怎样的叹息惆怅和哀婉，都无济于事而显得有些多余。

在一篇名为《水仙不自恋》的短文中，他说："世上少有情投意合这回事，多的是无法实现的梦想，以及困扰一辈子的错觉，而这才是爱情的真相。"

其实，能够这样想的人，是相信爱情的人，是仍对人间怀有深刻爱意的人。我一直觉得，写作是最深沉的一种爱，那是对万事万物的有形热爱啊，对花草树木、对风生水起、对风吹草动、对风云变幻，对一切的一切、所有的细微之物倾注的可以触摸、不可剥夺的爱。

我多希望，作者也能像他笔下的那个历经坎坷、万念俱灰过的木偶男孩一样："从此努力学习技艺，成了一个好木匠，不管环境依然如何不利。虽然他一直过着独居的生活，但是每当他专心于雕刻木偶，便会得到许多的乐趣。"

　　这样简单而匆忙的结尾，是男孩在仙女爱的抚慰下自我救赎的将来，也是作者对现实人生、对人之所在尘世的观照，却又像是某种难以到达的期许。

乌鸦飞过的冬天

冬天的黄昏，正埋头工作，忽然一抬眼，单位后面几株老橡树上方，呼啦啦一群又一群的乌鸦正飞来飞去，有的往有积雪的树枝上去，有的就那么飞着，无枝可依般，飞一圈再飞一圈。夜色在冬日黄昏的天空，在黑压压鸟群翅膀的扇动下，渐渐铺展开来。

看到乌鸦——在伊犁，乌鸦过于常见了，夏天的时候在草原，冬天的时候在城里——我总不由得想起"乌鸦的炸酱面"。在鲁迅先生的《奔月》中，面对越来越少的猎物，面对每况愈下的生活，面对相看两厌的后羿，嫦娥厌恶地说："又是乌鸦的炸酱面，又是乌鸦的炸酱面！你去问问去，谁家是一年到头只吃乌鸦肉的炸酱面的？我真不知道是走了什么运，竟嫁到这里来，整年的就吃乌鸦的炸酱面！"

在朱西甯短篇小说集《铁浆》中，并没有"乌鸦的炸酱面"般的厌倦，但常常是读着读着，眼前仿佛就有一群乌鸦在空荡荡的田野里飞，飞在冬天荒凉的大地，飞在落光叶子的苦楝枝头，一种孤寂和凄清笼罩在心，让人悲从中来，却又无可奈何。

九个短篇，我读了将近一个星期。读读放放，又拿起来读，想到小说中的人和事，"莫不是震慑心魂的悲剧"，心里憋闷得厉害。

阿城老师在为此书所作之跋中说，《铁浆》是现代汉语文学中强悍的代表作，尤其其中的《铁浆》一篇，并且认为其当然有很强烈的寓意，是读者都能解读出的。

文章的寓意，我倒没有去管，只是，忽然想起来与文章寓意无关的小时候。那些被遗忘的、原以为并没有留下痕迹的片段忽然鲜亮起来：打铁匠走村串户，支起风箱，架起炭火，那火光中映照出一两个光着膀子、闪烁着油亮汗珠的大汉；吹在身上的风，因为火光和热闹而变得温柔可亲，耳边依稀还有乡人同围观的调皮孩子开玩笑：快回家！看你妈跟打铁的跑了！

毛姆曾言："确实有一些作品，它们被所有优秀的批评家所称道，文史家们也贡献出不少精力去研究它们，却没有普通读人能够在享受中阅读这类作品。"这当然是令人遗憾的，但毕竟"你才是对你手中所读书籍价值的最终评判者，而不应管评论家怎么说"。因此，喜欢或者不喜欢某一部作品，也并不值得大惊小怪或者小题大做。

是的，除了学习或为通过某项考试，阅读应该是一种享受。不管是像《铁浆》们，让人不经意就呲出了无法言明的苦涩，还是像《大江东去》般感慨人生如梦，阅读，都应是让你的生活和感触更加丰富的。

刘大任在2002年为《铁浆》重版所作序言时说，重读《铁浆》有"一种万古长新的寂寞感"。这感觉和他年轻时初读不一样，年轻时读来"不是寂寞，是温暖，没有失落，有震撼"。他继续说，朱西甯的作品，应该属于鲁迅、吴组缃、沙汀、艾芜等所代表的传统。也即刘大任随后所阐释的"灰色地带文学"——"相对于人生的荒谬与世界的冷酷，一种拒绝妥协、拒绝投降的顽固一时似乎潜藏于深底，眼光从那个深度看出来，人性的幽微处，人际关系的真假虚实复杂面，暴露出来，构成了小说风景的实质内涵"，所以，不能因此感到寂寞无比。

在小说集余下的阅读中，相对于作家与专业读者对作品从写作手法、派系到某种主义的分析，作为普通读者的我，只看得到里头的自然气息。像不甚清晰的幼年记忆中的皖北农村：

秋天落尽了叶子的树，有月亮的晚上，浮云遮住了新鲜的月光，谁家麦地里一座新起的坟，一个比一个更穷苦的乡亲，落了霜的荒草，冷风中在树杈上摇摇欲坠的鸟窝，一只不知从什么地方飞来又不知飞到什么地方去的大鸟……

一些人和事就这样亮晶晶地闪现着，在泠泠的月光里，在冬天将雪未雪的夜晚。你看《新坟》里那个立志要学会看病的能爷，谁不为他的执着和发生在他身上之悲苦命运而心怀悲痛？那份几近愚蠢的固执，令人心疼和悲悯，但在瑟瑟秋风中，谁又有资格去悲悯他呢？你看《锁壳门》中，那个一家之长、顶梁柱，在风沙与寒冷中被杀掉的、痛苦的脸上含着似乎是天生的微笑的、不愿冤冤相报世代结仇的长春，你能不为他而心疼而动容吗？你看《铁浆》中为争包盐槽弄得两败俱伤最后饮下翻滚的铁浆身亡的孟昭有，《余烬》里从一场大火中死里逃生却各怀心事的瘸大爷和瞎子……哎！你看吧，还有什么好说的？

什么事也没有发生

  我第一次读王安忆的作品，是她的长篇《长恨歌》，再接着是《逃之夭夭》，然后就是这本《三恋》。手中的书，是重庆出版集团的"月光之爱书系"之中的一本。书的封面是诗人车前子的画，恬淡、优美，似不着痕迹的爱意。按照序言的介绍，这是女作家们的爱情小说系列，爱情如月光照在海面上，"滟滟随波千万里"。

  女作家写爱情的优势在于她是女人，而劣势大概也是这个。因为太了解，太清楚，所以能写出纠结和欲念，写出幻想和绝望；又因为身在其中，所以不辨真伪。

  但若真把爱情写成一场棋逢对手的较量，就无趣得很了。看似不分上下，出招接招拆招，眼花缭乱目不暇接，而实际上那一招一式出于一人，即使旗鼓相当又如何？深处其中的沾沾自喜，看的人却唏嘘不已。

  我暗自希望这本书不是如此。因为怀着这样的情绪，就不会像以往随手乱翻，刻意按照顺序，一页页看下去。先是《荒山之恋》，接着是《小城之恋》，再接着便是《锦绣谷之恋》，从午后到黄昏，从黄昏到深夜，一口气看完：从残酷的决绝，到潦草的无奈，再到真假难辨的淡漠。也许无形中她写出了时间的改变，历史的更迭，"浓烈"的爱情的渐渐散失。在王安忆的笔下，我看见爱情中女人们逐渐模糊起来的面目，到了今天，再也不会有那样缠绵、决绝，那样爱情与恨意并生、自私与责任同在，又毫无物欲的爱情了吧？

王安忆果真没有如此，爱情绝不是平等的，它像两个人玩跷跷板。

我从前读茨威格《一个陌生女人的来信》，十分惊诧一个男人能将恋爱中女人的心思描摹得如此细致入微，他竟能将女人的情感在一封长信中述说得如此千回百转又义无反顾。但是普兰·德·拉巴尔曾言："但凡男人写女人的东西都是值得怀疑的，因为男人既是法官又是当事人。"于是，在茨威格作品的千回百转中，我渐渐怀疑：他所写出的那陌生女人在成长之中对男人心理的深刻洞察、对男人本性的熟谙，岂不是男人对自己的了解？他借她之口所说"我要你一辈子想到我的时候，没有忧愁"，能不能算是男人的某种宣示？那么，他所描摹出的这样一个"陌生女人"的形象是不是想说：即使男人们如何风流、健忘，仍有或者仍希望有类似于此的女人毫无奢望毫无欲求的爱，默默却又炽烈，以满足他们虚荣而又自欺欺人的完美梦想？

如此而言，女作家写出的女人们、女人们的爱情，相对就可靠多了，在那些文字的背后，我们看见女人对女人的包含爱意的热情和批评——如果非得说有批评的话。

金谷巷的女孩热烈和骄傲，知青女的隐忍和包容，可她们所爱的男人有着自私且怯懦的欲望，她们没有名字的爱情，随着金谷巷女人主动的和那拉大提琴男人被动的赴死而终结。

练舞练坏了形体的女孩近乎暴虐的爱情,因那个年纪比自己大却始终像孩子一样的男人——无论是形体还是爱情的心智都是如此——的离开而变得深沉平静。这深沉与平静中还有没有爱情?

女编辑的现实和浪漫,在庐山归来后趋于"平静"。"她似乎是在这一个早晨里想通了一切,这种漠漠的相对是她婚姻的宿命。因此,她宁可将他埋葬在雾障后面,她宁可将他的她随他一同埋葬在雾障后面。她绝不愿将他带入这漠漠的荒原上,与他一起消磨成残砖碎瓦,与他一同夷为平地。他们将互相怀着一个灿灿烂烂的印象,埋葬在雾障后面,埋葬在山的褶皱里,埋葬在锦绣谷的深谷里,让白云将他们美丽地覆盖。从哪里来的,还回到哪里去吧!"

可是,她能不能说清楚,"灿灿烂烂的印象"真是他们相互的吗?说到底,爱情也不过是一厢情愿。就像,在那个早晨,她忽然想到的:"其实,什么事也没有发生。"

甚至连一个梦也算不上。

也许死心是个悲剧,而更悲剧的是心不死。女人爱情的所有悲剧只归结于三个字:心不死。而且,所有自认为沉在爱情中的女人都该警醒:若从未被纵容过,实在算不得真正有过爱情。

于是我从《三恋》中看见,所有的爱情都是她和他的战争,所有的爱情都是她一个人的战争。硝烟滚滚,哀鸿遍野。

像那首歌深沉低回唱着的:"我们没有流血,却都已经牺牲。"心跳被掩埋,一世英名已葬送。里头真的有过爱情吗?

夜雨灯火

大地上所有的风声

2009年,我第一次到新疆,第一次到伊犁,第一次见到了刘亮程。那是在王蒙重访巴彦岱的活动中。当时来了很多作家,许多教科书上有作品的,平时能读到的,甚至还有很多我从来没有听说过的,像舒婷、迟子建、于坚、葛水平、查建英等等。好几十人。

我这辈子并没有想过会见到教科书里学过的作品的作家,我原本以为能上教科书的,都是已经仙逝的,像鲁迅啊,老舍啊。

在喀赞其,众人流连于民俗风情园的马车、花帽、地毯之间,流连于白杨、小桥流水和风中扬起的手风琴的乐声中间,刘亮程站在一辆马车旁,伸手拾起车上的苜蓿,自言自语:今年的苜蓿长得好啊,长得好。

距离他写《一个人的村庄》,已经过去了好多好多年。

他是新疆人。在新疆、在伊犁,见到他的次数就很多了。见到他,也凑上去打招呼:刘老师好。或者像其他的朋友那样喊:亮程老师好。他也回应你:你好啊。

有一次自治区作协开青创会,他作为嘉宾在主席台发言。有朋友告诉我,他不怎么爱在公开的场合发言,但是,你注意听,他一旦发言就会讲出很有趣的东西。

他讲得果然很有趣。

他说,现代作家不会跑题,是一个很大的弊端,不会跑题的作家,基本上是一种爬行动物。

他说,文学是一场漫长的等待,是一种回望的艺术。"我们需要在故事结束的时候找到故事,在没有语言的时候找到语言""作家要退回到孩童那里",最好的作家,"长着七十岁的头,内心住着一个三五岁的孩子,他永远在重新经验着这个世界"。

他说,文学是梦学,是人类心灵的沟通术。"跟石头说话,与风对语,对花微笑,这是一个作家的基本能力。"

他讲的时候,其实没什么表情。眼睛有时候看着遥远的别处,讲得缓慢,有时候讲上一句和下一句之间要停顿一大会儿。大伙被他的话语逗笑的时候,他也不笑。

我在一个好朋友家里看到过他的题字:"吃饱了喝涨了黄土窝窝晒太阳荣华啊富贵啊。"我看见了就很想笑,仿佛听见了他说这些话的语气。我不懂书法,不知道他的字好不好,只是觉得他的字里有一种趣味,有种儿童的稚拙。

他这个人,给我的感觉也是稚拙。

其实,我没怎么读过他的书,他的成名作《一个人的村庄》也没读过几篇。所以,作为新年礼物,我给自己买了一套他最新的集子,浙江文艺出版社出版的,包括散文集《一个人的村庄》《在新疆》,长篇小说《虚土》《凿空》和诗集《晒晒黄沙梁的太阳》。

我从《在新疆》开始读。

我读第一篇——《先父》。近十二个页码,我读了一半天。

他一个人絮絮叨叨,写童年对父亲的渴望,写长大后对父亲的需要,写超过父亲去世时年纪后的空茫。

"你死后我的一部分也在死去。

"如果你在身旁,我可能会活成另外一个人。

"他给我一个赡养父亲的机会,也给我一个料理死亡的机会。这是父亲应该给儿子的,你没有给我。你早早把死亡给了别人。

"我将在黑暗中孤独地走下去,没有你引路……我更需要你教会我怎样衰老和死亡……可是没有一个叫父亲的人,白发飘飘,把我引上老年。"

刘亮程今年五十多岁了。他的父亲在三十七岁时去世,他写这篇《先父》写了许久。就像他曾经说过的,文学是一场漫长的等待,等待所有的生活一点一滴地回到内心,因此这才写出了大家现在看到的。

读这些句子的时候,我仿佛能够看到,一个儿子,一个年纪比父亲老很多的儿子,在黄昏的新疆大地上,在父亲偶尔吃过一顿饭的沙湾,在父亲进疆后度过第一个冬天的乌鲁木齐,在父亲的故乡金塔,喃喃自语,是埋怨也是心疼,缓缓道出天底下最无能为力的爱。

作家李锐在刘亮程作品研讨会上说,在刘亮程的作品里,"有一种温情的东西,而这个温情不是甜蜜蜜、甜兮兮的,点一个蜡烛,两个人分一个红富士,不是那样的,是一种胸怀,一种悲悯的东西,就好像上帝答应人有一个明天,佛祖答应人应有一个彼岸"。

我喜欢他写下的这样的"温情"的文章。像这样的文章,《在新疆》里比比皆是。一个故事,一种风俗,甚至是一碗揪片子,几个烤包子,一碗抓饭,在刘亮程那里都充满着浓浓的新疆气息。这气息是新疆独有的,也是他个人独有的。

老城库车的生活,在他的笔下,像电影一般展现在眼前,穿城而过的库车河,龟兹古渡,满街的毛驴车……时光仿佛停下来在等着他的到来——"一切都没有过去,只有我的年华在流失",而"我和它们就像曾经沧海的一对老人一样一见如故"。

他写《五千个买买提》,仿佛看得到他在库车河大桥上喊了一嗓子"买买提"后,一下子引来了五千个人的应答;他写一个卖馕的妇女,她的装馕的红柳条筐仿佛放了千年;他写每周不同地点的巴扎上,卖奥斯曼草的妇女,怀抱歪葫芦的老人,把坎土曼摆成自己独有造型以至成了招牌的人;他写在老城阿斯坦街大麻扎旁几个近百岁和亡人一起"分享"食物的孤寡老人,果园小巷里十二岁没了父亲靠订箱子养活母亲和妹妹的小女孩,还有那个把半个月都唱不完的木卡姆歌带到天上去唱了的木卡姆艺人;他写挂在墙上的被老铁匠打出的一把已经放了六七十年的镰刀怎样被一个对的人买走——"那个人在茫茫田野中抬起头来,一步一步向这把镰刀走近";他写《托包克游戏》,看上去倒不像是写赌博,倒是像某种庄严的关于誓言、关于承诺、关于信仰的人生——"生活太漫长,托包克游戏在考验着人们日渐衰退的记忆。现在,这种游戏本身也快被人遗忘了"。

这些我不熟悉的生活，在他的笔下一点点生动起来，仿佛一个人跟随着他的笔在老城库车转了许久，看到了最后的老铁匠，看到了巴扎上成千上万的毛驴车，看到了一个一个的维吾尔人怎样在充满尘埃的老城里一点一点把自己变老……

但也有不喜欢的，像《一片叶子下生活》。不知道为什么，我总觉得写这些文字的刘亮程并不是写《先父》的那个刘亮程，也许是我压根没读出他的意思？

读《在新疆》之前，我刚刚读完周涛的口述自传《一个人和新疆》。

这两个人，自然是不同类型的人。新疆，在这两个人的笔下，也是不同的。周涛笔下的新疆，个人意气似乎多一些，也许这是因为题材的缘故——他写的本来就是个人自传。刘亮程笔下的新疆，是新疆人的新疆，是到达此地的外省人眼中看得见和看不见的新疆。林贤治说刘亮程是（二十世纪）九十年代的最后一位散文作家，说他的哲学，是"乡土哲学"，是一种生活态度，就像盐溶解在水里，散布在日常生活中的每一个细节，每一个地方。它有一条粗大的根系牵着，那就是：世界从来如此。

刘亮程的新疆也从来如此。

"新疆是我的家乡，家乡无传奇。我没有在我的家乡看到人们想象的那个新疆，那个被遥远化、被魔幻化，甚至被妖魔化的新疆。……我从来没有猎奇过新疆，因为新疆的一切事物我都视若平常，我看着它们看了半个世纪，在我眼里这就是一个我生活的新疆。

"新疆是我的家乡，对我而言，她就像空气一样，像阳光和雨水一样……那种对家乡的感情，远非一个爱字可以表达，它更丰富更复杂，百感交集、悲欣交集。"

而刘亮程的作品，"如同顿然隆起的一片裸呈的泥土，使众多文人学者精心编撰的文字相形失色"（林贤治语）。

刘亮程自己也说："我的写作和生活，一直在一种只有上午下午、白天黑夜的农耕时间里。农耕时间是大块的，缓慢悠长，没被分割破碎，适合万物生长，适合地老天荒地想事情。"

他的散文里，读出的都是慢。

我初到新疆时，乌鲁木齐到伊犁还没有通火车，六七百公里的路程，只有大巴。途中要经过果子沟，经过蓝得动人的赛里木湖。那是五月份，我乘坐下午六点的大巴车，一觉睡醒，太阳在公路的正前方，又大又红又亮。旷野一片金红色，一看表，已经是晚上十点了。

新疆与老家的时差是两个小时。这两个小时，在夏天显得很长。老家七点多钟天已经全黑了，而这里，晚上十一点多才开始昏沉。这两个小时，给我最初的感觉像是赚到了。但，后来，我就慢慢觉察，并非如此，这明显是慢了两个小时：我们上班了，老家已经快到中午下班了；我们下午刚上班，他们又要休息了。

我会记得在"下午"几点之前给家里打电话，不然，他们就要睡觉了；我和同学朋友联系，会先想一想，这是休息还是上班时间。其实这些都并不刻意，在我拿起电话的那一瞬间，关于时间的差异就会闪现在我脑海中。

刘亮程，这个祖籍甘肃酒泉的人，这个"长相既像维吾尔人又像哈萨克人和蒙古人"的人说出的话，让我十分动容。

他说:"尽管我平常用北京时间起床睡觉,上下班,吃饭,约会朋友。我死亡时,我会把一直使用的时间倒回两小时,回到我们的时间,我自己的时间。"

"一种黄沙中的时间,月亮、尘土和绿叶中的时间。"

刘亮程说:"我在缓慢的时间里写成这部书,前后写了十年。一部书有自己的生长年轮,少一年都长不成。这些文字是我和新疆的一场相遇。我在新疆出生,是一个老新疆人。这里的干燥、辽阔及多民族生活环境,使我的相貌和文字都充满了新疆的气息。"

新疆爱他,新疆给了他充满新疆气息的相貌和文字,地域的辽远和开阔,使他的"眼球朝后凹进去,目光变得深邃而锐利";他爱新疆,他给这相遇一本十年而成的书,还有其他的,在他的时间里,缓慢写就的文字。

他曾说:"人若听懂风声,就听懂了大地上的所有声音。文学的听懂是一种心悟,一种内心感受,是我和风之间的心照不宣。风声中有大地上所有的声音。"

在缓慢的时间里,我也会一遍遍地读他和新疆的这种彼此相爱的相遇,也要去一遍遍聆听他和大地上所有风声的心照不宣。

一闪即逝的光亮

克莱尔·吉根的《南极》我看过不下于五遍，看了蒋一谈的小说后，我又从书架上找来读了一遍。尽管是炎炎夏日，一种凉意渐渐渗入体内，这凉意让人绝望，又给人警醒。

于是我不禁想，蒋一谈把《温暖的南极》一文放在他小说集《庐山隐士》的最后，是大有深意的。但真的去说，好像又没有什么。《温暖的南极》以克莱尔·吉根的《南极》为阅读背景，故事的女主人公和《南极》的女主人公大约是一样的，一个有孩子的已婚中年女性，在循规蹈矩、按部就班的平常生活中生出的倦意和想要"出轨"的欲望。

那并非背叛。两个女主人公都这样想，只是平常的在轨的生活的一个个小小的错位，是对另一种生活的想望——倒并不是一定得有个一夜情或者短暂的情人，而是对现实状态的逃离，哪怕只有一瞬。

当然，《南极》中的女主人公得到了她想要的"改变"，并最终死于这种改变。应该是会死掉的。在小说的结尾，她赤裸着被手铐铐住躺在床上，天鹅绒被在她的挣扎中掉落，而此刻，窗户没有关，风从外面一涌而入，外面好像下雪了。"她想到了南极，雪和冰，还有探险者的尸体。然后她想到了地狱，想到了永恒。"

而在蒋一谈《温暖的南极》中，女主人公依靠吉根小说的描写，也算完成了她悲剧性的偏离，而在这种幻象中，她开车驶入了大货车的尾部。

这篇小说像"一道一闪即逝的光"，消失得更迅速，也更危险。它像某种召唤，告诉人们，尤其是女主人公似的女性，平常生活需要挣脱，需要逃离，即使结尾是悲剧性的，只是千万别以为小说中的方式就是逃离指南。

这本超短篇小说集《庐山隐士》中，像《温暖的南极》这样的好小说还有很多。有一些让人心灰意冷，比如《一个独白》《花的声音》；有的读完让人觉察夜色静寂，凉风四起，内心感触难以名状，比如《离婚》《随河漂流》；有的无厘头，比如《苹果》《老太太》……

这些超短篇小说中的大部分我都很喜欢。我喜欢，我自然说它是好的。读的时候，常常陷入沉思，为小说中主人公隐而未述的命运，为主人公无限可能的结局，还有那些句子和词语所激发的对于自身困境的想象。

我时常在想，文学，或者从更小的范围上，小说，它的意义究竟是什么？某一篇被大众追捧、被评论家激赏的小说，它为什么"好"？它"好"在哪里？

好的小说，让人读的时候觉得平淡无奇读后却思绪万千、回味悠长；好的小说，让人忧伤；好的小说，让人读别人的时候能更清晰地看到自己；好的小说，有无限的可能、无数的插曲……

我想不清也说不清，但我觉得，或者说，我心目中的好小说（文学），它无需被赋予什么意义，它应该是表现庸常生活的，它替人们实现生活中的诸多不可能，它表现出生活中无法或不能表现出的勇气，或者表达心底最真实的善意、恶念、俗心、自私甚至贪婪。它是另外一种生活，另外一个自我，它是对现实或多或少的安慰。什么对抗虚无，掀起某种思潮，唤醒什么精神，那是高大上的虚空，即使它真的有了这样的功用和意义，也是它无意中的一个插曲。

写作者，首先要弄清楚写作对于自身的意义（如果非得用意义来表达的话）。首先是对己，如果对抗，首先是对抗自己；如果唤醒，也首先是唤醒自己；如果赋予意义，自然也首先是针对自己的意义。

蒋一谈的这些小说中的大部分，都是这样的。他在本书后记中说"人生是苦海，文学是一盏既熟悉又陌生的煤油灯"，我觉得，文学是一盏灯，它其实无需照亮，它只以灯的姿态存在，就足以提醒我们生活中仍有光亮的部分，那些光亮，就像他的这些"一闪即逝"的小说，只有在夜足够黑的时候，才能更清晰地看到。

※ 夜雨灯火 ※

立体的风雅之宋

说起宋朝，对我这种对枯燥历史不感兴趣的懒人来说，所知不过是亡国之君宋徽宗能诗会画独创瘦金体，民间故事般的狸猫换太子的故事，大江东去的苏东坡与十七八女郎按执红牙板歌杨柳岸晓风残月的柳郎中，诸如此类。的确，宋词三百首背得挺多，但宋朝人究竟是何面目？除了"作诗写词"，他们究竟过着什么样的生活？他们养宠物吗，养狗养猫还是养狮子老虎？他们搞收藏吗，收藏什么，总不会是自己的瓷器吧？他们的娱乐话题有哪些，居然也谈星座吗？宋朝的女人能"休夫"吗，离婚能分到财产吗？宋朝城市里有什么样的公共设施？宋朝人朋友聚会街上有什么好地方，逛街吃什么，有没有夜店可以嗨到天亮？宋朝人做不做广告，怎么做？宋朝人怎么喝茶焚香插花，怎么过春节？宋朝的小孩子有什么好玩的游戏和玩具？著名的《清明上河图》究竟表达了多少内容？……

这些问题，看看吴钩的《风雅宋：看得见的大宋文明》，便可以找到答案。据说，作者吴钩被称作"天下第一宋粉"，除本书外，他还有其他关于宋朝的著作，《原来你是这样的宋朝》

《宋：现代的拂晓时辰》等，也都是从古画的角度研读宋朝。

《风雅宋：看得见的大宋文明》是一本图文并茂的作品。将近六百页的书，里面有超过三百幅图片，绝大部分都是宋人绘画，还有一些明清时期的摹画、仿作，少量壁画、砖刻、出土文物等。然而，这却不让人觉得有凑数之嫌。如作者自己在本书后记中所言：《宋：现代的拂晓时辰》是先有了完整的文字，然后找了上百幅宋画作为插图，而本书，是先有了这些宋画，然后才在这些画作的基础上形成了文字。"这些文字生长在图像之上，图像不是可有可无的插图，而是本书必不可少的血肉。"丰富的插图、风趣的述说、客观的态度，加上精美的印刷（这一点很重要，对于图文并茂之书，印刷质量特别影响阅读体验），给读者集中展示了一个多面目、妙趣横生、活灵活现的宋朝，一幅绘声绘色、千姿百态的宋人生活图景。

另外，《风雅宋：看得见的大宋文明》对正史野史、笔记小说也多有涉猎，对其中的社会风俗、上朝议事、赏春游园、焚香饮茶、文玩收藏、时髦话题等上至朝堂下至寻常人家的生活细节，从一般人料想不到的角度，另辟蹊径、条分缕析，写得有理有据有意趣。我这个对历史实在拾不起兴趣的人，也读得兴味盎然。

原来，宋朝公共设施也不像我想象的那般落后，不仅有望火楼消防设备、河渠护栏，还有公共游乐设施，集中供水系统，而且，居然用上了自来水！还是大文豪苏东坡被贬至岭南惠州后设计的！这并非作者以图猜测的臆想，现在的广州博物馆还有苏东坡设计的自来水装置模型展出！

原来，宋朝人不仅爱插花，还有簪花的习惯。不论男女，不分贵贱，君主、士大夫、市井小民，甚至泼皮破落户儿，都以簪花为时尚："虽贫者亦戴花饮酒相乐"。周密在《武林旧事》中说，六月份茉莉花刚上市的时候，妇人买来戴，"多至七插"，虽然贵得要死，买上这么多插在头上，也不过就玩一顿饭的工夫，这个就是有点闲钱的大户人家的作为了。

看过《水浒传》的人大约还有印象，其中很多英雄好汉都爱戴花，风流西门庆爱戴花也就罢了，打虎英雄武松居然也戴花，浪子燕青"腰间斜插名人扇，鬓畔常簪四季花"；阮小五斜戴一顶破头巾，"鬓边插朵石榴花"；病关索杨雄居然也"鬓边爱插翠芙蓉"；而大名府专管牢狱的小押狱、有名的刽子手蔡庆，生来就喜欢戴花，人们干脆就叫他"一枝花蔡庆"。刚读是不是觉得画风有点怪异？但了解了宋朝人的生活起居行为习惯后，就不觉得奇怪了。

除了插花戴花，宋朝人还有一个时髦的话题：十二星座。苏东坡在《东坡志林》的命分篇写道："退之诗云：我生之辰，月宿直斗。乃知退之磨蝎（摩羯）为身宫，而仆乃以磨蝎为命，平生多得谤誉，殆是同病也。"

一直以来我知道一些外国著名作家是摩羯座，比如三岛由纪夫、塞林格、苏珊·桑塔格、村上春树等，并不知道其实我国古代一些诗人文豪也谈星座，也是摩羯座。尽管在宋朝，这也是一个经常被"黑"的星座，就像现代人老爱"黑"处女座一样。

然而苏子不怕被"黑"，他还经常"黑人以自黑"。苏东坡有一个叫马梦得的摩羯座朋友，他便嘲笑他说："马梦得与仆同岁月生,少仆八日。是岁生者,无富贵人,而仆与梦得为穷之冠;即吾二人而观之,当推梦得为首。"这是亲朋友!

在更多的诗人笔下,摩羯座确实就像苏东坡所言是个命苦的星座。比如元朝诗人尹廷高《挽尹晓山》诗云:"清苦一生磨蝎命,凄凉千古耒阳坟。"元末诗人赵汸《次陈先生韵》:"谩灼膏肓驱二竖,懒从魔蝎问三星。"明人张萱悼念苏东坡,也写诗说:"磨蝎谁怜留瘴海,痴仙只合在人间。"

读罢这些,不由得也发出了和清末诗人黄钧一样的感慨:"渐知世运多磨蝎,颇觉胸怀贮古春。"

虽说本书侧重以宋代画作展示宋人饮食起居、插花焚香、游玩嬉戏、城市面貌、商业贸易等,因为画作"不但展现出比文字描述更生动、活泼的宋代风貌,还给我们展开那些被文字遮蔽、涂抹的宋朝面貌"。但作者广博的阅读面令我惊讶不已,其中涉及多种笔记小说、散文等,如《东坡志林》《清异录》《武林旧事》《东京梦华录》等,还有一些平时很少听到提到的书,如洪迈的《夷坚志》,吴自牧的《梦粱录》,感兴趣、想要了解或者深入阅读,便可按图索骥,也算是一个小书单了。

夜雨灯火

心事有猫知

看完一遍丰子恺先生的《阿咪》,忍不住又翻了一遍。与其说《阿咪》是"猫文",不如说是"猫画",因为画比文多。书中百余张"猫画",是"猫生百态"。猫在各种角落出现,俨然人们生活中必不可少的一员。《一只猫的生活意见》一辑里,在张家长李家短的闲话中,在冬日暖阳下,在墙头、窗外,在餐桌、书房和灯台上,白猫、黑猫、黄猫、大猫、小猫、肥猫,无处不在,闲闲几笔,憨态百出,惹人怜爱。每幅画都是一首生动的诗,满溢的诗意漫过画页环绕在看画人四周,让看画的人仿佛沉浸在清风明、日光暖的时刻,有老房子、小院子,有花有草有小猫,有相爱的人,有来日方长的愿景和尚未实现的梦境。

尽管画比文多,但,这短短三篇文字,将猫儿的活泼好动、娇痴亲昵、可笑可气可爱刻画得如此生动有趣,读来让人忍俊不禁。一边读一边还想起自己养过的猫,路上遇到过的猫,别人晒过的猫。"猫的可爱,可说是群众意见。""猫的确能化岑寂为热闹,变枯燥为生趣,转懊恼为欢笑;能助人亲善,教人团结。即使不捕鼠,也有功于人生。"寥寥数语,丰子恺先生便为猫总结了一堆优点。

在昭苏的时候，我养过一只小猫，嘴巴鼻子脖子肚皮和四爪是白色，其他地方全黑，活脱脱一只黑猫警长，我给它取名张无忌。初来乍到的它如客人般羞涩，略微有点响动就一溜烟钻得不见影儿。晚上睡觉决不在自己的窝里，要钻到你的脖子处，和你一起睡。半夜醒来，它还要用小爪子轻轻地挠你，有时用刚长出的还不算锋利的牙齿咬你的手指。

它喜欢蹲在地上看着窗台上的花。如果正好来了一阵风，花枝摇动，影随风走，它就迅速地跑开。次数多了，又渐渐长大，觉得仿佛也没什么怕的，就爬到窗台上看，伸出小爪儿试探地拍拍花叶，拍一下，迅速缩回来，再拍一下，再缩回来。养了猫，生活中仿佛多了一个亲密的人，有时候，窗外一场大雨，我和猫各自蹲在凳子上，看着阳台上的花，听着窗外的风雨声，分别想着自己的心事。

养了几个月，我换了工作，换了地方，没有办法，只好把它送给一位父母生活在连队的朋友。如今已经有三年了，有时候翻照片，看到它圆溜溜的大眼睛，黑白的皮毛，张大的虚张声势的嘴巴，总能回想起手抚摸它的柔软，它抱着你的腿往上攀的样子，还有下班时它听见门响扑过来的真切。

但我从来没有去问过它的近况。不知道它过得怎么样，是还像当初那样，在家里胆大包天，出门就缩头缩脑？还是已经混熟了乡下的每一块土地，知道哪里有好玩的，哪里有伙伴？我知道乡下的流浪猫很多。有时候，我也想到不幸的结果，它很可能已经先是丢了，后来当了威风凛凛的一代猫王，成了一只地地道道的野猫，但终究也是风餐露宿，食不果腹，终究会死掉。

所以我不敢问。分别之后，我也没有写过关于它的任何文字。就像丰子恺先生所说，"此种文章，无益于世道人心，不写也罢"。不写归不写，但读到关于猫的文字，总还是会想起它。

丰子恺先生家里有一只活到十八岁的老猫："这老猫是我的父亲的爱物。父亲晚酌时，它总是端坐在酒壶边。父亲常常摘些豆腐干喂它。六十年前之事，今犹历历在目呢。"重读此语，我又想起来小时候祖母家里养过的一只大黄猫，那猫特别泼皮，我家里有老鼠时，妈妈让我将它从祖母家里抱来捉鼠，一晚上战绩非凡，黄猫在我家连续待几个晚上，左邻右舍的老鼠都销声匿迹了。后来，祖母因病去世，黄猫也不知所终。

"东风且伴蔷薇住"

毕业十年之后，和大学三五好友在杭州相见，几乎个个拖家带口。说晚上在西湖边吃饭，饭后同游夜晚的西湖。我们一行没有一个是土生土长的杭州人，但西湖各种名胜却是如雷贯耳、如数家珍。没想到刚刚入座便大雨倾盆，我们还说这下不能尽兴了，雨却解人意似的，待我们刚一吃完饭，就停了。一路走进夜晚的柳浪闻莺，湿润的空气里，雨滴滴答答从树上落下，地面上的积水中各种灯光影影绰绰，伴着身旁十年未见的友人，虽无莺语入耳，却也如入梦中，一时不知身在何处。

读张哲新著《是梦》，看封面柔和朦胧的波光、梦幻缥缈的暗影，仿佛又回到了那夜的柳浪闻莺。

《是梦》与其说写的是一个家族自二十世纪八十年代起至今近四十年的往事，不如说是自彼时至今的一段社会缩影，以普通家庭的生死、悲欢投射到大世界的一段影像。杭州的旧事物、旧风景、旧人事、旧风俗，在《是梦》中一一呈现，杭州的风景名胜，如宝石山、八卦田、狮虎桥、白堤等，也随着故事的开展、生活的继续，移步换景似的来到读者面前。这并非空洞的写景或者描述,而是水到渠成的提笔,信马由缰似的,就到了彼处。用个不太恰当的词语描述便是:情景交融得浑然天成。

有时候我想,出生或生活在一个有深厚历史底蕴的城市,是不是天生就带有某种骄傲。这种骄傲即使不是自己故意标榜,也会从一举一动、潜意识等各种方面显示出来。比如说,一个杭州人,就算有点矫揉造作的伤感,也能在西湖边夕光里,惆怅四望,看风从湖面吹过,看柳浪翻滚,看平湖秋月、断桥残雪,不然呢,对着一片脏兮兮的荒地土堆旧山坡,伤感也似乎有点不好意思的。

小说温柔克制,笔墨在1996、1984、2009、2016等几个重要年份间交错回环,这种时光的轮回、兜转和回放给人带来的触动不可谓不鲜明和生动,而这种写作方式,不但带给人强烈的画面感,也给人一种恍然如梦、怅然若失之感,令人不胜唏嘘。时光一回到从前,再见到那些逝去的人,他们的爱恨情仇,他们的小情绪小心思小骄傲,都令人愁肠百结、肝肠寸断。

好的小说让你欢乐是发自内心的欢乐,哀伤也是刻骨切肤的哀伤。读《是梦》,我便有此种切肤之感伤和欢乐。

虽然动人不是小说的主要目的,但怎么说呢,这部小说确实动人:沉郁丰厚、不矫揉造作,从琐屑的日常出发,在生活的细微之处着墨,不经意的动作、眼神,常常令我潸然泪下。

小说中表姐嘉嘉做过的和林志颖以姓名笔画算缘分的"小秘密",我们也曾经热衷过;姜远彼时热爱的磁带,也是我们曾经追过的;八〇后爱听的,许茹芸、许美静、齐秦、李玟、张惠妹……一众歌星,总有一个或几个是你的心头好。读小说的时候，内心触动，于是我也找来很久没有听的许美静的歌，啊，在她柔美甜蜜又带着伤感的声音里，仿佛青葱少年还未曾走远，仿佛一切就在昨天。

"断桥斜日归船。能几番游，看花又是明年。东风且伴蔷薇住，到蔷薇、春已堪怜。"尽管这是宋人张炎眷恋故国的哀歌，但对着逝去的人生，也勉强可以说：东风且住吧！

❋ 夜雨灯火 ❋

永远的话题

我其实并不喜欢冰心,那些繁星啊春水啊我也不热心,但外研社这本《关于女人》我一拿起来就没有放下——是真的没有放下,其间连先生跟我说话都没有听到,以致眼累停顿时茫然四顾:你刚刚跟我说什么来着?其时他也早忘了说过什么。

事到如今,很少有什么书能让我一看到底,不舍放下的,这书真是个例外。

收到此书是龙年的最后一天,忙忙碌碌地过了年三十,过了年初一,到了大年初二,终于好好地闲了下来,安安静静地坐在书桌旁翻开新书。实在抱歉,这本汉英对照的书我只使用了中文的那一半,英文虽然有学过,却大部分还给老师了,偶尔兴致来了,念一段英文,也是磕磕巴巴,不能成句,只好暂时弃之不顾,等看完了故事再回来学习英文吧。

个中故事篇章,在别处也简单看过,但这人物连串起来,一气儿看完,却是第一次。冰心以男士的身份、口吻和眼光来写女人,在"他"的开篇之中说:"女人的问题,应该是由男人来谈,因为男人在立场上,可以比较客观;男人的态度,可以比较客气。"而事实上却恰恰相反，这十四个人物像十四幅画，尽管读来是"他"的口吻，翻来覆去却都是用女人的心理一一描画而来：母亲、老师、弟妇、奶娘、同学、朋友、朋友之妻……没有哪一笔不饱含着女人对女人的体贴、理解和爱怜。

极少有男人能做到如此这般。小说、电视中的男主角若是能有本书作者"他"对女人的体贴、尊敬、感同身受，你就大胆翻一翻吧，作者几乎都是女性。难怪朋友说，别相信电视里演的那些浪漫戏码，大多数是意淫，恰如某些微博段子——不说也罢。

也许是偏见，但是我自然有我的道理，我完全知道，将心比心是世界上最艰难的事情。

书中那十四个女性，温柔贤淑、知人明礼的母亲，美丽平和、严肃和蔼的老师，朴实淳厚、善良简单的奶娘，才色并举、独善其身的作家，年轻有才、为人妇后却一身疲惫一把辛酸的女邻居……她们的音容、她们的身姿在夜色中生动起来、摇曳起来，楚楚动人。掩上书本，不胜唏嘘：这些美丽的生灵，是生在那个时代，而幸与不幸都是因为那个时代。那个时代，那个年纪，随便在某处乡下就可碰见故人，随便在哪个学校就可以碰到一个又有学识、又大方得体的温柔女子，随便在谁的亲人里，就可遇到一个可以想起自己母亲的人。而如今在世事的汪洋中、尘土里，她们的身影如同夜空的星辰越来越微暗——不是她们微暗了，是这世界雾霾太多，已经很难看见那些光亮。

我常常叹息那时女人们的命运，这叹息里有几分怜悯几分爱意，又夹杂着几分羡慕几分妒忌。生在此时此刻的世界，女人们的选择多了起来，却不见得有几分改变。像作者在后记里说的：

"我并不敢说怜悯女人,但女人的确很可怜。四十年来,我冷眼旁观,发现了一条真理,其实也就是古人所早已说过的话,就是'男人活着是为事业,女人活着是为爱情'。"那是1943年,现在是2013年,又过去七十年了,诚然有许多女性,她们事业有成,家庭美满,也有许多女性物质富足,不涉情感,但从根底上看,真的有什么改观吗?

想象的乌托邦

记得上初一的时候，有天晚上，我在灯下做作业，突然想到了死，确切地说，是想到了我会死。死了会怎样？死去元知万事空？死了肯定和睡着了不一样，死了就什么也不知道了。不像睡着，即使是"睡得死死的"，也还会做梦，还能再醒来，死了呢？这个世界上的一切都与我无关了，然后想到的不是谁会忘记我，而是一遍又一遍的循环：我，自己，什么都不知道了。此刻的风吹过树叶，哗啦啦像下一场雨，我不知道；星星闪着微光映在院中的水缸里，我不知道；小伙伴们在枣树下踢沙包欢快地笑，我不知道……我什么都不知道了，我这个人也没有了，死后一无所知、一无所有、一切皆无……我越想越害怕，居然哭了起来，扔掉笔，灯也没有关，就跑到妈妈的床上，紧紧地抱着妈妈的脚抽抽噎噎地睡去了。

十几年过去，我很少回忆起第一次意识到死亡与我的关系的那个夜晚。看了《季风青少年哲学课》之后，突然回想起当时，看来，我终于可以隔着遥远的时空对自己说，别哭，你看，伊壁鸠鲁说得多好：当我们活着时，死亡尚未到来，而当其来临时，我们已经不存在了。因此，不管对于活着的人还是死了的人，它什么也不是。

苏格拉底也说，一个在哲学中度过一生的人，会在临终时自自然然地具有充分的勇气，甚至，那些真正献身哲学的人所学的无非是赴死和死亡。

尽管我常常对于自己青少年时期没有得到哲学启蒙、阅读影响而耿耿于怀，但此去经年，我也不再是那个灯下一无所知的蒙昧中学生了。在工作生活中，有意识的无意识的哲学思维和影响无处不在，《季风青少年哲学课》则从不同的侧面和角度较为专业且系统地讲述了爱、真与美、生命与死亡、心灵和肉体、美与智慧、科学与技术等诸多方面的哲学话题。八位主讲人均是华东师范大学、同济大学、上海交通大学等著名高校的哲学学者。八位主讲人针对青少年的知识特点做了精心的准备和梳理，同时结合青少年的生活、学习情况，结合文艺作品、影视作品、思想实验、现实案例讲解学术话题，生动有趣、深入浅出、发人深省。这些文本并不仅仅适合青少年阅读和聆听，对于我这种没有受过专门哲学启蒙的成年人来说，也是一次很好的哲学教育。它让我专门找出时间和心思来思考平时不曾思考的话题：哲学是什么？

生活中，我们常常听人说，某某处世哲学如何如何，某某的人生哲学又是如何，那么哲学究竟是什么？

更多的时候，哲学是一种生活态度、生活方式。

维特根斯坦将哲学视为一种"治疗"：哲学帮助我们摆脱智识上的偏见、蒙昧和顽疾，对理所当然的成见提出质疑。也就是说，哲学引导我们以思辨的态度对待习以为常的正确。

"哲学"，更多的时候是动词，是练习死亡，或者说是"练习置身死的状态"。我们短暂的一生中，有太多死亡阴影的笼罩了。学习哲学，便是练习置身死亡，让我们以更从容的姿态更好地度过此生此世，此时此刻。

苏格拉底曾言，未经审视的人生是不值得过的。读完本书，我才意识到，原来我们从书籍中窥见的他人的斑斓生活，并不仅仅是我们对图书作者的"审视"，也是作者的自我审视。

举办这样人文讲堂的上海季风书园，对于生活在附近的人们来说，是多么幸福的事！

自从网上可以买书了，我就很少进书店了。网上购书方便，加上有时候碰到促销活动，价格确实优惠，这是其一；其二便是地处偏远地区，书店少且书的种类也少。像上海季风书园这样"营造一个文化空间，让书里的每一种生命体验、每一缕思想的光辉、每一个对良好生活的设想，都能在交流和争辩中形成我们自主思考的脉络"的书店，也不是每个城市都有。然而，它也已经消失，2017年4月，季风在上海的最后一家书店也关闭了。我于是搜索并关注了上海季风书园的微信公众号，收到的第一条信息便是："还是那个季风书园，门店不在，人心不散。……在这里，延续那个想象的乌托邦。"

几句话，让深夜的我且怜且暖。

※ 夜雨灯火 ※

被呈现的命运

包倬的小说有画面感,确切一点,是像电视剧般一幕幕呈现的感觉,很能吸引人读下去。他常常很幽默,幽默之中又带些令人心酸的滑稽。这基本上是整本小说的基调。

在《四〇一》开始的时候,读到"有一天午后,下起了暴雨",不知道为什么,我莫名其妙想笑。但看到后来,是想笑也笑不出来的:我们已明明白白地知道,城市里房子很多,但不可能有一间属于自己。

在城市里找生活的人,有一些就像黄大运、小侯、周小芹,但更多的人还是在用自己的岁月(我不敢说是青春)和汗水,在也许还保留也许早已丢弃的梦想中一天天努力生存下去。只能往前,不能退后,就像大雨中寻找携款潜逃的黄大运的小侯,"一直往前开"。

包倬是一个会讲故事的人。我知道,有时候说一个写小说的人会讲故事,可能算不上上好的夸奖,但这的确是我所羡慕的一个本领,更何况,他真的很会讲故事。

我感慨最深的是《百发百中》,讲一个农民的儿子在外上学，成绩差不说，还骗家长，谈对象，乱花钱，看得见父辈的辛苦，却仍然朝着满足自己短暂欲望的路上不断前行。都说穷人的孩子早当家，其实也并不完全如此，很多时候，更多的人固定在狭小的空间里，对世界没有足够的认知，又不懂得自己获取知识，生活的空间越来越小，眼界也越来越小，而又被铺天盖地的消费信息不断刺激着，没有一技之长，赖以生存的土地要么被开了矿，要么被征了去，但即使还剩下一亩两亩的身份地，他们也没有农业生产的技能。读书的去读书，打工的去打工，家中会种地的长辈渐渐没了气力，田园早已荒芜得不成样子，生活只剩下眼前的一小段。

而生活还在也还得继续。

不成样子的农村并非只有凉山。在我的老家，采煤已经把乡村折腾得乌烟瘴气，村口的河水泛着黑光，散发着恶臭，岸上是人们扔出的垃圾：塑料袋，饮料瓶，全是不能降解的。但人们并不在意，日子越过越好，每户人家几乎都盖起了两层楼房，都有了小轿车。在我们那儿，更普遍的是，上了大学的人，不经常回来，在城里有个工作，结婚晚，只敢生一个，买房还贷，当房奴、孩奴；不上大学的个个已成家立业，有的在外面打工，有的自己当老板，有的在村里、镇上做生意，他们至少有两个孩子，基本是一儿一女。

但这已经不是农村本来的面目了。当然农村不必也不应该总是贫穷、落后，但将来呢？摆脱了"农村身份"的大学生在城中艰难求生，没念大学的并不理会"田园"。

胡平在本书的序中说，包倬写的是与众不同的底层，是他不屑于"哀其不幸"而更多的是"怒其不争"的人们，他是在向身边的人们呼唤、呐喊，仿佛在用力摇他们的肩膀，要他们清醒过来，看清自己的责任，决定自己的归宿。

如果说这就是底层，这是什么样的底层？是什么的底层？归宿又在何方？

田园已然荒芜，人们将归往何处？

胡平又说，底层人的命运，终究要靠底层人自己的努力去改变。

我不认同。命运在大多数情况下掌握在自己的手中，但，如今的种种情形，都改变了一个人掌握或改变自己命运的可能性。

写作者能做的，并不是改变什么命运，而是将这命运——不管是什么样的命运，用心平气和的情绪、波澜不惊的语言——呈现，就像风吹过时，飘来的安白云的歌声那般。

包倬所做的，正是这样一种呈现。

一本"名不副实"的志怪集

刚看到这本书的时候，眼前一亮，《研究怪兽的人》，一定很有意思啊，瞧，护封上写着"研究怪兽，最后变成了怪兽的一部分"。然而，买回来一看，什么呀！书名太噱头了好吧！而且与书名同名的第一篇小说根本不好看啊，简直莫名其妙嘛！

我差点要放弃翻阅这本书了，想了想，又翻开一页，看到《请偷走舌头》才觉得有点意思。再看下去，就有点庆幸：幸好没有丢开不看，不然，这么多有意思的故事就要错过了。

在《请虚构我》中，"他们相信只有接受过朴家的手术才能算一个完整的成年人，手术并不难，只要剖开背部，塞入数目不等的发条，即可完成"。且不说这样做是为什么（在后面作者也只是简单地说，不做这个手术，乌城人无法活下去），怎么个完成法，仅看到这里，我便忽然觉得脊背发凉，仿佛自己是那个应该做手术却没做又即将被捉去做的人。

朴欢那个"并不听话"的老婆，趁他出差，拆下自己身上的发条，却因失血过多而死。逃不出生活这个笼子——除非你死了。而且，三十岁时，这些接受过脊背加入发条手术的乌城人，还要接受另外一项手术：拆除部分发条，注入一定量的麻醉剂，目的是快速将那些不切实际的想法代谢掉。

啊，这多么讽刺！人到中年，所有的幻想、不切实际都要抛在脑后，怎么会做不到呢？麻醉剂就能阻拦自己不断涌现的念头，然后就能"安之若素"地住在笼子里而不抱怨。

我喜欢这个小说，并不在于作者如何讲述的这个故事，而是喜欢其中萦绕的哀愁、无奈，甚至有点绝望又有点自省的情绪。它还说出了一些我们深知却几乎不曾注意的事实："大部分人并不知道父母这辈子究竟做了什么，人们通过互相隐瞒过完了充满秘密的一生。"其实何止我们不知道父母这辈子做了什么，很多时候我们的父母本身也不知道。是啊，更多的时候，我们连自己在做什么、将做什么、会做什么，也不知道。也许作者并没有这样想或这样表达，但作品写出来，怎么读怎么想都是读者的事，不是吗？

同样令人悚然动容的小说还有很多。

你看，那个《霉变》中"所有的期许都会落空，所有的晴天都会遭逢雷暴……及早意识到人世的不堪，然而还得硬着头皮走下去的"的人，难道不是自己？

《发条怪》中令我讶异的不是人们上了发条似的飞快往前生活而忽略生活细节，而是在小说的结尾，本来以为奶奶给孙子拆除正在生长的发条，却看到老太太在剪开孙子背部后，伸手到腰间如意袋一股脑抽出十根发条塞进孙子的后背。

《妻梦狗》这一篇，看得人又好气又好笑，又不禁悲从中来，不可断绝。读到最后，丈夫从狗变回人，而她自己却变成猫的时候，心里一阵冷凉：如果这个变成人的丈夫不像他处于狗时她那样照顾他，这只猫的命运岂不是很悲惨？然而，又一咬牙想：即使是变成一只得不到庇护的猫，也比和一个貌合神离、没有共同语言、得不到体贴安慰温柔相待的丈夫在一起强得多吧？

《别坐三十路公交好吗？》这一篇呢，令人不寒而栗地想到自身，想到从前和今后的自己，真的是"细思恐极"啊。

能够预测男女姻缘的人，每天回家把舌头放进冰箱、耳朵放在水缸、鼻子放在衣柜里的人，夜里三点胃像一条长河般汩汩滚动的人，手臂上长出绿色霉点、看见了多日前死去的人的人，丢失了下巴的人，被一条鱼不断追杀的人，患有严重恐海症的人，从吞书简到吞各种书籍再到电脑无纸化时代死于无纸可吞的吞纸人……这些异想天开，令人啼笑皆非、垂头丧气、感慨万千、悲从中来的故事都是怎么来到书中的啊！

这些小说，就像加入了现代元素的古代笔记小说。有些甚至莫名其妙，找不到前因后果，你读来却心有所动。读着读着我忽然想到《幽明录》中的一个故事，故事不长，抄录如下：

> 晋建武中，剡县冯法作贾，夕宿荻塘，见一女子，著缥服，白皙，形状短小，求寄载。明旦，船欲发，云："暂上取行资。"既去；法失绢一匹，女抱二束刍置船中。如此十上，失十绢。法疑非人，乃缚两足，女云："君绢在前草中。"化形作大白鹭，烹食之，肉不甚美。

夜雨灯火

我一直不明白，那个白鹭为什么要窃人家的绢。而今想想，她也许就是喜欢偷绢吧，仅仅是喜欢。只是觉得那个商人冯法未免过于胆大和凶残，居然就敢、就忍心吃了白鹭！

还顾望旧乡

刘义庆在《世说新语》中写过这样一个关于容止的故事。潘岳"妙有姿容，好神情"。年轻的时候，潘岳夹着弹弓走在大街上，遇到他的妇人没有不手拉手围住他的。有个"掷果盈车"的成语，说的就是潘岳。左思（对，就是那个写出了使"洛阳纸贵"的《三都赋》的左思）"绝丑"，却"东施效颦"，像潘岳一样遛大街，妇女们于是都向他乱吐唾沫，弄得他垂头丧气地回家去了。

这样一对俊丑人物悠游大街而引发的妇人"骚乱"，发生在洛阳，毕竟，"名都多妖女，京洛出少年"嘛。

历史中的洛阳城，在无数文人骚客的诗句中："洛阳春日最繁华，红绿荫中十万家""洛阳佳丽所，大道满春光"，这是繁华洛阳；"北邙山上列坟茔，万古千秋对洛城""北邙山头少闲土，尽是洛阳人旧墓"，这是萧萧洛阳；"乡书何处达，归雁洛阳边""洛阳亲友如相问，一片冰心在玉壶"，这是乡愁洛阳；"衣袂京尘曾染处，空有香红尚软""人生自是有情痴，此恨不关风与月"，这是情爱洛阳……

洛阳纸贵、程门立雪、乐不思蜀、小时了了……这些耳熟能详的成语，统统来源于洛阳。

然而，世事变迁，往事已矣。

绘声绘色、亦真亦幻的壮丽洛阳已经消逝、已然远去，如今的洛阳，说到底，也不过是河南省的一个城市罢了，无怪乎司马光曾言："欲问古今兴废事，请君只看洛阳城。"

哈佛大学设计学博士、建筑师唐克扬主要从北魏洛阳的建筑与生活，从诗词歌赋、历史故址、考古发现等方面出发，用《洛阳在最后的时光里》娓娓道出了洛阳城的兴衰、时代的更迭、历史的变迁、人性的晦明莫辨，描摹重建了一个别开生面的挽歌式的纸上洛阳。

我本来以为作为建筑师的唐克扬的这样一本书，应该是对古都洛阳的著名建筑从专业角度枯燥叙写建筑原理、建筑技术、建筑风格等等，比如，被薛怀义烧掉的武则天的明堂建筑角度如何别致；比如，佛教传入中国后官方兴建的第一座寺庙——这也是中国第一古刹，世界著名的伽蓝白马寺造型如何新颖，又有哪些建筑上的高妙；再比如，在杨衒之《洛阳伽蓝记》里描述的，"殚土木之功，穷造型之巧，佛事精妙，不可思议……高风永夜，宝铎和鸣，铿锵之声，闻及十余里"的永宁寺塔又有怎样的技术堆叠……

然而并非如此，作者从历史的角度，用文学的手法，就像他自己说杨衒之的《洛阳伽蓝记》的写作方式，绘声绘色地，先故事、后历史，娓娓道来了一个他所"知道"的洛阳。

唐克扬笔下的洛阳，除去他建筑师视角的洛阳，我读到更多的，是历史纵深里隐现的洛阳，是感性与理性交织、传说与史实并存的洛阳，是繁花美眷俗世生活与"荆棘铜驼"谶语预言同在的洛阳，是文学的柔软多于历史的坚硬的洛阳。

书中还有不少作者亲自拍摄的遗址照片，以及多幅博物馆馆藏珍本图片，并配有解说。那黑白照片上，凌乱废墟、塑像残片、漫漶碑文、石雕石刻，用另一种方式抵达了历史深处的古都洛阳，更直观地表达了一个湮没在历史光阴中的洛阳。如果说一点题外的不足，那便是，这黑白图片的旁边或之上再配上文字，看起来着实费劲，看花了人的眼睛，不过，说得矫情一点，为了远逝的洛阳，为了消失的古迹，眼睛些微花了一点，也是一种代价吧。

人们常常用物是人非来表达事过境迁、忧思故人之感，然而，在历史的大图景中，不仅人非，物亦如此。

再次路过洛阳的时候，面对荒芜的旷野，你是否能在脑海中复述一段金碧辉煌又令人唏嘘的往事？那已然灰飞烟灭的过往，会否如遥远的星辰，在不知名的某处闪烁着早已陨落的辉光？

不管是"天道轮回"，还是"宿命安排"，在对历史的追忆中，每一种方式都是哀歌一曲，因为一旦是"追忆"，一旦成"历史"，就无可奈何地变成了失落，变成了逝去。

公元824年，著名诗人刘禹锡由夔州刺史调任和州刺史，沿江东下，途经西塞山，即景抒怀，写下了流传千古的《西塞山怀古》。诗里这样写："人世几回伤往事，山形依旧枕寒流。"

然而，"依旧枕寒流"的青山也并非昨日青山了。说得悲观一点,世界是一种失去,不管是大的人类发展史,还是小的个人生活史,每个人都在练习失去,学习失去,直至最后终于失去。唯一有意义的,便是在这"失去"的人生历程中,找一点抚慰人心的乐趣,行一点无愧自己的路程,成一点不被诟病的事情。如此,即便是"失去"又如何?

光的诗人

小时候,从城里打工回来的叔叔给我带回来一本白描花卉图,大约是他收拾破烂的时候捡到的。我找来薄薄的草稿纸覆在上面描摹,但终究因为手指笨拙描出来的线条僵硬无趣而放弃。那个破破的本子也不知道被我放到哪里去了。

工作以后,有时看到朋友画画,自己竟然也心动,一本正经地买了彩色铅笔,买了素描本,还买了入门的教程,轰轰烈烈地热闹了几天,但终于还是因为尝试时线条画得不柔美、色彩搭配得不好看而没有继续练习的勇气。

所以我一直很羡慕会画画、懂画画的人,也一直为自己不能画不会画而耿耿于怀。说得再不好意思一点,我其实是连画也欣赏不来的。因为我常常在看到一幅画的时候,几乎要脱口而出:这画的是什么呀?

我知道,真正懂得画的人是不会这么问的。

看到丰子恺先生的《如何看懂印象派》这本书,内心一阵窃喜:哎哟喂!这可是法宝!咱学不会画画,总可以学着欣赏吧。别的画派不懂,咱就从印象派开始吧,至少,我从前可是知道有个印象派大师叫莫奈的啊。

　　一翻起来真的爱不释手。首先这本书做得可真好！因为与欣赏画作有关，所以画作在纸面上的印刷效果就尤为重要，书中画印刷得十分精美；书的最后，还附带有书中所涉主要画家年表；丰子恺先生的讲述，也像他自己的画作一般，用诗一般的语言来解释另一种"诗"。

　　系统了解一个画派，集中欣赏他们的作品，于我这样的门外汉来说，这本书不愧为最好的启蒙。这本选编自丰子恺先生的《西洋画派十二讲》的书，对于印象派的名称的来源，新印象派、后期印象派，以及他们各自的代表画家，一一作了介绍。丰子恺先生语言柔和优美，他说毕沙罗怀着"朴素而柔和的感性，静静地沉浸在田园生活的情调中"，一边看他的讲述一边观赏书中插图，也让我感受到了"朴素而柔和的感性"，也好似"静静地沉浸在田园生活的情调中"。

　　书中所刊画作，我尤为喜欢的，就是莫奈的。尽管丰子恺先生说，他的作品全无浪漫的情绪与光景，题材又"单调、平凡、乏味"，但他画中所表现出的光与色，让我觉察出了无尽的浪漫、娴静和幽美。比如《莫奈夫人和孩子在阿让特伊花园》，比如《罂粟花田》，比如夏末的《草垛》，比如《撑阳伞的女人：莫奈夫人和她的儿子》，无声的画却如流动的诗，观画时，仿佛有曾经照耀过莫奈画板的光无声照耀，仿佛有吹过"莫奈夫人"裙裾的风从遥远的地方吹来。

　　也由此，我又想，欣赏一幅画其实也如同欣赏一首诗，不问作者画或写了什么，而是你看到读到了什么，你看到和读到的又带给了你怎样的感受。墨绿的草地，幽暗的森林，嬉戏的女人、孩子，色彩明丽的花朵，闪着金色光芒的穿过云层的太阳，温柔的月光，湖畔的树林中飞翔的萤火虫，波涛汹涌的大海，乌鸦飞过的金黄的麦田，深邃幽蓝的星空……尽管，观画不在画的是什么，但我看到书中这些画作的时候，仍然忍不住将注意力放在了这些上面。正如不同的画家对相同场景的描摹不同，不同的人对同一幅画的理解也是不同的。有人从画中看到愉悦，有人看到火焰和热情，有人感受到幽静和深邃，但也可能有人体会到孤独和忧伤……

欣赏印象派画作，要懂得光，识得色，要有对光与色的无限的敏感和天赋。从马奈的白，莫奈的黄褐色，塞尚的墨色，到凡·高的蓝与金黄色，亨利·卢梭的浅淡，从前期的捕捉光、表现光到后期任何物体"都为其自己而存在"……看完全书，我依稀捕捉到了一丝绘画的、艺术的美之光芒。尽管只是"一丝"，我也不再纠结惆怅，毕竟，"光与色的文字，不能谙诵或硬记，是超乎言说之外的一种文字，故对于这方面的天资缺乏的人，实在没有方法可教他们识得"；毕竟，"认真能味得言语的美，形、线、色调、光线的美的人，世间有几人呢"？能捕捉到一丝半缕，也算是幸运的吧？

❋ 夜雨灯火 ❋

小说的事，世上的事

毫无疑问，这是本有趣的书，我这样说，想必作者也不会反对，一本书，如果没趣，怎么办？当然，各人的兴趣不同，阅读的对象自然也会不同。于我来说，理论书是无趣的，但热爱钻研理论的人，也许会觉得这其中自有一番趣味，甚至是一种更高级的趣味。

仅仅有趣当然是不够的。骆玉明自己也说，"文章要有点意思，又读起来有趣，便是我写作的目标"。这便是一本"有点意思"又"读起来有趣"的书。

《游金梦》书名乍看玄乎，实际上就是《西游记》《金瓶梅》《红楼梦》三本书各取一字缀合而成。书的内容组成，是作者在《瞭望东方周刊》上开设专栏，几年时间写就的对上述三本古典小说的漫谈。既然是漫谈，从凡人、妖怪到神仙、佛祖，从《水浒传》里的武松到《金瓶梅》中的西门庆，又从《金瓶梅》中的孟玉楼到《红楼梦》中的薛宝钗，骆玉明天马行空地谈，却十分有理有据，有意又有趣。

书中不仅有我们偶尔发现却并未明言的趣谈，又有新鲜的体会和我们不曾有过的感悟，读起来，有时深得吾心拊掌而笑，有时恍然大悟拍案叫绝，有时感慨万千掩卷深思……也许，这才是骆玉明有趣之外的"意思"。

小时候我看电视剧《西游记》，就替他们"捉急"：哎哎，唐僧捉来了还不赶快吃，干什么要等到他的大徒弟来呢？既然唐僧肉可以长生不老，你们吃了便可，任谁来还能把你们打死不成？但妖精们偏偏不管，把唐僧捉到，要洗刷干净，还要饿他一饿，还要奔走相告，遍请亲朋，最终落得一场空。所以，骆玉明开玩笑似的总结了一句："有好东西要赶紧吃掉。"必须赶紧吃掉。

世上的事，实在是没有道理的，《金瓶梅》里无数的女人用她们的一生来说明这个事实。卑微蠢笨、永远倒霉的孙雪娥虽然不可爱，惹人厌，但也没做过什么了不起的错事，最后却只能自缢身亡。骆玉明说："让蠢女人倒霉，是这世界表现它的无情的方式。"而相对于孙雪娥，身份体面、品行相对端淑的正妻吴月娘在西门庆死后为自己算计，有人说她虚伪，但"一个好女人就不应虚伪吗"？不仅《金瓶梅》作者大吃一惊，骆玉明大吃一惊，我也要大吃一惊：世上有这样的事情吗？好人就应该毫不利己专门利人吗？

世上哪有这样的事情！

对三本书的漫谈，骆玉明着墨相对较多的还是《红楼梦》，这也是我读了又读的部分。如果说《金瓶梅》的神秘在于不知作者，《红楼梦》的神秘大概就是它的"未完成"了。而续作者太多，通行的是高鹗，刘心武也有续，但我未看完。我内心有一种先入为主的偏见：无论谁续，续得再好，都是不好，因为别人永远不可能是曹雪芹。但是，让人感动的是，仍有那么多人想贴近并尝试理解曹雪芹和他的《红楼梦》。

薛宝钗"从胎里带来的一股热毒"，骆玉明从精神意义上解读："生命欲望所引发的热情与激动，以及一切让人逸出礼教正轨的东西都是。"而冷香丸，便是道德的代表，唯"冷香丸"克制"热毒"，但亦不能痊愈，冷与热总在相互较量。

尤三姐自杀时，柳湘莲因感动而落发为僧，我从前读的时候，觉得也挺感动，但渐渐感觉似乎不是那么回事，而骆玉明此刻说柳湘莲："也不是什么事情也没做。在女人割断了自己颈项之后，作为男人他割断了自己的头发。"我情不自禁地笑起来：这是多么辛辣的讽刺，这一句简直可以和刻薄爱讥讽的毛姆相媲美。

骆玉明言："《红楼梦》以非常强烈的态度指示给读者：美的东西都是脆薄易碎的……《红楼梦》充满了美的毁灭，这种毁灭昭示人们所生活的世界粗鄙而肮脏……却又充满了对美的怀想，这种执着的怀想在哀伤中表达着不能泯灭的人生渴望，它给人世留下了深长的感动。"

《红楼梦》的很多修改者、续作者，以及把尤三姐的形象改得"美好"起来，设定了曲线般大团圆结局的人，大约是没有明白这个道理吧。

第三辑 坐对芳菲月

月色与流水

南朝刘义庆《世说新语》里有这样一段：

> 孙子荆年少时欲隐，语王武子"当枕石漱流"，误曰"漱石枕流"。王曰："流可枕，石可漱乎？"孙曰："所以枕流，欲洗其耳；所以漱石，欲砺其齿。"

子荆是晋人孙楚的字，王武子即王济，是晋文帝司马昭的女婿。

据说，孙子荆的这一句口误，便是有日本"国民大作家"之称的夏目漱石笔名的由来。

可以看出来，他对魏晋风度和魏晋"新语"的喜爱。

当然可以如此推测，因为夏目漱石热爱汉学是有目共睹的。1867年，夏目漱石出生在江户（现东京）一个小吏家庭，自幼喜欢汉学，十四岁时即开始学习中国古籍，对老庄之道颇有研究。二十三岁进入东京帝国大学英文系，曾留学伦敦，归国后在东京帝国大学讲授英文的同时，开始英文创作，当时，写的更多的是俳句和文论。直到1904年，时年三十七岁的夏目漱石，才在主持《杜鹃》杂志的俳句诗人、小说家高滨虚子的建议下尝试创作小说《我是猫》，借猫之口目洞察人性，极尽讽刺、挖苦和自嘲，连载后颇受好评。

《我是猫》是夏目漱石的第一部小说作品。因此，从小说开始，即是从他人生的盛年开始，也即是从他人生的末路开始——毕竟他疾病缠身，患有肺结核、严重的神经衰弱、胃溃疡，十一年后的1916年，他即因胃溃疡引发的大出血而去世。

从一个人的死开始，总觉得有些于心不忍，就像被剧透了的一部电影，尽管可能真的精彩纷呈，但已经提前知道并非幸福的结局，内心难免惴惴不安。

他应该也有对自己生命的某种预知吧。

关于生死，他在小说《从此以后》里借代助之心表达过：

> 如果死是容易实现的，那么它应该发生在一个人精神失常达到顶点的瞬间，这正是代助所一直期待的。然而他不是个感情冲动的人，尽管他的手脚发抖，声音震颤，热血上涌，但他几乎从来没有激动过。他亲眼看到，一个人情绪激动的时候，就会跟死亡靠得更近一些，也是最容易死的时候。

也用小品文剖白过：

> 要我给人以什么忠言，我一定不会越出以生为前提

的范畴。我认为,我必须在如何活下去这一狭窄的范围内,以人类的一员来应答人类的另一员。既然承认自己是在生当中活动的,又承认他人也是在这生中呼吸的,那么,不论如何苦,也不论如何丑,相互之间的根本大义当然得置于这生的基础上才行。

冬天的夜晚,小孩安睡后,在书桌前端坐,继续看未完的夏目漱石。窗外一丝车声也无,猫头鹰在叫——应该是猫头鹰吧,它已经叫了很多天了。总觉得只有那一只在叫,总是那只。拉长的声音亮在漆黑的夜里,令人恍惚不知身在何处。然后就看到这一句"外面雨雾苍茫,山崖上的斑竹,在风雨吹打下,时时摆动着枝叶",莫名有些忧郁伤感。一瞬间仿佛置身竹林深处,但并无风雨潇潇。那是在贵州什么地方,什么山,什么时候,我已全无记忆,只记得下山时一个人走的小路,有一段上坡,路失于坡尽头。路旁是一簇一簇的竹子,山中瀑布的流水声缭绕在飞溅的雾气里,又夹杂着夏风吹动茫茫竹叶的声音。左右而望,幽深的竹林中,陈旧的竹叶微微弹动,不知前路何方。

"不知前路何方",大约就是手中这几本夏目漱石作品主人公的共同感悟吧。就像《从此以后》代助之疑惑:"整个日本不管走到哪里都看不见一寸光明,眼前只是一片黑暗。我一人置身在这样的环境里,能说些什么,做些什么呢?"

夏目漱石中期创作的小说《三四郎》(1908)、《从此以后》(1909)、《门》(1910),通称为"前三部曲"。也是他最引人注目的"爱情三部曲"。这三部作品虽然写的是爱情,不管是三四郎与美袮子之间隐约的情意,还是看上去有点令人不可思议的代助对三千代的爱,还是宗助与阿米的怀着悲凉和绝望的惨淡人生,都无法逃脱明治时代那种现实的状况。

在一个秋日的好天气里,宗助在浩渺无垠的天空下,躺在廊缘中突然发出一阵感慨:字这种东西真够怪的。不管多么容易的字,有时一下子就想不起来了。并举一个例子:"前些日子,我被今日的'今'字伤透了脑筋。我把它写在纸上,端详了老半天,总觉得不对劲儿。越瞧越不像'今'字。"哎呀,我真的想站起来,冲到书中,抓住他的手,紧紧握住:你不是一个人!

第一次对一个熟字不认识,是奔跑的"奔"。考试的时候,怎么写都觉得不对,画掉重写,写了又写,总是写成一样的,却总觉得哪里不对,越看越错,到最后终究是没有写出来,卷子上涂抹得乱七八糟。回去翻字典,"奔"就是这样写的呀!但看来看去越看越怪异。

宗助是夏目漱石《门》的主人公。一个软弱、后进、与世无争的人。也许年轻时候并非如此,遇到阿米,遇到爱情,背叛友人(也许是这样的,起码他和她心里都是这样想的)之后,变得如此?

弟弟小六大概说把他夫妻二人拉进更多的俗世中。

关于父亲遗留下来的房产,连同弟弟的抚养等全部事宜托给叔父,房子终于卖掉后,叔父只说偿还债务够了,其他都是"个中详情,容后面叙"。而宗助和阿米夫妻,主要是宗助,总是一拖再拖,不愿前往叔父家,结果叔父死后,婶母要退回弟弟。

即便是自己很难负担,不想负担,也不过是二人聊完十分钟之后就进入了梦乡。与其说是心宽,不如说是有一种无奈的绝望,继而不管不顾,只好忘记——借口各种各样,连提及都不愿提及。如此,假装这事不存在,然后事情仿佛就真的不存在了。

宗助夫妇在夏天的清晨,看到波斯菊花盛叶茂、朝露淋淋就满心欢喜,看到墙边种下的细竹上缠绕的牵牛花,就会高兴地在清晨数点。

而弟弟小六看哥嫂却是:安于生活现状而打发日子,生活消极乏味。

读完整本书,对宗助和阿米这一对恩爱夫妻,才算稍作了解,阿米,大约是好朋友安井的所爱。他们两人如今已经生活在一起六年了,也就是说,他们远离过去的伤痛、和过去的生活一刀两断也有六年了。了解这样的背景之后,再去读文中那些清淡的风景、早晨的雾气、朝阳中的牵牛花、摇曳在山崖下的细竹,甚至漏雨的房间,都别有一番滋味。

小城地处西北偏北的伊犁,是近几年才新建的城市,取名可克达拉(维吾尔语,意为绿色的原野)。人烟稀少,车辆不多。整个小城经过几个年头的植树造绿,已经有点公园的模样。单位前面是一片荒凉的空地。有时起身望向窗外,能看见一只野鸡领着一群小鸡仔从马路上不慌不忙地踱向前面的荒地。

不远处是才建成通车的可克达拉大桥。桥横跨在向西流去的伊犁河上。河水奔腾不息,直到隆冬才会结冰,而大雪降落在水面,冰晶莹的白和雪皑皑的白互相呼应。冰雪之下,暗流涌动,河水仍不止息地向西奔流。一只不知名姓的白鸟,翅膀张成一条宽线,倏忽从僵立的芦苇丛中——这芦苇丛多半也被覆着一个冬天的雪，一闪而逝，像一片会飞的雪。

　　冬日晴空，云朵白，天空蓝，远山隐约。有时雾大，朦朦胧胧，恍恍惚惚。阴天的雾和晴天的雾截然不同，前者模糊黯淡，令人心慌；后者朦胧美好，像个梦境。若是夕阳西下，雾尚未散尽，楼前荒地积雪冷淡，仿佛标本般的荒草肃穆，枯树梢头一片朦胧，雾色带着阳光的浅红色、玫瑰金、金色，把桥上一道道斜拉索描绘得像古人枯笔绘出的瘦山轮廓，给大桥平添了几分温柔的寒意。

　　不知道为何，每每此刻，总令人想起病后萧索的夏目漱石。

　　不记得是谁说过大意如此的一句：不要相信小说家，要相信故事。深以为然。

　　关于夏目漱石，我其实谈不上有更多的理解。阅读的他的第一部作品当然是《我是猫》。但在当时，也仅此而已。

　　近几日读夏目镜子口述的《我的先生夏目漱石》，深觉不易。才更进一步了解到他的脾气、秉性，他的神经衰弱、病痛带来的折磨，甚至是他的无意为之的书法和绘画。

　　我有时候想，写作的人其实"掌握了话语权"。写作表达了自己，不管是遮遮掩掩的欲盖弥彰，还是大书特书的坦坦荡荡，都无形中替自己说出来某种情感。

　　请原谅我无法用更准确的词语来表达。因为夏目镜子的这本书，我更深切地感受到了这一点。在此之前，读到夏目漱石的小说《三四郎》，看到画家原口一边给美祢子画肖像，一边对专门跑来见美祢子的三四郎讲话。原口说他有一个老相识，这个人不喜欢自己的妻子，提出了离婚的要求。可是妻子不答应，她说：

"我是有缘才嫁到这户人家来的,即使你讨厌我,我也决不离开。"妻子坚持不离婚,那人就说:"你不想走就不走吧,一直待在家里好了,我走了"。妻子说:"我留在家中而你出走,往后还是难办呀。"那人回答:"没关系,你可以随便找个丈夫嘛!"

三四郎问:"后来呢?"

后来,也不过是不了了之。仍旧一起生活。

当时还觉得夏目漱石写这一段的时候,大概是对自己的生活一种无奈的映射,内心充满了对作家的"理所应当"的同情,毕竟"网传"夏目漱石的妻子是日本有名的"恶妻"。

读过《我的先生夏目漱石》,才更多地了解了漱石和镜子。那是一个被神经衰弱和胃病纠缠的夏目漱石:

他晚上会无缘无故地生气,动辄大发雷霆,不管是枕头还是别的东西,抓到什么就扔什么。孩子自然是不管的,孩子哭,更会激怒他。镜子因为妊娠,去了娘家住了一段时间。镜子写道:"我刚生完孩子还只能躺着。虽说当时我已经对夏目的病做好了思想准备,但实际上仍提心吊胆。不知什么原因,夏目把我当成眼中钉,他所有的言行举止,让人看在眼里听在耳里,都能明白他就是想要我难受,想让我痛苦,反正在他眼里我是个不成体统的家伙。他甚至还来到我躺着的产房的屏风背后,冲我说:'你生孩子躺着也相当久了,回你的娘家去!'"

他想将妻子赶回娘家(实际上就是要休妻),甚至背着妻子给岳父写过几封要求对方将镜子领回家的书信。但镜子已然下定决心:"不管到什么时候,我都是不会离开这个家的。"

夏目漱石只要犯病,就会把一切都当成恶意。镜子的一举一动，不管是说话还是沉默，都会令漱石看不习惯，总觉得是镜子有意为之而借此来折磨自己。比如，漱石会特别暴躁地跑到还在产褥期的镜子所在的屏风后面，态度恶劣地说："虽然你讨厌待在这个家里，可为了让我焦躁不安还真是相当努力呀。"

那可是刚刚生过孩子的自己的妻子呀！

但我们总能轻易原谅一位作家、一个诗人，尤其还是忍受病痛折磨的作家。他的种种生活被作品所遮蔽，当然也应该被遮蔽，毕竟大众阅读体味的，是他的作品。更何况，与之最亲密的妻子，怀抱着忍耐和无尽的爱。

玛格丽特·阿特伍德曾言："从某种意义上来说，所有人都写作，也就是说，每个人都有一个故事——一种个人叙述，这种叙述经常被重新播放、修改、拆解，又组合在一起。这种叙述的显著特点是随着一个人年纪的改变而改变——二十岁时的悲剧，在四十岁时回望也许就成了喜剧或怀旧散文。"

同理，夏目漱石去世之后，镜子的口述，对当年艰难生活与情感的回忆无疑也蒙上了一层伤感和温柔的缠绵之意。

不由得想起夏目漱石写下的："头脑里不要只惦记着活下来的自己，也要想想那些在生命的钢丝上一脚踏空的人。只有将他们和幸福的自己加以对照，方可感到生命的可贵，才会懂得怜悯之情。"

夏目漱石两岁时，被父亲送与稍有权势的盐原昌之助为养子，七岁时，养父母因不和而分离，漱石被父亲赎回家来。家里人认为他"不会成器"。

孩子多，开销大，经济拮据，女儿夭折了一个，姐姐多病，姐夫滑头，哥哥穷困，养父母亦不断纠缠，这便是夏目漱石的家庭生活。说没有温暖，我觉得是不恰切的，但寂寥之感或许常常充溢。

也许，他也是心神不定、有苦难言的。

他的学生、著名评论家小宫丰隆在评述他《路边草》时曾言，漱石先生有惊人的记忆力，他善于回顾"旧心"，改变"新心"，求得"进步"，这就是他能成为伟大作家的秘诀。

夏目漱石笔下的主人公，不激动，不是激动的人。激动起来的，不是迂腐之人，就是造作之人。

但这种不激动，也是内心波澜壮阔过的。

就像《从此以后》里的代助，他和好友平冈同时对三千代有好感，但还是劝她嫁给平冈，却在二人婚后，在自己的平常生活中，数次想到三千代，体谅她，怜悯她，想到她，才能从她那里找到安宁的地方。但是，最终也不过认为："自己对三千代的情爱也只不过是暂时的了。"

"代助认为，他同三千代的关系完全是天意促成的，他只能这么想。众口铄金，他深知人世社会的凶险。违拗人世意愿的爱情，要遵照上天的旨意行事，当事者往往以死才能博取社会的承认。"

故事的结尾是沮丧、茫然而不知所措进而显得有点"失心疯"似的代助，在骄阳中一边自言自语一边跳上一辆电车，开往哪儿不重要，父亲不重要，名誉不重要，去找的"职业"也不重要，甚至他后来发觉深爱的三千代也不重要——一切都不重要了，整个火热的世界变成了无数的红，红色的邮筒，伞店招牌上高高吊着的四把红伞，十字路口人家卖的红色大气球，红色邮车，香烟铺子的短幔，拍卖行的红旗子，红色的电线杆子，涂着红漆的广告牌，乃至整个世界。红色，令人绝望的红、无可奈何的红，令人无能为力的红。以至于代助"决心在电车上待下去，直到自己的头颅燃烧殆尽为止"。

从此以后呢？

也许，陷入癫狂的代助就这样死在电车上；如果我们心怀希望，那就是代助终将清醒而去找一个能够安身立命的"职业"，并且，将三千代从已经绝交的平冈手中带回，"从此以后"，过着自力更生的艰难日子。但，很难说，三千代就能比往常更幸福。她的病会好起来吗？他们的生活呢？

贫贱夫妻，也许能像《门》里，同样承受世人眼中不伦之爱的宗助和阿米夫妻那样，隐居起来，贫穷多病怀着愧疚、背负着道德枷锁（那是必然的），带着些微的希望、深沉的痛苦但恩爱下去，一直到死。

夏目漱石，不可能像三岛由纪夫那样表现出决绝的果断的情绪，不会让他笔下的人物像血液那般沸腾。也不可能让代助或宗助，像太宰治那样带着情人投水而亡。更不可能像太宰治《斜阳》里"明码标价"的坏人上原二郎那般除了家不想回，哪里都能待到天亮，花天酒地醉生梦死。

跟三岛由纪夫、谷崎润一郎或者是太宰治相比，夏目漱石是正常而温和的，他让人从庸常、破碎的生活中，体验到伤感、凄美、绝望，但也让人找到生活的美，是那种即使伤感、凄美和绝望，也能找到的美。

他的文字，就像他友人正冈子规的那幅野菊：悬在墙上，远远看去，深感寂寞。

夏目漱石写《从此以后》的那一年，太宰治才出生。

说句庸俗点的话，是时代要求他塑造出代助、宗助这样形象的青年，他所有的作品、人物和思想囿于时代，也脱离不了时代。他们的爱恨挣扎，他们对传统势力的反抗，对爱情自由的追求和向往，对生活的抗拒和无奈，都有深刻的时代烙印。不仅和时代"套牢"，也必定会敷衍出不同的隐喻和寓意。

说到这里，我不由得想起1994年《巴黎评论》对阿摩司·奥兹访谈时，谈到西方世界喜欢他的《我的米海尔》，讲述的是一名以色列女子汉娜和两个阿拉伯男子在苏伊士危机结束后一个时期内的关系，有可能被解读为表现阿拉伯和以色列之间的冲突。对此，阿摩司·奥兹说了一段很经典的话：

> 如果你写世界上某个混乱之地，一切都可以用寓意来作解释，如果我写一位母亲、一位父亲及其女儿的故事，批评家会说父亲代表政府，母亲代表旧价值，女儿代表疲软的经济！如果《白鲸》在今天的南美以巴尔加斯·略萨的名义写成，人们会说它表现的是独裁专政。如果它由南非的纳丁·戈迪默写成，又会被解释为反映黑人和白人之间的种族冲突。在中东小说则会反映以色列人对巴勒斯坦人的驱逐，反之亦然。因此，那便是你为一个混乱之地的创作而付出的代价。

其实，不独为混乱之地创作，才会被如此这般解读。只要有作品，就会有类似于政治隐喻和概念的解读。

关于孙子荆和王武子，还有一段：

> 孙子荆以有才，少所推服，唯雅敬王武子。武子丧，时名士无不至者。子荆后来，临尸恸哭，宾客莫不垂涕。哭毕，向灵床曰："卿常好我作驴鸣，今我为卿作。"体似真声，宾客皆笑。孙举头曰："使君辈存，令此人死！"

夏目漱石死于1916年，时年四十九岁，正当壮年。

当年在《朝日新闻》上连载的长篇小说《明暗》尚未完结。

《明暗》一书中，主人公津田一开始就因病而感慨："自己的肉身不知何时会遭遇离奇的变故，不，说不定此刻已经在发生变故，而自己却一无所知。多么可怕呀！"

冥冥之中，似乎有种不祥的谶语。

"蓝色的大海和帆影"

出生在奥匈帝国第三大城市布拉格的里尔克曾说："我们来到这人世上，说起来只是暂时的，不管你生在哪儿；在我们的内心，真正的故乡是慢慢出现的，因此，我们的出生地可以说是追忆出来的。"

出生在立陶宛、"来自地图上的一个空白点"的米沃什曾言："生命中最宝贵的事物莫过于祖国的语言文字和用祖国的语言文字来工作。"但米沃什本人却脱离了自己的祖国有近三十年的时间。1941年米沃什从出生地维尔诺逃到华沙，参加了左派的地下抵抗组织，战后作为文化专员在纽约、巴黎、华盛顿等地工作；1950之后，米沃什选择了政治流亡之路，先在法国获得居留权，1961年起又定居美国，1989年才回到波兰，定居在克拉科夫，并于2004年在克拉科夫逝世。

对于脱离自己祖国近三十年的米沃什而言，故乡意味着什么？没有在祖国写作的诗歌又意味着什么？这两个疑问在《诗的见证》中可以窥见一二。

声称自己的诗歌是被某个保护神口授的米沃什，很少谈论诗学,《诗的见证》则是他系统、全面谈论诗学的一个集子,这个集子是米沃什1981年至1982年担任哈佛诗歌教授期间写的,从六个部分来表达诗歌"对我们的见证"。

相对于被米沃什当作"一个战场"的写于1951年的《被禁锢的头脑》,《诗的见证》则是他一生经验的总结,也是对二十世纪诗歌经验的总结。

米沃什在第二部分《诗人与人类大家庭》中,重点谈及了他的一位远亲,奥斯卡·米沃什,并毫不掩饰这位远亲对自己的影响:"在一定程度上决定了我做诗人的方式,使我更倾向于抵制文学时尚。""他的写作,以及我与他的谈话,帮助我在很长时间里不知不觉地形成了一种吸纳马克思主义的方法。"米沃什曾在一首长诗《学徒》中专门写到了奥斯卡·米沃什,在诗中,米沃什称自己"不过是一个炼金术师父的学徒",诗歌不仅较为详细地记述了奥斯卡·米沃什的生平、传奇、创作和诗观,也写到自己与他精神上的契合,而且通过记述米沃什家族的历史折射出了更为广阔的国家的历史变迁。

作为诗人和思想家的米沃什,诗歌中所呈现的文明视野更为宽广,胸怀也更为博大。他把诗歌定义为"对真实的热情追求",即诗人站在每日新鲜的现实面前,"把文字与它们在事物中的原型联系起来";他认为"诗不再是描写世界,而是代替世界而存在"。从米沃什的诗歌里,也可以看出他的这种观念。

"有时从火堆吹来的风/把黑色风筝吹过去,/……/那同一阵热风/还吹开了姑娘们的裙,/人们开怀大笑/在那美丽的华沙的星期天。"米沃什这首题为《康波·代·菲奥里》的诗写作于1943

年，欢乐和痛苦，美好和废墟，呈现在同一首诗里，沉浸在欢乐中的人们对近在咫尺的痛苦和暴力视而不见，这大约也是米沃什想要呈现给读者的世界的两副相反面孔。

在这本书中，他不止一次地提到陀思妥耶夫斯基（他在大学里讲授过陀氏的《群魔》），当然，据他自己说，很大程度上是缘自地域性的影响，还有童年米沃什对俄语的见解，以及成长过程中对一些非西方因素的见解促使他更多地关注了俄罗斯的作家和作品。米沃什曾说，在对欧美思想的影响力方面，其同辈人中除了尼采，无人能与陀思妥耶夫斯基比肩。但同时，他还说陀氏有一些失言之处，这些失言之处损害了他的伟大。不知道米沃什所说的"失言"是否指陀氏的反犹主义态度。

他还谈及了普希金，说普希金的伟大性是建立在盲信上的，因为在翻译中难以领略他的高素质；他的声誉得到俄罗斯众多伟大散文作家的加强。往另一方面想，这也涉及诗歌与翻译的问题。我在读外国诗歌时，很多时候总觉得有许多隔膜。那些享誉世界的著名诗人（尤其是外国诗人）的作品，很多读起来也并没有评论家宣称得那么好。当然，不可否认，这跟读者本人的学识、个人素养、知识水平密切相关，但诗歌的不可译性是否也应算作因素之一呢？尽管如此，我仍然愿意相信是因为自己的知识水平还不够，诗歌的不可译性仍旧是片面的，因为，我们读到的某一个词语很可能瞬间将我们击中，因为时间的神秘性，因为人类心灵关于善恶美丑，关于爱和憎恶的普遍性心理。

德国哲学家阿多诺曾言，奥斯威辛之后，写诗是野蛮的。

这一观点和米沃什的表层意思大致一样。但米沃什还进一步说明了，任何人求助于种族灭绝、饥饿或我们的同类的其他肉体痛苦来攻击诗歌或绘画，都是在进行蛊惑人心的煽动。如果诗人和画家仅仅因为地球上有太多痛苦而停止创作田园诗或颜色明亮的画，并认为这类超然的职业是没有意义的，那么人类是否会因此获得任何益处，是很值得怀疑的。米沃什并不反对残酷现实之后的文学创作，他只是觉得"面对暴行的事实，文学这个想法似乎是不合适的，而我们不免也要怀疑，某些现实区域究竟能不能成为诗或小说的题材"。他一直都在思考，怎样的文学创作才能够承受或者观照残酷的现实，怎样有反思的文学作品才能够让此种暴行不再重演，怎样的创作态度才能完成有反思的文学作品。

就像他在诺贝尔文学奖获奖时演说的那样："对现实的拥抱如果要达到把它一切善与恶、绝望与希望的古老纠结都保存下来的程度，则可能只有距离才做得到，只有飞升至现实上空才做得到——但这样一来，又会变得像是道德背叛。"

在米沃什那里，"高贵的意图理应受到奖励，具有高贵意图的文学作品理应获得一种持久的存在，但大多数时候情况恰恰相反：需要某种超脱，某种冷静，才能精心制作一个形式。人们被抛入使他们痛苦呼叫的事件之中，很难找到把这种材料加以艺术转化所需的距离"。

米沃什是长寿的诗人，活到九十三岁。他晚年的诗歌作品更多地体现了他对生与死、上帝存在与否、梦幻与永恒等的思考。在诗中，他仍然谦逊地说："直到接近九十岁，我才逐渐地/感到有一扇门在我里面打开，我走进了/清晨的澄澈之中。"而作为普通读者，我更喜欢他创作于二战流亡期间的大家耳熟能详的《礼物》："这世上没有一样东西我想占有/我知道没有一个人值得我羡慕/任何我曾遭受的不幸，我都已忘记/想到故我今我同为一人，并不使我难为情/在我身上没有痛苦/直起腰来，我望见蓝色的大海和帆影。"

※ 夜雨灯火 ※

未选择的路

　　几年前我想起来读保罗·奥斯特的时候，在某宝上买过一本浙江文艺出版社出版的《孤独及其所创造的》，不过，那是影印本。被撕毁的家庭照片在复印机的油墨下，变得更加影影绰绰，五个孩子的脸模糊不清，母亲也同样模糊不清。这部奥斯特的处女作包括两部分：从父亲去世开始写起的回忆式的碎片般文字《一个隐形人的画像》和用第三人称讲述自己人生往事的十三册《记忆之书》。评论界一致认为这本书是奥斯特最重要的非虚构类作品，奥斯特的每本小说、小说里的每一个细节、每一个主题都是谜面，而"这本传记将成为谜底，成为理解奥斯特写作的基石"。

　　正是因为对此书的阅读，才激起了我对奥斯特作品的兴趣，断断续续读了他的《日落公园》《在地图结束的地方》《布鲁克林的荒唐事》《冬日笔记》等。

　　因此新版本的奥斯特作品甫一出版，我就急忙收入囊中。

　　奥斯特获奖殊多，他曾获法国美第奇文学奖、西班牙阿斯图里亚斯王子文学奖、美国约翰·克林顿文学杰出贡献奖，并多次入围都柏林文学奖、布克奖、福克纳小说奖等,作为剧作家和电影导演,他编剧的电影《烟》于1996年获得柏林电影节银熊奖和最佳编剧奖。

盛名之下的奥斯特在2010年之后长达七年的时间里没有再出版一部小说,直到2017年初的《4321》。这是一本八百多页的大部头,长度是他以往任何一部作品的三四倍,一部超级长篇小说。欧美书界各大榜单称之为"最令人期待的新书",奥斯特的说法则是"一头奔跑着的大象"。

林中小路

奥斯特当然不会忘记弗罗斯特的"黄色的林子里有两条路"——林子里有两条路,我/选择了行人稀少的那一条/它改变了我的一生。其实,即使选择行人众多的那一条,也同样会改变"我"的一生,因为无论怎样的选择,都是"因果链"上的一环,都将积累成决定性的、改变一生的。

中文里关于"歧路"的意味,在我有限的阅读中,只能想到杨朱泣歧路的故事。《荀子·王霸》中说:"杨朱哭衢途曰:'此夫过举蹞步而觉跌千里者夫!'哀哭之。"意思是在十字路口走错了半步,等觉醒之后却已是差之毫厘谬以千里了。杨朱因此痛哭不止。作为道家杨朱学派的创始人,杨朱之泣歧路,有对误入歧途的忧心忡忡,而在弗罗斯特那里,并不存在歧途不歧途,仅仅是选择的不同而已——一种选择有无穷展开的未来,反之亦然,只是人们由于肉体之限定,仅可经历一种。

对于保罗·奥斯特来说，这种歧路与"林子里的两条路"选择的两难，就暂时不存在了。《4321》就是一部"一人分饰四角"的小说。四个弗格森沿着"林子里不同的道路"，经历了四种别样的人生——也或者说是一个故事的四个版本，每一版都跌宕起伏，每一版都惊心动魄，每一版都令人欲罢不能——如此说来，小说根本写不完，为什么不能是"54321""654321"诸如此类呢？

在某种情形下，他死于十三岁时夏令营暴雨的森林中；在一种时空里，他父亲死于一场大火，他与母亲相依为命；而再一种，父亲的生意蒸蒸日上，经济条件飞速提升，父母却不再像往常那样恩爱，家庭逐渐支离破碎；某种版本里，他纠结于自己的性取向，爱女人，也爱男人，写影评和"回忆录"，在走向"成名成家"之际，死于车祸……

这本约八十万字的作品，读起来确实略费心神。

《4321》中所发生的一切，有点像奥斯特在2011年写下《冬日笔记》中的开始："你以为这永远不会发生在你身上，以为这不可能发生在你身上，以为你是世界上唯一一个不会在你身上发生这种事的人。而随后，一件接着一件，它们都开始在你身上发生，与发生在其他每个人身上一样。"

读到1960年8月10日，弗格森在一场暴雨中死去，"雨水仍然哗哗地砸向他，雷声还在隆隆作响，而从世界的这一头到那一头，诸神全都缄默无言"，我才后知后觉地意识到这书完全可以分开阅读。

如果按照作者的排列顺序来看，经常会有种时空错乱之感，有时会被不同时空的相同人物的不同关系搞乱。我的阅读选择是，读到一半，重新开始，去阅读每一个弗格森，读完之后再从头开始，读不同时空里的平行弗格森。在我断续、交错的阅读中，四个不一样的人生在我面前徐徐铺展，一个与另一个混杂，一个与另一个交错。一个尚未铺展，便在暴雨中戛然而止，另一个明亮优秀热闹的未来正张开双臂走来，却在伦敦大街的浓雾中戛然而止……

正如小说主人公弗格森所写小说《往右，往左，还是直直往前》，奥斯特用这种方式表达了人生的无限可能性，而小说本身就像俄罗斯套娃，一个故事套上一个故事，如此循环往复，生生不息。

是啊！"一个人接了吻，另一个人挨了打，或者一个人在上午十一点参加他母亲的葬礼，同一座城的同一个街区里，另一个人正第一次抱起自己刚出生的宝宝。一个人的悲伤同另一个人的快乐同时发生……"

有时候，我会停下来想一想究竟是哪些弗格森在哪些时空交汇的时候拥有了不同的人生经验，阅读、电影、写作、棒球、篮球，有些看上去像是灾祸的事件到最后却变成了"好事"，比如因车祸丢掉两根手指、因双性恋身份而被免去兵役，从而不用参加美国对越南的战争。不喜欢政治的人不必亲临战场，不用被亲人爱人担心挂念，不用每天都怀着某一刻被不长眼睛的子弹击中从而倒在异国他乡的土地上的担忧。

因此，当我再次读到，那个十三岁的男孩在狂暴的滂沱大雨中，在有着让骨头颤抖的霹雳和炫目的闪电的雨天，在橡树林中正为自己能拥有这样一个雨天早晨的非凡经历而欣喜若狂地尖叫，一道闪电劈中一棵橡树的树冠，树冠倒下，砸向正欣喜的少年，"从世界的这一头到那一头，诸神全都缄默无言"时，才会心如刀绞，泪如雨下，因为你知道往后的平行时空中，这个弗格森，这个十三岁的弗格森，什么都没有了，什么都是空白。当每一页的另一个弗格森在无限可能的人生里经历纠结失落、爱情挫折、热血沸腾时，这个弗格森的所属都是空荡荡的白纸，所有的一切比空白的白纸还要虚无。因此你知道，所有的一切都是可能的，所有的一切都充满了偶然。正如诗人马拉美所言："骰子一掷，永远取消不了偶然。"

在弗格森生活的那个时代——时代永远没有变化，肯尼迪被刺，越南战争，北部湾事件，马丁·路德·金被刺身亡，美国历史上规模最大、持续时间最久的学生抗议……所有的大事仍在一件不落、有条不紊地发生，而一个弗格森和另一个却拥有了完全不同的人生。用一句略显造作的话来说便是，作者将个人的小与时代的大放在一起，把普通人物的生活、爱情、悲欢离合与时代的转折、波澜起伏、变幻莫测结合起来，在大与小的映衬下，渺小的个人生活居然也生动起来、也不可或缺，也使人明白，对于整个森林来说，一棵树无足轻重，但正是这一棵棵无足轻重、千姿百态的树，构成了整个森林。

令我觉得遗憾的，是本书仿佛总结般的结尾：第四个弗格森奋笔疾书，某一如何，于少年时暴雨中，因闪电击中树冠而被砸死；某二如何，二十二岁，去伦敦签售第一本书，在浓雾中过马路时，被车撞死；某三又如何如何，却因楼下的某个家伙抽烟燃起的大火烧死。正当你为其三者之路尽而痛哭时，第四个跳将出来，告诉读者诸君，不必伤怀，他们都是"我"的虚构，真正的路仍在"我"的脚下，"真正的世界还包括那些本可能发生但没有的事，路与路之间并没有好坏之分，但活在一具躯壳中的痛苦，就是无论在哪个时刻，你只能往一条路上走，虽然你本来有可能走在另一条上，正去往一个完全不同的地方"——恰似阮籍穷途而哭后的返程。

这样一来，整本书都成了主人公的作品，奥斯特站在书本之外，冷眼旁观，不时唏嘘，面对庞杂森林里四散而去的小路，说不定也发出荷马之感叹："那树林的状态，简直就是人间；春去秋来，叶落满地——秋去春来，猛抽新芽。人世间何尝不是如此——生生死死，永不停止。"

关于这一点，东晋诗人陶渊明早已了然于胸："运生会归尽，终古谓之然。"

世界是如此变幻莫测，选择的细微变化也有可能走向无法更改、难以挽回的结局。我们有什么理由认为自己可以幸免于人类某些普遍存在的悲剧呢？

说到底也就是"人生似幻化，终当归空无"。

孤独与阅读

奥斯特曾言："要进入另一个人的孤独，是不可能的。如果我们真的可以逐渐认识另一个人，即使是很少的程度，也只能到他愿意被了解的程度为止。当一切都无迹可寻、与世隔绝、全无踪影的时候，人们能做的就只有观察了。但人们能否从观察到的东西里找出意义，则全然是另一回事。"

而与孤独相得益彰的，也许只有阅读了。某种程度上来说，真正的阅读也是孤独的。一个人陷入一本书，是完全私人化的，其中甘苦，也只有自己知道。《4321》中，令人印象深刻的便是贯穿始终的阅读。

不到十岁的弗格森永远不会忘记第一次到唐·马克斯和米尔德里德姨妈家时的情形：小公寓里摆满了书，三间房间靠墙的书架上，桌子和椅子上，地板上，储藏柜上，到处都是，弗格森深深着迷于这种不可思议的杂乱无章，同时，在他幼年的心中，也意识到世界上除了他父母、他父母的朋友那种生活，还可以有完全不同的生活方式。

在弗格森的阅读世界中，米尔德里德的重要性毋庸置疑。她一开始就为自己的妹妹、怀着弗格森的露丝，推荐了一张"孕妇书单"，那是些真正优秀的小说，经过时间检验的经典作品：《夜色温柔》《傲慢与偏见》《名利场》《呼啸山庄》《包法利夫人》《巴马修道院》《都柏林人》《八月之光》等等。

弗格森的米尔德里德姨妈，一个真正的知识分子，一个学识渊博的人，大学教授，她熟谙一个男孩从八岁到十岁，从十岁到十二岁，以及这之后到高中毕业的每个阶段都渴望读什么样的书，一开始是童话故事，格林童话及苏格兰人朗格收集整理的彩色童话，刘易斯·卡罗尔、乔治·麦克唐纳和伊迪丝·内比斯特那些想象奇特、荒诞不经的小说，接着是改写版的希腊罗马神话、《夏洛的网》、《一千零一夜》的故事精选，再接着是《化身博士》、爱伦·坡、福尔摩斯，再到青少年时期的屠格涅夫、果戈里、托尔斯泰、陀思妥耶夫斯基、乔伊斯、卡夫卡、菲斯杰拉德、狄更斯、塞林格等无数散发着闪闪光辉的名字……

米尔德里德对弗格森阅读的引领作用不容小觑。何其幸运啊！一个愿意付出时间和精力，一个愿意接受这种引导，并如饥似渴地阅读。终其一生——不管是十九岁那么短暂的一生，还是十三岁更为短暂的一生，还是漫长的按部就班的一生，弗格森都和阅读密不可分。

阅读，就像陀思妥耶夫斯基在十五岁那年让弗格森明白的那样："编出来的故事不止供人娱乐消遣，它们可以让你反躬自省，茅塞顿开，能灼伤你、冻僵你、扒光你，把你扔到宇宙的狂风之中。"

与阅读密不可分的，大概是写作。

"孤独。但不是指孤身一人那种状况。例如，不像梭罗为了寻找自身的位置而把自己放逐，也不是约拿在鲸鱼腹中祈祷获救时的那种孤独。而是退隐意义上的孤独，是不必看见自己，是不必看见自己为他人所见。"

写作，便是此种意义上的孤独。

而借由某一个十分年轻的弗格森之口，奥斯特也写出了保持"敏锐、深入挖掘和努力提高"的初学写作者的秘密，即每天在笔记本上投入不少于一个钟头的时间，以及其他的年轻的弗格森摸索出的写作技巧，比如仿写，比如以他人之口吻写内心独白，以及最重要的：不理会那些时常令人失望的结果。他为写作而进行的训练，描写具体的物件、风景、早晨的天空、人的面孔、动物、光照在雪上的效果、雨落在玻璃上的声音、木头燃烧的味道、在雾中行走或者听风从树枝间吹过的感受……此种列举，在无形中居然让我一一细细体味了一遍落雪夜晚的温柔可爱，狂风吹雨打在玻璃上的暴烈恣肆，风吹过夜晚的白桦林哗啦啦的声音。这也使人明白，优秀的写作，善于营造氛围，很少的词，哪怕只有一个字，就能勾起读者的无限想象。

也借此弗格森之口，奥斯特谈谈论了对出文集的看法：有点葬礼味；同时表达了关于写作能不能教授的问题，弗格森坚信"虚构写作不是一门可以教出来的学问，每个未来的作家只能靠自己去摸索"。

关于这一点，业已形成的争论很多了，也无需赘言。对于作为读者的我来说，写作能否教授倒在其次，一个人能否在早年得到阅读的指导重要得多。如果在青春年少甚至更早的时候，能得到像弗格森那样，哪怕只有一半甚至十分之一的阅读指导和阅读环境氛围的熏陶，一个人的人生总会是另一种风景吧？

茫茫雪夜

2011年一个大雪纷飞的夜晚，奥斯特写下了他《冬日笔记》的第一行字。

《冬日笔记》是六十四岁的奥斯特以第二人称写下的回忆录，是对自己一生的剖白。但这种方式写下的回忆录，阅读体验远不如他的小说。"你以为这永远不会发生在你身上""你六岁""你十岁""一个月后的今天，你将满六十四岁""暴风雪时扑面而来的风，冷得刺骨，而你在外面空荡荡的街上，讶异于自己竟在这样猛烈的风暴里出门""你看不见你自己"……一本书读完，总还是觉得不大习惯，以第二人称的方式写下的所谓回忆录，总令人觉得有种做作之感，好似对着读者撒娇一般，而撒娇的文字，或多或少都有些矫情。对，就是这个词，矫情，即使他在大雪纷飞的夜晚，写下笔记的第一行字。

纷飞的大雪，是有着无穷的意味的。

俄罗斯诗人勃留索夫在《雪野茫茫俄罗斯》中写道："草地白茫茫一望无际/雪野尽头还是雪野/到处都是注定的沉寂/积雪、积雪、积雪、积雪……"

诗中，不管是宛如白色深渊被大雪覆盖的村落，白色原野中奔跑的小马，时刻警觉却不发一语盘旋着的鸦群，还是色近柠檬的一抹残照，一切都在沉沉的暮色中那么空旷和凄清。这首诗所勾勒出的孤独之感，令我在寒冬雪夜温暖的房间里，兀然警醒。

那么，雪的寓意究竟是什么？

一场又一场的雪，像是一个又一个茫茫深夜中的引路人。前路茫然，雪纷至沓来。也许，它落下，它牺牲自身的白，是为了告诉我们人心深处微弱的光亮，是要指引我们度过"茫茫雪夜"从而穿越雪夜深处的冬天；它落下，是想说明，不管还有多少更深更长的雪夜，终究都会过去。

此时，深夜，雪正在窗外无声飘落，也许毫无寓意。夜空在雪的映照下，泛着温暖的橘黄的光芒，仿佛世界从来不曾有过黑暗的夜晚。

❀ 夜雨灯火 ❀

疯狂的柔情似水

　　爱伦·坡认为:"在故事写作方面,艺术家不妨力图制造惊险、恐怖和强烈的效果。"带着"惊险、恐怖和强烈"这三个关键词去读乌拉圭作家奥拉西奥·基罗加的小说,不会有错。

　　除去《大森林的故事》这辑收录的八个童话故事,在基罗加《爱情、疯狂和死亡的故事》这本小说集中,从第一篇《羽毛枕头》到第九篇《一捆之仇》可以概括为"死亡",除了《有刺铁丝网》中死者是一头高大、挑事的公牛外,其他每一篇都死了人,有的还死了不止一个。死去的人有各种不同的神秘惊悚诡异的死法:被藏在枕头里的鸟类寄生虫吸光血而死的新婚妻子(简直是一篇幽暗晦涩的吸血鬼故事);炎炎夏日中穿过噼啪作响的、落满因洪水烂泥形成的尘土的针茅中暑死掉的农场主——他的狗子们接连几天看到了死神以他的形象出现(像不像某种幽灵降临);被四个傻哥哥像宰鸡一样杀掉的四岁小妹妹(真的令人汗毛倒竖浑身战栗);被食肉蚁吃光的公共会计员(脸上如爬满了蚂蚁般令人毛骨悚然);悲凉的欧洲移民——那个死在路上的怀孕的女人(一股难以言表的哀愁和温情笼罩了整个屋子)……

基罗加的表述令人眩晕，在《死去的人》中，他用多么偶然的事件、多么细微的失误表达了一种多么令人惊心的酸楚啊。多么普通的一天：太阳恰好还在同一高度，影子一毫米也没有移动，每天早上都来清理的香蕉园中植物还在风中安静地生长，巴拉那河如往常一样汩汩流淌。每天十一点半就要吹着口哨到新港去的小伙子仍旧在那个点出发了……那一天跟所有的从前都一样，一切都没有什么不同，然而，由于一块滑溜的树皮，跌倒的人正好跌在了刚从自己手上滑落的砍刀上，他便要被迫告别这熟悉的一切了，那亲爱的妻子和儿女的呼声再也得不到回应了，永远也得不到回应了。永远。

　　《香木屋顶》中，在炎炎夏日，忍受着闷热和蚊虫叮咬，忍住了困倦和疲乏，挨过六十三个小时，抄写整理好整整二十四本户籍登记簿的户籍登记员奥尔加斯，因错过最后一班轮渡而只好骑马赶往波萨达斯，向视察员汇报，途中暴雨使河水猛涨，渡河又遭遇狂风暴雨。他乘坐的是怎样的一条小船啊：船身的三分之一处有破损，用白铁皮修补过，船主喝了过多的甘蔗酒，而河流又突然宽得像大海，汹涌着滔滔巨浪。当奥尔加斯艰难跋涉到视察员所住的旅馆中，视察员亲切地拍着奥尔加斯的肩膀，哈哈大笑：我只不过例行公事随便说说呀，老兄你何必这么认真！视察员的音容如在眼前，不知怎的，我的眼眶突然湿润了。

　　剩下的篇章中，少有的几个爱情故事，也看得人心惊胆战，不知道什么时候会死掉什么人。然而，《脑膜炎及其影子》这一篇看到最后时，发现它居然有一个温柔、美好的甜蜜结局，我一下子愣住了，好像从黑暗的屋子里突然站到了刺眼的阳光下，一时间有点不太适应。

　　格雷厄姆·格林曾在他的作品中写过:"死者是值得艳羡的。只有还活着的人才感到孤苦凄凉,不受人信任。"如果略微了解一下基罗加一生的大致轨迹,可能会更悲切地感受到小说中各种神秘悲催又偶然的死亡所带来的切肤之感。

　　基罗加是拉丁美洲最受读者欢迎的短篇小说家,被誉为拉丁美洲短篇小说之王。他的作品影响了马尔克斯、波拉尼奥、科塔萨尔等一批作家。在他的家乡,有以他名字命名的旅馆和菜肴……这自然是成为著名作家之后的他,也大约是死后的他。在他短暂的一生中,死亡几乎总是如影随形。基罗加出生仅两个月,打猎回来的父亲便因枪支走火中枪而死;十八岁时,继父自杀身亡;二十三岁时,两个姐妹感染伤寒死亡;二十四岁时,因自己擦枪走火击中好友致其死亡;结婚后没几年,第一任妻子自杀身亡,第二任妻子不辞而别……1937年,基罗加检查出癌症后,选择了自杀,终年五十九岁。

　　了解了这些,再看一遍《儿子》,忽然觉得那个失去孩子的父亲简直就是基罗加自己:那个跌跌撞撞,在失败、死亡和没有希望的丛林中寻找孩子的父亲,那个忍住了眼泪却无法忍住悲痛的男人,那个身心俱疲、一生孤苦,只能在丛林中独自生活的鳏夫!

　　不管如何,这些从基罗加笔下流淌出来的故事,即使你知道了结局,即使你知道中间会发生何种变故,你仍旧会被他的表达所震撼。

　　别具一格的是收录在这本书中的八篇童话作品,这是他为自己孩子写的童话故事。看过前面关于爱情、死亡和疯狂的"暗黑"故事之后,突然转换到这个频道,似乎有些不习惯。可是,那些故事多么美好啊!

《巨龟》中那个勤劳善良的病人,住进了树林后,"他睡在树下,天气不好的时候,用几片棕榈叶在几分钟内就搭起一个棚子,坐在棚子里抽烟。树林在风雨中喧哗,他在树林里觉得十分开心"。

多么令人羡慕!那个在风雨喧哗的树林中坐在棕榈叶下开心抽烟的人。深夜读来,仿佛哗啦哗啦的雨声就在头顶响起,而四周雨雾缭绕,空气氤氲,远处的山峦隐在朦胧的雨雾中,像一个梦境。

而巨龟呢,他就是天天在猴子笼周围吃饲料的那只巨龟。勇气和毅力兼具、知恩图报的巨龟,原来就是孩子们在动物园看到的那只呀。读完这个童话故事,我心里涌起一阵不可名状的柔情。我看到了一个父亲满溢的爱,一个真正的父亲所能给予的所有的甜蜜和柔情。

※ 夜雨灯火 ※

当白色淹没一切

　　绿灯亮了,但是有一辆车没有起步,驾驶员在挡风玻璃后面挥动着手臂,惊恐地呼喊:我瞎了,我瞎了。他自己描述失明后的情形:好像在浓雾里,好像掉在了牛奶海里,看一切都是白的。

　　紧接着,一个送他回家后顺便"开"走了他的车的路人也失明了;再接着,是给第一个失明者看眼的眼科医生、送偷车人回家的警察、和第一个失明者同时在医生的诊所看病的人……

　　在萨拉马戈的长篇小说《失明症漫记》中,失明症像瘟疫,不,比瘟疫更迅速地席卷了整个世界!

　　暂时没有失明的将一开始失明的人关进废弃的精神病院,提供少量的食物,纵容(也无法干涉)一批有武器的盲人压迫另一批没有武器的。

　　在那个精神病院里,有武器的人像丧心病狂的精神病:要那些没有武器的人用他们所有的财产换取少量的食物,当财产换完后,让他们中的女人走过来给他们享用;没有武器的人也像精神病:他们主动交完财物,没有一次性交完财物的惧怕对方不给食物的惩罚而栽赃别人，要自己一方的女人用肉体去换取食物……

所有的一切，尊严、羞耻心、善意、正义感在这样的地方几乎荡然无存。

受压迫者反抗了，有人点着了有武器的盲人那一侧的房屋，大火吞噬、蔓延，大家涌出精神病院，才发现此处空荡，阒无人声。看管失明者的军人、政府的决策者、银行家、播音员、电工……一个接一个全都失明了，除了一个人，也是唯一的一个人，那个一直与丈夫在一起的眼科医生的妻子。

所以在"回家"的路上，她看到了一切：破旧的车、成堆的垃圾、比猫还大的老鼠、流浪狗、死状凄惨可怖的人、啄食死人的鸡、狗，更多的，是大街上僵尸般游荡着寻找食物的盲人、教堂里被蒙上了眼睛的偶像的塑像，包括被钉在十字架上的那个……

也许，必须有一个人能看见，能看见这世界中的残忍、肮脏、可怕、自相残杀、不同情、无法拯救和被拯救。

当然在这茫茫的黑暗中也有几分温暖。戴墨镜的姑娘（失明前她靠和不同的男人睡觉挣钱）一直照顾着离开妈妈的小男孩，以及对那个戴眼罩的老人产生的短暂的温情之爱；那个不知道是什么人的瞎眼女人的不告密和自我牺牲（就是她放了火自己也葬身火海）；他们坚持埋葬了戴墨镜姑娘楼下的那个被狗啃食得不成样子的老太太……

这是其中一部分的暖意。

但是，结局会怎样？

我看到一半的时候猜测。

医生的妻子,这个唯一能看见的人,在精疲力尽的劳作之后,在某一个清晨或者半夜醒来的时候,突然,白色,像牛奶海一样的白色,就像所有失明者描述的那样,包围了她。

但是并没有。在小说将要结束的时候,一个个失明症患者像他们突然失去光明一样突然和意外,又一个个恢复了视力。

大概是我过于悲观,以唯一可以看见的医生的妻子也失明作为结束,这个世界就真的毁灭了吧?但是,让在这场灾难中幸存的人重新看见灾难过后的世界:破败、肮脏、横尸遍野……是否也是另一种绝望?

那些共同经历过灾难的人们,那些在共同的灾难中"目睹"彼此羞耻、自私、恶意的人们将来怎样相处?会因为共同的灾难而更加亲密,还是因为这"目睹"而心存芥蒂、更加羞愧而只能疏远?

这被损害的世界,被损害、被侮辱的人们,还会好起来吗?

当然,会的。家园将会重建,秩序也将重新构成,一切都会重新确立,就像一切从未发生,就像世界恢复到了它最初的状态。

但,最关键的,灾难是否还会重来?

在读萨拉马戈《失明症漫记》的时候,每当看到一个人、一批人、一大群人失明的时候,我的心就紧张得不行:下面还会发生什么?会有怎样可怕的事情发生?还有什么更可怕的?

萨拉马戈不徐不疾地讲述这个被失明症所笼罩的城市发生的一切。

然而，所有的人都没有名字，我们在讲述和提到的时候不得不说：第一个失明的人、医生、医生的妻子、有枪的盲人、失明症降临之前的真正的盲人、斜眼小男孩、戴黑眼罩的老人、药店伙计、那个女人、那个不知道是什么人的瞎眼女人……

在灾难面前，每一个人都不是自己，每一个人都在揭露着自己。

夜雨灯火

消失的伊尔玛

这本书还可以叫作《伊尔玛和她的351本书》或者《数学家的寻人方程式》,这是唯一一本我没有看完就想告诉别人这是一本好书的书。怎么个好法?我其实并不知道。

这本书让我找到了很久以前看书的感觉,也给了我某种阅读的画面感。许多描写十分细致精确,以致脑海中可以闪现那样的画面。比如:菲利普和艾萨克在池塘边,"三只鹅溜进了池塘,向中间游去,一阵阵不规则的波纹朝池边涌来。鹅的颜色——绿、黑、白,在这个灰蒙蒙的中午显得一点光泽也没有"。像电影,镜头闲闲一拉,就看到了物外之景。

消失的伊尔玛,就像塞万提斯笔下的牧羊女马塞拉。书中也提到了这迷人的马塞拉。用我这普通读者的狭隘目光来看,伊尔玛是双性恋,而且好像与她接触的女人都是,或者在她的引导下,都不约而同地表现出了另一面,这点,从菲利普的两任前妻和其中一位前妻的女儿那里可以得到明证。

这个与菲利普在大学时代就相好的伊尔玛,写了五本书,出版了两本,还有三本,她自己印了五册。除此之外,她还装订书,把自己的藏书拆开,用羊皮、猪皮装订起来,让每一页纸的重量都相同,它们可以平铺在桌子上,无论翻到哪一页都不用用手压住。她用颜色不同的封面重新打扮她的藏书。她(那一定是她)甚至冒充博尔赫斯写了一篇题为《苔藓》的短篇小说,并将之装订在博尔赫斯的小说里,而菲利普竟然没有发现。发现这一秘密的是一个叫露西娅的女人。这个女人被菲利普怀疑为伊尔玛的间谍,也许就是伊尔玛的替身。

伊尔玛赤裸、坦诚、自由又充满无穷的魅力。她是书之女神,男人或女人都被她"迷惑",都已拜倒在她裙下。菲利普,菲利普的两任前妻(伊尔玛甚至同时"诱惑"了他与他的第二任前妻比阿特丽斯与她交欢!),菲利普的第一任前妻的两个孩子——他的继子女妮可和萨姆,从后文看来,那个露西娅也应该是伊尔玛的情人,或者就是另一个伊尔玛,是伊尔玛本身。

既然看上去如此"混乱",书里头有许多场性爱描写就不那么让人意外了。这些都和伊尔玛有关,有的伊尔玛在场,有的不在场。但那是美的。不管是在古老咖啡种植园的小旅馆里,在圣克鲁斯区曲里拐弯的街道两头黑漆漆的拱道中,在印着维多利亚时代花束的露西娅暂居的小房间内,还是在拉曼恰大地没有帆布的风车下。

我忽然想起来略萨的"没有文学便没有爱情"来。他铺陈开来说过:"语言通过文学进化到优美、细腻的高级水平的同时,也大大增加了人们享受生活的可能性:在爱情方面,使欲望得到了升华,使性交进入艺术创造的范畴。没有文学,爱情和快感会变得贫乏,会缺乏甘甜与优美的感觉,会缺乏浓浓秘密的感觉,而如果有文学情感和想象力的刺激和培养,那是能够达到强烈的快感的……在一个不讲文学的世界里,爱情和快感恐怕与动物性交并无二致,仅仅满足原始本能而已。"尽管有些拔高的嫌疑,但我想,用来说明为什么这本书描写得那么美好,还是足够的。

从大学时代就与菲利普相伴又分别的伊尔玛消失了。她留给了菲利普她的三百五十一本藏书。这个数学家按照伊尔玛打包的顺序,按照作者首字母的先后顺序,将书放到了架子上,打算用N种方程式从书中找到消失的伊尔玛,也寻找伊尔玛可能留给他的什么秘密。起先他按照抽样的方法阅读,没抽几次,他就胡乱抽起书来了,他甚至和丽贝卡——他的第一任前妻一起设计了方程式,去考量每一个伊尔玛可能在的地方。补充说明一点,菲利普最擅长与数字打交道,尤其擅长计算,比计算机还快。

在寻找中,他渐渐地了解了伊尔玛,或者,渐渐地,更不了解了。那些藏书,她或多或少都做过添加,混到原作者的创作中,因为每一本都被重新装订过。

为了找到伊尔玛(也许不是为了找到她),他去了很多他们去过的地方,他到一个很喜欢伊尔玛的藏书家那里去。米里亚姆,年轻时是古籍善本经纪人,退休后成了专心致志的藏书家。她和丈夫有一栋公寓大楼(丈夫在大学里当真菌学教授,也研究她藏书上的真菌)。他们家每一层都塞满了书,每个房间四周都立着书架。他们虽然在同一个屋檐下,却不经常见面,她要研究评估藏书,他要在书页间弹掉书中的粉末,以及用显微镜观察。如果有客人来,他要花很久很久时间一层楼一层楼地寻找她。

菲利普对萨姆(他的第一任前妻的儿子)说,也是对自己说，是表白也是发问："我相信爱情是疯狂的。它让两个人变得疯狂。对彼此痴迷，对彼此的身体着迷，为彼此的感受抓狂。可是如果他们各自发现彼此的疯狂出现了分歧，怎么办？"

因为，"深爱着的两个人，都得爱上同一种生活，爱上同样的追求"。菲利普到他那时的年纪是明白的，但是萨姆不明白。我也不明白。

这本书是优美、朦胧、梦幻和现实的，有最深沉的愿望，有最有魅力的情人，有最美好的生活和向往，是最普通却让人难忘的阅读；这本书是找不到书的书单，是旅行指南，是爱与性爱手册；这本书里有让人神往的不一样的数学：神秘的方程式，迷人的对数螺旋线，椭圆离心率；这本书让人产生美梦与热望，是生活之外的生活，是另一个世界，是梦幻的乌托邦，是不能重回的桃花源；这本书里有加缪，有屠格涅夫，有三岛由纪夫，当然，少不了塞万提斯。

但伊尔玛是谁？

用年轻的萨姆的话来说就是："我认为她是世界上最非凡的人物。她给自己自由，让自己一直那么自由，她的自由并没有伤害其他人。她忽视那些本来就应该忽视的规矩。她靠自己的所学为生，她的所学源于她的感受。跟她在一起，不管在哪儿，总是那么美好。"

那么，伊尔玛在哪里？大约在每一本书里。在她装订的修补的甚至窜改的每一本书里，在那些散落在世界各个角落里的公开或隐秘的图书馆里。

那条从未走过的路

我常常以为，美是不能描述，无法诉说的，是"山中何所有，岭上多白云。只可自怡悦，不堪持赠君"。就像忧伤，能说得出来的，大约不是真的忧伤。

所以，我也常常认为，美即忧伤。

独坐时，夜晚的风声是美的；雨落下，敲打窗玻璃，是美的；窗台的花终于开出了一朵，也是美的……

在湖边，云朵洁白，青草翠绿，鲜花绽放，湖水碧蓝。一阵风吹过，吹动湖面云朵的影子、吹动远山的影子、吹动湖边坐着的人的影子和若有若无的心事。

这多么美，美得令人忧伤。

我只能说，啊，这一切多么美，太美了！我还能怎么说？我不能描述，即使我将彼时彼处原封不动地录下，也不能还原当时当地我的想法。恰恰是这种不能描述，我认为，才是美的真正所在。

因为以上的想法，所以，当我看到夏尔·佩潘的《当美拯救我们：星期二的哲学课》时，多少有点不以为然。喂，美有什么好说的？能说出个什么子丑寅卯来？美难道不是个人的体验，难道不是"如人饮水，冷暖自知"？难道不是一件隐秘而不可说之事？

但是夏尔·佩潘说，感兴趣的不是美从何而来，而是美究竟对我们做了什么。

这就有点意思了。难道不是我们"审美"，反而是我们"受制于"美吗？

夏尔·佩潘从看似高大上的四个部分（《隐约看到和谐》《活在意义里》《升华力比多》《拥抱神秘》）来"述说"美，并且召唤出了一批大师，如康德、黑格尔，以他们对美的观点和态度来直接或间接佐证自己的论点。

略过那些玄之又玄的理论，我"挑选"出能够触动自己的部分。一开始我觉得这样有极大的可能误读了这本书，但，又有那么一瞬间，我觉得正因为如此——每个人从同样的书中得到不同的感触，看到不同的世界——从而使文本带来的体验缤纷多姿，大约这也正是作者的初衷。

作者认为，在美的里面，有种东西能让它与死抗衡，甚至比死亡更强大。而美，在我们生活的每时每刻，都在帮助我们，唤醒我们，拯救我们，抚慰我们。我们受伤时，美能帮我们疗伤，能让我们在现实中得到慰藉。

在日常生活中，每个人或多或少都在向往另一种生活，就像弗罗斯特在诗中所说，"一片树林里分出两条路/而我选了人迹更少的一条/从此决定了我一生的道路"。

选择就意味着失去。选择了这一条路，那么另一条路就成为了想象，成为永远不能到达的遗憾。另一条路到底有怎样的风光、险象？会有什么在前方等待和召唤？

这一切都未可知，但正是这种未可知与想象成就了美。因为未曾到达，所以，可以有无数种可能，有无数种"另一种生活"。

夏尔·佩潘在书中说："美永远是通过我本身与我对话，它是一面镜子，映照出了我原本或我希望成为的样子，它有时甚至会映照出我完全不想成为的样子，美让我发现了某种奇特的近似。"

尽管这话并未说明美的"具体定义"，并未对美作出详细的"名词解释"，但我仍被其触动。我们完全可以反过来理解，那些映照出我原本或我希望成为的样子的事物，那些映照出我并不想成为的样子的事物，就是美。

美无处不在。

蜜蜂驻足在花朵之上，蜂鸟扇动翅膀，雨水从高处滴落，风吹过竹影，黄昏的云朵，甚至是街头某个陌生人的背影……

在某一个瞬间，它们像突然划过夜空的闪电，照亮了我们心底的隐秘的某处。于是，等闲平地翻起波澜，心思涌动，日常生活突然生了变化。

即便如此，美什么也没有做。美既不能拯救什么，也不能改变什么。美只是"让我们隐约看到了获救的可能"，但就是这种"隐约"更进一步反映了美。

当然，这样大肆谈论"美"以及"美的作用"于我来说是有些羞愧的。即使看完本书，我也仍旧对"美"抱持"不可说"的态度，即使，美告诉我们，"可以有另一种生活方式的可能"。

毒舌王尔德的忧伤

有天在微信上看到一个链接，标题就叫《王尔德：腐国第一毒舌，秒杀所有段子手》，里面列举了许多王尔德写的"段子"，比如说完肯定是不能和小伙伴们愉快玩耍的"我不想去天堂，我的朋友都不在那里"；比如让我们连努力都不敢再说了的"努力不过是无事可做的人的避难所"；比如如今盛行的那种梗"我年轻时以为金钱是世界上最重要的东西，等到老了才知道，原来真的是这样"；再比如让我们不好再相信爱情的"人生就是一件蠢事追着另一件蠢事而来，而爱情则是两个蠢东西追来追去"……真的秒杀所有的段子手。如此这般引来用去，到底逃不过王尔德的那句"引用，是智慧耐用的替代品"，被引用了也不放过引用他的人。

这些奠定了他"毒舌"地位的段子，让他看上去是多么潇洒、桀骜、不屑，但真的读他的作品，不能不让人觉察他内心深处的忧伤。

作为十九世纪的"大V"，王尔德的一生大约是风与火的一生。据说他长发披肩，经常穿着一身专门定做的天鹅绒面料的礼服，特意露出有精美花边的丝绸衬衣，胸口还要别一朵硕大的向日葵或者百合花……简直，简直风骚无比。

天才大多短命，因此可以怪上帝不公。因为爱上了一个年轻的贵族"小鲜肉"而被其父控告的王尔德在监狱待了两年，然后又活了三年，终于1900年的冬天。仅仅活了四十六岁的这个年轻的大叔，一生写过诗歌、童话、戏剧、小说等诸多作品。

最早读的就是他的童话《快乐王子》，不是吗？而《快乐王子》难道不是一个忧伤的故事？读这个故事的时候，总有风从文字的缝隙里吹来，像冬天高原的月亮映照在厚厚的白雪上。

这种闪着蓝光的忧伤，在读《王尔德诗选》的时候，就知道还会不断遇见。矫情一点说，这样的诗歌，适合在冬天落雪的夜晚读，在这因为雪落而变得温柔、光亮的夜晚，又听到别处落雪的消息，再一个人细细地读王尔德，还有什么比这更美好呢？但是，不要相信远方，不要相信王尔德，只相信他诗中的每一个词，每一种美，每一种忧伤。

因为，美即忧伤。

他是美的，所以他无可避免是忧伤的。他忧伤，是因为"她曾那么年轻美丽/却归于黄土"；他忧伤，是因为"墙上的夹竹桃/在晨光中显得深红"；他忧伤，是因为"只有树叶轻轻摇曳/迎着熙和的微风/在扁桃溢香的山谷/传来夜莺孤独的歌声"；他忧伤，是因为"狐狸有洞穴，小鸟也有巢窝/我，只有我，必须疲惫地流浪/我的脚跟有淤青，啜饮泪水泡制的苦酒"……

如果硬要说一说他的爱情，我只好想当然地猜测，那首《恩狄弥翁》就是一首大胆的表白。但关于他的爱情，那部叫《王尔德的情人》的电影已经说得够多了。还有什么好说呢？他自己不也说爱情就是两个蠢东西追来追去？

我在乎的是他的忧伤，因为他要"用一生的悲伤/建一座云梯去靠近上帝"，我在乎的是，尽管一生忧伤，"那少年仍在做梦：不知黑夜即将来临"。

夜雨灯火

"孤独及其所创造的"

保罗·奥斯特在《孤独及其所创造的》一书中说道:"要进入另一个人的孤独,是不可能的。如果我们真的可以逐渐认识另一个人,即使是很少的程度,也只能到他愿意被了解的程度为止。当一切都无迹可寻、与世隔绝、全无踪影的时候,人们能做的就只有观察了。"

那么,通过日记来观察一个人,是否算是进入或者靠近一个人孤独的一种捷径?

我怀着这样的心情打开梅·萨藤的独居日记《过去的痛》。享有国际声誉的美国诗人、小说家梅·萨藤的这本她六十六岁之后的日记,吸引我的并不是她作为作家的思考和智识,而是一位独居缅因州海边的老人的日常生活和她如何面对年老带来的身体上的伤痛,如何处理情感受挫以及随之而来的失望,如何对待并摆脱在暗地里蠢蠢欲动、随时准备击败她的抑郁症,更多的,是她如何面对己身的孤独。

她的日记里,有对日常生活不厌其烦的描述,天色、气温、积雪、厚厚的冰、暴风雨、涌向天际的波涛,她敏感地觉察"雨天里有一种甜蜜的安慰";她关注饮食,花比预计长很多的时间来做一餐饭以招待自己和朋友,和她的狗一起散步,观察预示春天到来闪烁在棕色碎石间的一小块翡翠绿的苔藓,开车拜访农场里和植物、动物一起生活的安与芭芭拉,她深切知道"天堂是赢来的";更多的时候她阅读、思考和写作,读友人的诗,回忆与法国作家科莱特的唯一一次会面,带着巨大的欢乐阅读伍尔夫的书信集、福斯特的传记,她意识到,只有通过意味着给予而不是索取的工作和爱,才能发现自己的个性。

关于肉体,她说:"肉体自身就是一个宇宙,必须像对待任何神圣的造物一样地把握它,像每一只神奇的鸟、甲虫、蛾子和老虎。忘记神圣的肉体是危险的……因为一旦如此,毁损,一个伤口的毁损,或者单纯老年的毁损就可以把精神消灭。"

简直不能同意更多。忽略或者鄙视肉体的人是愚蠢的,相信精神能够打败肉体疼痛的人同样也是愚蠢的。我从来不相信在肉体疼痛的时候能够思索出什么伟大的哲理,在真正疼痛的时刻,宣称能够用专注的阅读、思考和写作或者其他诸如此类的事情来"忘记"的人十分可疑。对于肉体的疼痛,唯有承认它、承受它,科学地正视它、处理它,才稍微有可能在疼痛之后得到少得可怜的收获。这收获,更多的是对肉体的慎重、对己身的反思、对"伤疤"的铭记。

当时间到达1986年的时候,梅·萨藤写道:"孤独地躺在床上,过去像潮汐般升起,一次又一次用不能应付的回忆淹没我。脆弱得像一个赤裸的新生儿。"那时,她已经中风。此书的第二部分《梦里晴空》便是她关于这一段时间的日记。沮丧、失望和消沉也像造访患病的普通人一样造访过她,"五个月来一直处于一片悲惨的高原上",但她并没有像普通人一样被击倒。她忍受疼痛,厌倦这病态,却仍旧"快乐地望着外面","花和电话使我远离绝望","有趣""愉快""可爱",是她日记里经常能看到的词。

怀着对生活、自然和友人的爱,才能如此生活下去吧,因为,只要还能爱,就不算真的被生活和生命所打败,也因为,拯救一个人的,最终还是,也只能是他自己。

塞尚曾言:"孤独对我是最合适的东西。孤独的时候,至少谁也无法来统治我了。"冯骥才说塞尚此语说出了孤独真正的价值,即:孤独通向精神的两极,一是绝望,一是无边的自由。

而梅·萨藤,在海边独居的日子,确切来说,并不是真正的隐居,尽管是独身一人居住在海边,她应是从绝望(如果一开始真的有隐而未发的绝望的话)走向了无边的自由。她在这"隐居"中看见了自己,也看见了自己为他人所见。因此,孤独并不能令人不安,令人不安的是对孤独的理解和选择。

"没有孤独就不会有真正的人,你越是发现人是什么……你越会发现你是孤独的。"我想,大概只有拥有阅读经验和思考习惯,深刻明白孤独意味的人,才将会更有勇气面对老年、面对一切都将失去且不得不失去的晚景吧。

讲故事的那个人

2016年6月,在中国人民大学,我有幸见到了很喜欢的以色列作家阿摩司·奥兹,他是第一届"21大学生国际文学盛典"年度国际文学人物获得者。在他的致辞和随后的座谈中,他用舒缓而温柔的语调谈到了他作品中的女性,谈到了他的祖父。他说他的祖父对女性有着无限的温柔和耐心,深受女性喜欢,他希望自己也能成为那样的男人。"我喜欢女性。"奥兹说。他的这种表白,在作品中也可见一斑。不管是《我的米海尔》中的汉娜,还是《费玛》中的安妮特,从一系列对女性形象的塑造和描写中,可以看出作者心底的柔情和对女人的温和。

相对于奥兹,毛姆对女性的态度就不仅仅是苛刻,而是无限挑剔了。读过的他的一些小说和随笔,里面的类似段子手语言的句子随处可见:"一个女人大可以想多坏就多坏,但要是她长得不漂亮的话,那么做可就没啥好处了。""如果一个四十岁左右的女人对一个男人说自己的年龄都够做他的母亲了,这男人若想自保,就该立即逃跑。不然,她要么就是要和他结婚,要么就是要和他离婚。"

在他的长篇小说《月亮和六便士》中，他更是嘴不容情："只有女性才能以不息的热情把同一件事重复三遍。""女人们不断为了爱情而自寻短见，但是一般来说她们总是做得很小心，不让自杀成为事实。通常这只是为了引起她们情人的怜悯或者恐怖而做的一个姿态。"

毛姆生前就已是名气超级大、挣钱超级多的作家了，随之而来的评价也是毁誉参半，马尔克斯和奥威尔对毛姆评价甚高，而埃德蒙·威尔逊则说毛姆笔下全是陈词滥调。但当"陈词滥调"竟受到如此多读者喜爱时，就应该重新思考这陈词是不是陈词，滥调是否真的是滥调了。

不过这些也并不影响一个普通读者对毛姆的选择或摒弃。阅读本来就如鱼饮水，冷暖自知。一直以来，我都对毛姆保持着固执的喜爱。他有异常敏锐的观察力和对人心人性的深刻的洞察力。而他的这种能力又将他笔下故事讲得婉转生动，妙趣横生，让人读后欲罢不能。他的大多数小说轻松有趣，刻薄犀利，他当然是一个讲故事的好手。仔细读来，他作品中流露出的刻薄犀利几乎是与生俱来的，而且也并非仅仅针对女人，确切地说，是针对所有的人，他讽刺和挖苦的，是人心和人性。

六十岁的时候，毛姆出了一本写作生活回忆录《总结》，其中他说："我是以一个小说家的身份从事创作的，因此在某种意义上我能够将自己视为故事中的一个角色。长久以来养成的习惯，使得我在通过作品中塑造的人物发言时感到更自在。"

参照这种"表白"，在读毛姆《爱德华·巴纳德的堕落》这本短篇小说集时，我总觉得有毛姆自己的影子，不管是否以

"我"的形式出现的主角，我下意识就把他当成故事的亲历者，因此，他描述的每一件事，每一个人的动作和表情，每一个细节，我都觉得比其他的作品更为可信。这大约是小说家的一种能力，也是一种天赋，也像他在《珍珠项链》一文中说的那样"一个真实的故事总好像没有一个虚构的那么真实"。

其实，收录到《爱德华·巴纳德的堕落》这本短篇小说集中的大多数故事我都看过，不过是别的译本。此译本是一位年轻的译者陈以侃翻译的，闲来无事，就挑了几个故事稍微作了一下对比，发现陈的译本以短句居多，节奏更明快，个别细节有出入（我没有英文图书，也无法核查谁的翻译更忠于原文），但故事仍是那个故事，读来也别有一番滋味。

❋ 夜雨灯火 ❋

无法过去的过去

一直以来,我都不愿意去看过去那些悲伤、残酷、令人不安的历史,我不想去了解其中的细节,比如奥斯威辛是如何一点点变成一个杀人工厂的。我只是模模糊糊地知道,奥斯威辛屠杀了数以万计的犹太人。

历史于我们的如今,多么遥远!那些遥远国土上发生的事,于如今的我们,也多么遥远!去了解无非是增添更多的不安和悲痛罢了,毕竟也于事无补了,死去的人不会重新活过,发生过的也不能改写。

这是我曾经的态度,也是知识与情感上的双重无知(许知远语)。但不知从什么时候起,我的态度开始慢慢发生变化,也许是因为看了《辛德勒的名单》和《穿条纹睡衣的男孩》这样两部电影。

了解历史,是为了不遗忘;记住曾经,是让历史的悲剧不再重演;对此般"往事"的认识和梳理,则让我们更加清楚地确认,什么是美好、善良、崇高、爱和自由。

英国历史学家和纪录片导演劳伦斯·里斯的《奥斯威辛:一

部历史》为我们还原了奥斯威辛集中营的真相——奥斯威辛究竟是什么？它是如何一步步演变成一个杀人工厂的？究竟是什么让那些看上去平和、温顺的普通人变成了杀人狂和屠杀机器？是上级的命令、个人的主动作为，还是两者的结合、环境的影响？如果环境果然让人变得更坏，那么怎样的环境能让人们齐心协力创造一个更好、更温馨、更和平的时代？读完此书，相信每个人心中都会有一个答案。

劳伦斯·里斯有着丰富的关于纳粹的知识，他围绕着纳粹题材进行文字和电视节目创作有十五年的时间。在他的调查研究中，他不仅采访了集中营幸存者，也采访了纳粹行凶者。做到这些，他和他的团队付出了艰辛的努力和超乎常人的耐心，有很多人，他们要花上几个月甚至长达数年的时间去说服他们接受采访并同意录像。

翔实历史资料的佐证，集中营幸存者的口述，纳粹党卫队成员的谈话录，不仅还原了一段历史的详情，让我们更深刻洞悉了纳粹，也让我们了解到，"在历史最极端的情况下，人类会做出什么"，从而让我们更好地认识自己。

纳粹们为了减少自己情绪的波动，减少屠杀带来的压力，也为了更好地收获犹太人的遗物，用心营造出和谐的气氛，他们在犹太人到达的小站摆上鲜花等植物，让人们以为这是普通的与死亡无关的车站；用哄骗的方式让犹太人自己走进毒气室，"你们现在是要去洗澡和消毒""洗澡的时候别烫着了"，甚至给他们讲笑话，犹太人信以为真："他们脱下自己的衣服，甚至还整齐地叠好，把鞋带系上……"

繁重的体力劳动，几乎没有水和食物，被拿去做医学实验，忍受殴打和侮辱……最后不可避免地死去。这便是集中营里犹太人的命运。

幸存者的叙述让人心碎：从小就挨饿，所以能够在饥饿的情形下比别人多活一段时间；从小生活环境恶劣，所以能够在集中营那样艰苦的环境下偷生……即便如此，存活下来的犹太人与被残忍杀死的——进来就再也没有出去过的——数字没有任何的可比性。

在波兰的森林里，还有三个鲜为公众所知的灭绝营，它们分别是贝尔赛克、索比堡和特雷布林卡。这三个营地的面积之和没有奥斯威辛-比克瑙大，而在这里的死亡人数却有约一百七十万人——比奥斯威辛的遇害者多出了六十万！人类历史上前所未有的、对数百万男女老幼进行的流水线式的杀戮！这便是纳粹在这几个集中营犯下的令人发指的罪过！屠杀计划得逞后，纳粹便竭力抹去能证明这三个营地存在的每一丝痕迹。而且，即使是如今臭名昭著的奥斯威辛，纳粹在撤离时，也炸毁了用于屠杀的毒气室。

…………

我们怎么能回避那股强烈的悲伤？怎么能对那些悲哀的面容、枯瘦的身体、令人绝望的命运无动于衷？怎么能毫无情感地面对那一个个活生生的生命个体累积起来的冰冷的数字？

"人类的行为是如此易变和不可预知，常会被他们身处的环境所左右。""如果说个人的行为会受到环境影响，那么一群人的共同努力可以创造出更好的文化，反过来提升个体的道德。""为防止再有与奥斯威辛类似的惨剧出现，一个方法是汇聚个体的力量，促使社会的文化观念抵制此类暴行。"也许，这也是本书带给我们的另一个意义。

"人类从内心深处需要这个世界有公道存在，需要无辜的人最终得到补偿，有罪的人最终受到惩罚。"但是，关于奥斯威辛，我们没有得到这样的慰藉。约六千五百名活到战后的党卫队成员，只有约七百五十人受到过处罚；很多党卫队成员在战后不仅没有受到惩罚，反而生活得越来越好，也并未后悔或有所反思，最终颐养天年。相比幸存者幸存后的遭遇，真是有着霄壤之别。

这一切的发生，究竟为什么？我们应该反思的是什么？面对这样的一段人类共同的耻辱，我们还能做些什么？

作者在序言中说得好："所有认为本书所涉及的历史与当下无关的人，都应该记住前面写到的一切。所有认为只有纳粹分子甚至只有希特勒才持有极其恶毒的反犹主义观念的人，也应当认真反思。最危险的想法之一，就是认为欧洲人是在少数疯子的强迫下心不甘情不愿地犯下了灭绝犹太人的罪行。"作者为什么这么说，读完这本书，你便会了然于心。

夜雨灯火

林深不知处

拿到布鲁诺·舒尔茨小说全集《鳄鱼街》的时候，已然是盛夏。在炎热的天气里，我从一场又一场大汗淋漓的碎梦中醒来，把书拿起又放下——过于炎热，书又过于厚实，实在是没有沉静之心来读。

黄昏，起风了，太阳又大又圆，用它温柔的红晕掩饰着白日的酷热，棕榈树下的小池塘映出柔和的红色夕光，菖蒲的叶子窈窕，一小片水葫芦舒展着厚厚的叶片，尚未奉献出它们淡紫色的花朵。罕见地没有蚊子。我搬出躺椅，在隔壁一株柿树的阴影里，翻开了《鳄鱼街》的第一页。

是《八月》，开篇的第一句就是："七月，父亲去附近的温泉疗养，把我、哥哥和母亲丢给了炽热发白的夏日。"

我忍不住笑了。

多么"应景"的布鲁诺·舒尔茨！

从"应景"开始读起，你会发觉舒尔茨小说里的修饰，多却不让人觉得厌倦。他的形容词华丽多姿，铺陈如蔓草，延绵不绝。就像一个讲究的人，仅仅为了餐后的一小块甜点，不厌其烦地烘焙、蒸烤，又收拾房子，铺桌布，备茶具，及至煮了茶，插了花，一切都臻于完美，才终于惬意地坐下来，一边赏花、饮茶，一边品味那一小块甜点。

可读过一部分舒尔茨的小说后，你会发现，他的目的其实并不在"品尝甜点"。铺陈好一切，他并未像你所想，去坐下来品那块你期望中的甜点，而是铺陈好之后，便将它们放置在那里，不管不顾地走开了。蝉鸣、蛙声犹在耳畔，树影还在，风声还在，而舒尔茨和他的故事、他的人物、他的布景倏然消失，只留下一脸茫然的你，像被夏日的热风刚刚吹过。

舒尔茨的这本小说全集，差不多可以算作关于"父亲"的故事集。几乎每篇小说中都有那个叫雅各的父亲的身影。把家人丢给炎热夏季独自去温泉疗养的父亲；在愤怒中与自己对话、如灰尘般慢慢消失的父亲；独自研读鸟类学且将自己居住的阁楼变成鸟类客栈的父亲；在夜晚对着女孩滔滔不绝谈论造物主的父亲；变成兀鹰，也有可能是蟑螂的父亲；在盛季之夜目睹鸟群被人们用石头砸死，忧伤归来的父亲；穿戴黄铜盔甲、从窗台上像流星般坠入闪耀着千百道光芒的黑夜中的父亲……

舒尔茨笔下的父亲，带有某种昏暗、神秘、亢奋、神经质、忧郁的气质。他总是孤独地沉浸在自己的世界里，仿佛与这无趣、绝情的人间有着天然的自觉隔膜和毫不在意的顺从。《父亲的最后逃亡》里，那个"死得不干净"，把"自己的死亡当成分期付款"、时常以各种形态归来却让家人无动于衷的父亲，以一只螯虾或巨蝎形象出现，被母亲在清醒状态下煮熟并被端到桌上来，最后"虽然被煮熟了，在半路上丢了一条腿，父亲还是拖着最后一点力气迈向下一段无家可归的流浪"。读到此处,悲伤无以言表。

"从此,我们再也没有见过他。"舒尔茨用如此冷静的叙述方式讲述了这样一个令人忧伤的故事。

他的小说想象大胆、奇幻、诡异,充满令人不安的气氛,你并不知道舒尔茨将把你带到何处,能让你看到何种风景。就像《肉桂店》中那个奉父母之命回家取钱包的"我",那个在城市夜晚幽暗的微光中沿着不断增生、彼此纠缠、互相交换的街道,或者说在城市的深处展开的、双面的、替身的、说谎的、骗人的街道中行走的少年,沿着想象中的路线、渴望中的气味,去浏览那些开至深夜的气派店铺时所遇到的迷途、歧路。因此,你看到了"月光散成了千只绵羊,像银色的鱼鳞一样撒在空中,十分苍白,但又像白天的光线一样明亮";走过了"铺满白雪的林荫小径",乘坐一个"异想天开、难以捉摸"的赶车人的马车,在城里绕来绕去地打转;在轻盈的、"带着紫罗兰香气"的空气中,遇到那些在"青苔和灌木之间拣拾掉下来的被雪打湿的星星"的漫游者……

夏天的夜晚,实在是适合漫游的——在小说中,到舒尔茨的波兰去。

以玫瑰之名

当你打开这本书的时候,所有的故事都已经结束了。

但是玫瑰的传奇还在继续。是的,还有什么能比"传奇"二字更能概括这本书所表达的情意呢?

从一个人的衰老和生命的即将终结开始回溯,从现在回到遥远的过去,回到故事一开始的地方,本身就带有忧郁、伤感的气息。加上"玫瑰"的名字和它所衍生的意义,啊,还有什么事、什么情绪不能放一放,而去把这本书读完呢?

这个像长诗一般的家族,这个叫赛默萨特的棉花种植园,骨子里流淌着托利弗家族血液的女种植园主玛丽,她的终生不渝的爱人珀西,她一生的友人和伴侣奥利,珀西的妻子露西,酷似玛丽的蕾切尔和继承了珀西气质的麦特,以及那些与赛默萨特有过短暂交集的继承人、准继承人、过客,在玫瑰的盛开和凋零中,见证了三个家族连绵不断的纠葛。

红玫瑰和白玫瑰,在书中至少绽放了十四次。

如果请求原谅,就用红玫瑰;如果接受歉意,就回赠白玫瑰;而粉红,则表示不原谅。他们之间的爱恨,全部借玫瑰来抒发。弗农为请求妻子原谅，委托律师在他死后给妻子送了一支红玫瑰，但被妻子扔掉，她永远不会原谅她的丈夫和继承了她丈夫的种植园的她自己的女儿玛丽，为了让这永不原谅更铭心刻骨，她从疯魔般的自己中清醒，并在自己精心为女儿准备的二十岁生日宴会后用羊毛编织绳将自己吊死，而脚下放了一堆粉红色绸带。珀西送红玫瑰给年轻的玛丽，给失去儿子的玛丽，给他从前不曾真切爱过的第二个儿子维特红玫瑰的花瓣，甚至在他垂垂老矣的时候向仍在爱着他的露西表达内心的歉意和敬重……玫瑰的一次又一次出场，一次又一次被回赠，我看到了他们一个个的单纯、固执和善良。

当我看到维特的战友在维特牺牲后带给父亲的礼物时，无比紧张，当看到那拙劣的画作上一个抱着一束白玫瑰的男孩子跑过花园的时候，泪水夺眶而出。我以为珀西永远不能挽回的破裂的父子关系在这一刻终于云开雾散，尽管维特已经从这世上消失。

"她（玛丽）爱珀西，他是她心里的一根刺，无论怎么努力都拔不出来。"自然，这玫瑰传奇的主角是玛丽和珀西。玛丽第一次从回忆中回过神来，是在第一百八十八页。那是1985年的秋天，她坐在家中阳台上，一直在追忆过去的时光。

假如……那将会改变多少人的一生啊。但是人生哪有什么假如呢？不过是一个连着一个的偶然罢了。两人终究互相错过，尽管相爱了一生。那些"不可挽回"，那些没有出现的"假如"改变了人生的所有面貌。但这就是人生啊，这就是不能假设、无法回头的人生啊。

当我看到珀西在玛丽和奥利结婚之后竟然开始有些欣赏露西

的时候，我的心都要碎了。这仿佛我爱着的男孩子竟然准备爱上我讨厌的女孩一样，但是，那露西又有什么错呢？她如果真的有错，就是她不该愚蠢、天真、固执、勇敢、厚颜无耻地爱一个不会爱她的人。但露西也许是这书中最会将自己逼上绝路却不害怕的人：她有足够的勇气和力量来承担最坏的结果，她穷尽了一切努力去得到珀西的爱。于她而言，这勇气何尝不是一个悲剧？尽管她嫁给了珀西，尽管在暮年，她也赢得了珀西的歉疚和尊重。

作者莱拉·米查姆晚年开始创作的这部处女作，就是一个盛开着玫瑰的花园。不过我又觉得这花园中玫瑰盛开得有点多了，她想让每一条线索、每一个暗示都得到最终的解释，但并无完全的必要。玛丽死后会发生什么故事？蕾切尔和麦特会发生什么故事？他们的赛默萨特最终会如何？就让一切在玫瑰的开落中慢慢发展吧，我一直感觉，讲完珀西的故事，就可以结束了。唯一遗憾的是，关于奥利的笔墨太少。不过，于这过少的笔墨中，我瞥见了一个少见的奥利，他对友谊的忠诚，对爱情的坚贞，对痛苦和磨难的宽容，他就是那个无怨无悔、魅力四射的奥利啊。

我看书后的评论说，这个描述了好几代人的作品可以与《飘》比肩。但玛丽的的确确不是郝思嘉，不过，如果将《玫瑰传奇》拍成电影，我想不出还有谁比费雯·丽更适合扮演玛丽，那个在大屏幕上，固执、倔强、美丽又坚定的黑白的郝思嘉，那个已然成为传奇的费雯·丽。

※ 夜雨灯火 ※

如果那就是一生

当两个第一次见面互生情愫却又不为对方所知的人在分开的那一瞬间，男的拦住正在拦一辆开过的出租车的女人说："我不愿想象以后见不到你。"

如果你是那个女人，你会想些什么？

那个女人是西蒙娜·波伏瓦（本书的翻译中用的是波伏瓦而不是常见的流传较广泛的波伏娃，是刻意忽视女性的偏旁吗？），那个男人，就是纳尔逊·艾格林。

但谁是纳尔逊·艾格林？和波伏瓦并肩出现的男人难道不是萨特吗？难道不是只有萨特吗？他们两人互为对方的灵魂伴侣，是同志、是情侣、是战友……他们终身未婚，死而同穴。他们的关系不是有些人心目中男女关系的模板吗？

《恋爱中的波伏瓦》一书给类似于我这种对波伏瓦和萨特关系一知半解的人提供了足够的话题和细节。

于是我知道，纳尔逊·艾格林是被波伏瓦一眼就看穿了的一个上流社会年轻迷人的想结婚的"腐朽变态的老姑娘"玛丽的情人。他和波伏瓦相遇在1947年的2月。在这一段爱情中，纳尔逊送给她一枚银戒指,就是这枚戒指,她终生都戴着,从未取下。

于是我知道,波伏瓦和萨特有一个永久的盟誓:他们俩一个对另一个是"必要的爱情",萨特这样声称,其他的一些艳遇则是"偶然的爱情"。他们要发明一种全新的爱情模式:可以在别处交付身体,但永远不能交付心灵。前提是,必须不互相隐瞒。

于是我又惊讶地知道,波伏瓦将自己的(自己也爱慕的)女学生,送到萨特的床畔,这是他,也是他们"偶然的爱情"。当然,两相比较,"偶然的爱情"于萨特来说,未免过多了一些,不仅仅有女学生,还有女模特、女记者……总而言之,是很多。

读书中描摹波伏瓦心事的句子,我常常想,这真的是波伏瓦的想法,还是作者以己之心对波伏瓦所作的揣测?是一个偶像般人物日常的普通的"女性"的爱情生活,还是每一个陷入爱情中的女人的常态?

作者伊雷娜·弗兰随即也承认:"既然本书中的人物已经成为我们文化、文学遗产的一部分,若还要用代名,或半遮半掩那些人的身份,显得很虚伪。我为自己的写作负全部责任,因为我深信历史可以给想象留一席之地,有时历史也从想象中汲取养分,而想象本身也完全可以是严谨的。"

这既是为本书作了定位:这是一部小说,作者在以小说的形式来讲述波伏瓦的情事;同时,也为所涉细节作了担保,从现存资料里生出的严谨的想象。

也许,这真的只能是小说吧。

本书开头，作者让波伏瓦对那个令萨特神魂颠倒的"可诅咒的女人"——多洛雷斯的抱怨、嫉妒，是真的出于恋爱中的波伏瓦之内心吗？面对这样的时刻，真正的波伏瓦是否会稍微淡定一些？

在与萨特的关系中，波伏瓦明白自己的优势：她理解他所有的哲学，他找不到比她更出色的人来充当向大众传播他思想的使者，也找不到比她更有奉献精神的合作者。二十多年来，她讨论、修改、注释他的手稿，甚至重新整页撰写……

但，正因如此，她才是萨特公开的缪斯女神？他也正因此而爱她？果真如此的话，未免过于悲催。我爱你，因为你有诸多才华，并非因为你是你。但是否又能够换一种表达，正因为你有诸多才华，你才是你，你才是我爱着的你。

我有些迷惑。但爱情的事情谁能说得清楚？太多的事情互为因果，而且，更多的时候是陷在爱情里的人才知道什么是因什么是果。旁观者再清，又有什么用？甲之蜜糖，乙之砒霜的事情太多了。

也许，在萨特那里，波伏瓦展示的也是她自己想要展示的形象——缪斯女神，而在纳尔逊·艾格林那里，她变成了小姑娘，是"来自远方的无助而忧伤的女人，充满了爱情和欲望"，当然，还有诗意和无穷的魅力。对纳尔逊·艾格林，严肃的女哲学家波伏瓦用痴情的女人的心在说："这么多年我们无缘相逢，现在我有一生的爱情想给你。"

书中细节过于细腻，他们爱情的点滴，都"记录在案"，仿佛作者有某种让雨水沿着落下的路线重返天空，回归它们当初降落的云中的魔力。作者铺开了一张巨大的地图，一一展示了波伏瓦和纳尔逊·艾格林的情事，仿佛爱情发生的时候，她正在观看。

  我不想去复述他们的爱情故事，像所有能成为永恒的爱情一样，他们的爱情也充满让人唏嘘的遗憾。爱情终究还是消失了。但爱情真的消失了吗？波伏瓦仍旧戴着纳尔逊·艾格林送她的银戒指，直到死亡。

※ 夜雨灯火 ※

纸上博览

  1847年至1848年担任法国首相的弗朗索瓦·基佐，是法国第二十二任首相。二月革命之后，七月王朝被推翻，他也因之而下台。作为十九世纪的政治家、历史学家，他主张，政治权力要建立在一定的社会基础之上，政治应该以服务社会、增进福祉为宗旨；政治治理应该以政府与社会合作的方式来进行，这样才能使全体社会成员认识到政治参与的必要性；他批评人民主权观，认为真正的主权是"理性、正义、真理"，也就是说，正当的政治权力必然要以道德为基础，政治权力是德性的正当体现，因而是值得追求的目的。

  了解过他的政治主张再来读他的《艺术论》，总觉得有点怪怪的。在我的偏见里，一个政治家很难是一个好的艺术家。但基佐这位政治家，却著作颇丰，他的《欧洲文明史》《法国文明史》享誉世界，《欧洲代议制政府的历史起源》《为我的孩子们讲述的法国史》等，均是研究欧洲历史和文明史的重要书籍。

  这本《艺术论》带给我的阅读体验特别棒。且不说它的内文如何，一翻开就可以看到的插画印刷得就十分精良。书中几乎每段都有总结、概括、提炼似的边注，准确、精练、恰到好处。对于我这种前面看后面忘的人，这种提纲挈领的边注，真是再好不过了（只是不知道这边注是作者自己所作还是译者所加）。在"论"的时候配上所论之作品，一边欣赏一边"论"，有点像在看电影的时候打开了弹幕。且，书边设计的空白处，几乎是给读者自己加弹幕所留的地方！

阅读的过程，就像在艺术品展览馆游览。一个人戴着无线耳机一边欣赏艺术作品一边听耳机里传来的娓娓动听的专业介绍。当你信步走到皮埃尔·皮热那尊著名的雕像《克罗托那的米罗》跟前时，他告诉你皮热并没有表达出米罗和狮子搏斗的激烈情形，因为，米罗被卡在树上的左臂并没有激烈地试图去挣脱，相反它是柔和而倦怠的，另一条推着狮子的手臂无力感也很强烈。由此，作者也说出了雕塑的局限：复杂的动作和激烈的表情一样都不适合雕塑。"一尊显露出暴怒神情的雕像除惹人大笑之外还能激发怎样的观感呢？"当来到米开朗琪罗的《阿波罗》跟前时，他提醒你欣赏塑像那迷人和谐的光影效果。当你在委罗内塞《迦拿的婚宴》前驻足时，除了欣赏它的着色和构图，配色与背景之外，基佐提醒你还要留意它精彩的空间延伸感，以及画家用来填补空间的多姿多彩的人物……

不仅是作品欣赏，基佐还详细举例分析了绘画和雕塑这两门艺术的异同，并得出结论：二者很少会有相同的目的，而且，即使要达到相同的目的，也几乎没有相同的手段。但，不管是绘画，还是雕塑，它们最终是殊途同归，"都是为了产生艺术魅力"。因为，"一位艺术家无论从事哪种艺术，都要遵从构成其人性基础的内在法则，还有其所处理的内容本质上的潜在规则"。尤其绝妙的是作者对版画家的比喻：翻译家。因为版画家要严格遵循原版作品的造型和风格，而且他确实做到了比任何其他翻译方式更忠实于原版。且版画家像翻译家那样，劣势在于无法诠释原版的灵魂与魔力，却必须竭尽全力去保持原版的特质。

在这本《艺术论》中，基佐花了较大篇幅来详细介绍拉斐尔及其作品。他说拉斐尔是一种生来就具有不可多得的好运的人，他拥有丰富的吸收能力，而且身处一个所有事物的因子以一种难以置信的活力涌入生活的年代，而他却又"没有什么东西不是完全属于他自己的，除了早期画作中的那些缺点"。拉斐尔所画的圣母像已成为通用的模板。有人说这位意大利画家、建筑师、文艺复兴时期意大利艺坛三杰（另两位为达·芬奇和米开朗琪罗）之一的名作《阿拉贡的约翰娜》仅有头部是大师本人所作，其他部分据说是他的学生朱里奥·罗马诺所作。基佐写道："那双美丽无瑕的双手是如此令人心动，难以相信这双手并非大师本人所画，尽管门斯断言拉斐尔并不擅长画手，尤其是女人的手。"因为大多数的雕像手部都是残缺的，在自然界中也难以找到几双纤纤玉手。但是，在画《阿拉贡的约翰娜》时，拉斐尔很可能找到了达到他要求的完美的手模。在书中精美的插图里，我看到了这幅大师之作，却很难像作者那般，认同这双手有多么完美和令人心动。但约翰娜的头部画像打动了我：那温柔的眼神、白里透红的细腻的脸颊，挺翘的鼻子和单薄的如樱桃般迷人的嘴唇，柔润的下巴，充满生气、庄重大方、令人心动，欣赏的时候你要屏住呼吸，不然略有风声，约翰娜就会起身用她那迷人的双眼注视着你，向你诉说她那温柔而高贵的忧愁。

法兰西画派的尼古拉斯·普桑是基佐着墨较多的另一位画家。这位巴洛克画风的代表人物，著名的作品有《阿卡迪亚的牧羊人》《冬天》等，在书中，基佐与众不同地分析了普桑的绘画意图（关于《阿卡迪亚的牧羊人》）：表现令人悲观的死亡和并不可爱的阿卡迪亚。正如画中所描绘的：已经荒废的坟墓，青春年少的牧羊人，漫漶难识的墓志铭，被遗忘的墓中已逝人，尽管远处的天空是令人心动的雨后天晴似的蓝，而涌起的几乎要接到地面的云朵却显得有些压抑……

艺术家和艺术品何其多！基佐在写作《艺术论》的时候，保留了那些"我相信因为画作描绘的名人要事，或是因为其在艺术史上所占有的重要地位，而仍然使人感兴趣的作品"。这也足够了，因为基佐还说，这是一个"人物和事物都将飞快消逝和被遗忘的时代"。

十九世纪初期，欧洲战争频仍，法国人基佐说，在这个阶段，"我学会去欣赏、热爱和了解那些我国屡战屡胜的大军踏遍全世界时收集并带回法国都市的神奇艺术品"。在欣赏这些神奇艺术品的时候看到此语，我感慨万千。

❋ 夜雨灯火 ❋

在忧虑中思索

没有做母亲之前，在书店里看到《免疫》这样的书，我基本上是不会拿起来翻看的，尤其腰封上还写着"比尔·盖茨、马克·扎克伯格推荐必读书目"的字样（对类似的名人推荐必读书目我一直怀抱固执的偏见）。但自从有了孩子，我的关注点变得不一样了。

孩子没有出生之前，想法天真单纯甚至愚蠢：孩子嘛，自然会像我们小时候一样随便拨拉拨拉就长大了，能有什么好操心的？完全没有料到孩子出生后的各种状况：自己什么也不懂，又没有人帮忙带，简直手忙脚乱、焦头烂额，只好一边带孩子一边补课学习。关注了儿科医生的公众号，不够，还要关注药师的；关注了育儿的，不够，还要关注辅食制作的；关注了亲子阅读的，不够，还要关注更新父母观念的……有的时候没有时间看，看到往期推送的时候，孩子已经遇到过了列举的状况了。

看到《免疫》这本书的时候，孩子已经九个月了，一些防疫针已经打过。而我自己也是按部就班，或者说是糊里糊涂。出院时医院给了一本儿童预防接种证，我就按照上面的时间，到了点就去社区卫生所给孩子戳上一针。几乎没有问过为什么防什么。我心里有一种自我逃避：万一得知有什么风险，打还是不打？不知道，就假装不存在，也少了一份担心。更何况，几乎所有的孩子都遵从这个小本本安排的时间和项目来接种的啊。

看《免疫》之前，我特地去翻了字典，查了一下"疫苗"一词的准确定义：能使机体产生免疫力的病毒、立克次体等的制剂，如牛痘苗、麻疹疫苗等。通常也包括能使机体产生免疫力的细菌制剂、抗毒素、类毒素。说到底，疫苗的本质还是毒。而接种，通俗来说，便是为了让机体更有抵抗力，而首先"服用"一些"毒"：这不就是以其人之道还治其人之身吗？

既是母亲又是作家的尤拉·比斯，或者说，当上了母亲的作家尤拉·比斯，在关注儿子健康成长的过程中，也一点一滴地记录并分享了她的经验、获取的知识，尤其是关于接种方面的——这本书便是她的分享结果。而广泛的阅读和作家的经验，让她的这本《免疫》不仅仅是一本医学上免疫的知识，还涉及了人类的历史、文学、神话、自然科学等诸多领域。不但有医学上的追根溯源，也有文学和哲学（旁征博引了苏珊·桑塔格关于人类疾病的隐喻等等）上的思索。不但有诚恳的免疫学、接种方面的知识介绍、风险追问，更有自己从疾病、病毒出发而引发的人文思索。

她提供给我一种看待问题的不同方法，她让我思考：在遇到和我们信念相左的新信息时，我们是要怀疑新信息还是重新审视我们的信念。她为我做了大量的功课，让我在阅读此书时很容易就知道并理解了许多新名词及其作用和意义。当然，书中有大量的专业术语，但是这些专业术语之后，紧跟着作者思考消化的解释。她旁征博引，用文学的语言来解释医学的事情，让我们从另一个角度了解了许多平素我们不会也想不起来去了解但事实上却跟我们息息相关的事物。比如，学名叫作二氯苯氧氯酚的用于抗菌的化合物三氯生；比如，对羟基苯甲酸酯等化学制品；比如，被使用在疫苗中用作防腐剂的硫柳汞（百白破疫苗中便含有这种防腐剂）。也让作为母亲却比较失职而没有留心过的我，了解了许多我的孩子已经接种过的和尚未接种的疫苗的概念和用途。比如麻风腮疫苗，指的是麻疹—腮腺炎—风疹疫苗；百白破疫苗，指的是百日咳—白喉—破伤风的复合疫苗……

接种带来的风险当然远远小于不接种带来的危害。但哪怕只有千万分之一的风险，这千万分之一终归有人来承接。也许，可以量化的是风险，而不可量化的是对风险的恐惧。而做母亲的，在惴惴不安与"每个人得以安然无恙很多时候都是靠着运气"这样的自我安慰中，看着孩子一天天长大了。

看过《免疫》，我因自己之前了解匮乏而心怀愧疚，在愧疚之中，又略有鸵鸟式的庆幸并带着对作者的感激：至少我没有像作者为了写作这本书而查阅资料、学习新知识从而了解得过于详细以至于倍感焦虑。

"我们的身体和诸多病毒是针锋相对的两股智能势力"，而在病毒面前，个人的力量微乎其微，有时候个人即使接种了，可能也是没用的，发挥作用的是广泛的人群。也即作者的姐姐告诉她的："我们的身体不是独立的，我们身体的健康从来都依赖于他人所做的选择。"只有整个群体（达到一定规模的种群数量）才能起到抵御病毒的作用。或者,这也是更多的人需要学习像这本书提供的类似知识的原因:一个人加强学习、更新知识系统是不够的,更多的人一起学习,一起更新观念,并从自身做起,我们才能生活在一个更好更安全的世界。

尽管作者在献词中说"献给各位妈妈",但这本书绝不是只有"妈妈们"才值得阅读和了解。所有的——爸爸们,包括没有孩子的人,不打算要孩子的人,都可以从中得到自己想要的知识——如果你对整个人类还保留着兴趣的话。

※ 夜雨灯火 ※

童话的背面

一

读艾伦·B.知念的《从此以后——童话故事与人的后半生》时，我发现了一个有趣的现象：作者喜欢在分析故事的时候顺便写下自己的梦——他称之为"幻想"。而这种幻想恰如其分地诠释了自己对故事的分析。同样的事情也出现在他的《童话中的男性进化史》中。在这本书中，作者不仅写到了自己的梦，也写到了精神分析大师荣格的一些梦境，在此书的序言中，作者还写道："男人的童话如同梦境：他们提出了那些被有意识的生活所忽略，或者为社会传统所压抑的议题。"他还说："童话故事有助于解释那些典型男性行为背后的深层缘由。"读过他描述的自己的或者朋友的经历或梦境之后，或者也是因为作者兼有的心理学家身份，我不由得对这些所谓的"梦境"产生了怀疑，并随之而来生成了许多疑问：什么是男人的童话？这个分类依据又是什么？是作者用童话故事解释了人生，还是他所刻意"挑选"的人生反照了他所研究的童话?

《童话中的男性进化史》中作者搜集了八个以男人为主角的童话故事,每一个故事都涉及了男性心理的若干方面,作者刻意把这几个故事安排得环环相扣,每一个故事总是在前面故事的基础上增加某些新主题和新见解。正如作者所说:"读者可以单独阅读任何一个故事,但如果把所有故事按顺序排列,它们将揭示出一部男子气概的进化史。"

从英雄到家长,从反抗者到被反抗,从秉持强悍的男权到逐渐接纳自身的女性角色和女性价值观,从在不为人知的耻辱中备受煎熬到直面耻辱并超越自身的局限和障碍,从传统的一本正经的男性形象到"顽童"甚至是恶作剧者,男性的心理经过了漫长的曲折的变化和发展。

在作者精心选择的这些故事中,《苏丹的手绢》和《去不知道什么地方拿不知道什么东西》中重点涉及了女性。前一个故事说的是宰相的女儿扎奇娅(后来成为苏丹妻子),在她的坚持下,高贵的苏丹学会了一门手艺——织布,并用自己学会的手艺给扎奇娅织了一条手绢。然后他们才结了婚。婚后的苏丹发现自己的妻子是一位非常有智慧和才能的女人,因此在许多国事上都听取了她的意见。苏丹后来也是在扎奇娅的建议下微服私访了解民情民意,并因此而陷入困境。苏丹本人的智慧加上扎奇娅的影响和织布的手艺让他最终得救——扎奇娅通过一块一模一样的手绢得知消息后亲自率兵解救了苏丹。"从此,他们度过了充满智慧和幸福的一生。"而在后一个故事中,神射手小士兵非多特在森林中为国王打猎时射下了一只鸽子,他听从了鸽子饶其一命的建议而发生了之后的故事。像大多数的童话故事一样，鸽子变成了美貌的少女并嫁给了饶她性命的人。这只神奇的鸽子少女有一本魔法书，几乎可达成所有的愿望。故事的发展也可以想象得到，国王发现了士兵美貌的妻子想据为己有，又有着童话时代最美好的羞涩，不强抢而是"巧取"：国王听从了管家找来的巫婆芭芭雅嘎的建议，派给士兵完不成的任务，以期除掉障碍而抱得美人归。但这拥有魔法的鸽子少女可并不是容易就范的。她借助魔法书化解了一个看似不可能完成的任务：轻而易举地带来了国王要的金鹿。而这也为下一个任务埋下了伏笔，国王再次听从了巫婆芭芭雅嘎的建议，让士兵去"不知道什么地方把不知道什么东西拿回来"。聪慧的鸽子少女借助魔法书也无法完成这一项任务，只得告诉她的士兵丈夫，这一任务要在外漂泊十八年，并给了在外使用的魔球和自己亲手做的手帕。借助魔球和手帕，非多特得到了很多意外的帮助，首先是碰到了妻子的姐妹和母亲，又因之而得到完成任务的线索。故事篇幅很长，我不想再重述。总之，结局是美好的，非多特带着有魔法的法器回到了故乡，和妻子团聚，并借助法器打败并取代了国王。

艾伦·B.知念通过这两个故事，说到了男性的内在女性形象，说到了当男人在面对挑战或迈出关键性一步的时候，需要得到女性的帮助和指点。也许这种女性真的存在：比如童话中实际存在的妻子；也许这种女性仅仅只是男人的女性的一面。很明显作者倾向于后者。他从这些故事中读出象征、隐喻和暗示，认为这些童话故事或多或少强调了一个事实：男人的心理发展不会止步于青少年时代的英雄和家长角色，男人步入中年后还有其他几项具体的任务需要完成，比如，放弃英雄的角色，学会尊重女性，听从内心阴柔的一面诸如此类。尽管童话故事是上百年甚至数千年流传下来的人类普遍心理的反映，但我总觉得他还是有些过度地诠释了童话故事。有的时候，邪恶就是邪恶，恶作剧就是恶作剧，虽然现实并不像多数童话主人公那样善恶分明，单纯的单纯到有点愚蠢，邪恶的致死不改，但"故事就是故事"，我们并无把故事解析得七零八落或者高深莫测的必要。因为很多时候，我们听故事，更多是为了娱乐而非教育，而且，如果非要得到教育，也只能在潜移默化中进行。

但话又说回来，从另一个角度来说，不同的人从不同的角度去解读相同的故事，得到自己想要的结论，也是阅读的乐趣所在，如果从艾伦·B.知念的角度来看，他说，这些男人的童话说明了男人的中年使命，也未尝不可。最起码，它要求成熟的男人要学会回溯往昔，重拾"史前意象和压抑已久的顽皮冲动"，并"号召男人放弃习以为常的信念，转而探索新视野，去'不知道什么地方把不知道什么东西拿回来'"，也即向着并不明朗的、未知的，甚至充满危险的前方无所畏惧地前进。进一步说，不管男人或者女人，只有勇敢地朝向未知的前方探索，才有可能推动人类文明的进步。

二

《射雕英雄传》中，郭靖第一次到桃花岛碰到了被困在山壁岩洞里的老顽童，老顽童跟他讲九阴真经的故事，就要等着郭靖问一个"后来怎样"才有接着讲下去的动力:"你如不问后来怎样,我讲故事就不大有精神了。"这固然是老顽童的"顽童"之心,但确也从讲述者的角度表明了人们对故事发展的好奇和追根究底。

"在很久很久以前",童话故事大都这样开头,然后呢?然后,"王子和公主幸福地生活在一起"或"从此以后,他们过上了幸福的生活"。

《卡尔维诺意大利童话故事》中结尾有很多是这样的:"他们过着奢侈、冷酷的生活,我却躲在门后挨饿",或者是"他们全都被封为亲王,而我还跟以前一样是一个穷困潦倒的人",再或者"从此过上了安静的生活""他们一直过着幸福的生活"……

在《安吉拉·卡特的精怪故事集》中,结尾多是"这就是故事的全部了,你尽可以相信我说的话"或"这就是我的故事,我讲完了,现在交到你的手里",还有类似这种"我的朋友爱丽丝跟我讲了这个故事,是她认识的一个人亲身经历的"……

这些故事或多或少都在结尾强调了故事的真实性及其与现实的相关性,但他们并没有解决"然后呢?"和"再然后呢?"这样的问题。

当孩童长大成人,王子和公主日渐衰老,平常生活(不管是富贵与否的平常)日渐磨损掉青春的激情、爱情的甜蜜和少年的勇敢时,主人公们还会怎样?

如果说童话故事是有关人生旅途的寓言故事,它冲破了客观实际与社会常规的约束,呈现了对人类的理想及理想的人类发展的幻想,是人类最深切最崇高希望的表达,那么,不可思议的魔法，千回百转的命运，善有善报、作恶者终究不得善终，"明天"会更好、更幸福的情节和结局则在故事中不可避免，这大约也是童话故事得以代代流传的原因之一。童话故事具有普遍性，它不同于作家创作出来的故事，它具有人类普遍的心理，表达了不同国家、不同种族、不同语言、不同文化背景的人们对生活和世界最一致的需求和愿望。

艾伦·B.知念是美国精神分析学家、心理科学科普作家，他翻阅了四千多篇童话故事，发现仅有百分之二讲述的是老人的故事。老人，也即是儿童和少年"长成"的。这样的故事数量很少，但寓意深刻。《从此以后》的内容便是十五篇有关"老年"主人公的童话故事。作者通过层层递进、层层深入的排列和分析方式，借助人类发展心理学学说——特别是基于卡尔·荣格和埃里克·埃里克森的老年化研究的最新成果，从一个故事所提出的问题引出另外一个故事并通过这个故事得到某一方面的答案，细致入微地解读了这十五篇童话故事，从而得出结论：老年童话故事既能给人以娱乐又能给人以告诫，既充满了孩童的天真稚气又饱含着心理学的深刻见解，"魔力和天真又回归到人的后半生，使人生的开始和人生的终结结合在一起，使'从此以后'变得崇高而完美"。

提到老年，人们所能想到的，除了智慧的增长、阅历的厚重，与之俱来的大概就是不可避免的身体衰弱、疾病缠身、穷困潦倒、无力自给等。

而在艾伦·B.知念的分析中，这些老年童话故事表现了年长者的自我改造和自我超越，并表达出自我改造和自我超越正是人们后半生而不是前半生的任务和美德这一话题。年长者们在努力克服人性中的阴暗和丑陋的一面，在克服暴躁、贪婪和残忍，他们有着强烈的自我分析能力和对自己的责任心，能够正视心灵深处的恶魔并与之作斗争。

另外，作者还分析了人的后半生的其他几项责任和美德，如超越实际的理性和社会常规、返璞归真、回归童心、利他主义、对年轻人的指导作用等。

"老人拥抱过去不是为了回归，而是为了照亮全部生命。老人生命的终结是另一种形式的开端。"

有这样的童话寓言作为指引，老之将至又怎样？我们正好可以在逐渐增长的年岁中，整理往日的行囊，该舍弃时舍弃，该自省时自省，勇敢面对往昔，拥抱过去，从而照亮我们余下的岁月，让天真的心回归，让一切回到最初的模样。

爱是欺骗、引诱和拒绝

如果那天早上，欧内斯蒂娜心情不那么欠佳，或者只是心情欠佳却没有拒绝来访的查尔斯，事情会不会有什么变化？如果这样，可以确定的是，查尔斯那天不会去海边，不会去捡什么介壳，当然，也不会在落日的余晖中，在人迹罕至的绿色小高地第一次单独和萨拉——那个传说中"法国中尉的女人""狭路相逢"。

我开始就是这样认为，如果没有，那么就不会……

如果没有，那天查尔斯不会在精疲力竭、即将迷路的时候，看见那一幕："姑娘仰卧，姿态颇为放浪，睡得正香。靛蓝色连衣裙外面的上衣敞开着……一些银莲花散落在手臂周围的草地上。她的卧姿极为柔美，不乏性感……"

说到此处，我不得不补充介绍这本厚厚的有将近五百页的小说讲了个什么样的故事：贵族青年、热爱古生物的查尔斯和身为富商之女的未婚妻欧内斯蒂娜到莱姆镇未婚妻的姨妈家度假，而查尔斯却无意间邂逅了莱姆镇的焦点人物、"绯红色女人"——传说被某个法国中尉抛弃的女人——萨拉。几次单独的邂逅和相约之后,查尔斯与萨拉有了说不清道不明的关系,两人最终有了私情。而萨拉的坦白,更让查尔斯惶恐、激动又震惊。

等从那狂乱的感情中明白过来,查尔斯可能会回想起两人的第一次相遇,那时,他说:"一千个抱歉,我碰上你并不是故意的。"到此时,他可能会明白,当他这样说的时候,一言不发的、表情紧张凝重的萨拉有可能在心里说:"啊,我是故意的。"

萨拉,这个奇怪的女人,在莱姆镇及查尔斯从前的眼中,是悲剧的主角,一个被抛弃的痴傻的女人,也许有些神经病。但这个自由的、眼睛能淹死人的女人啊,有着自己的爱情圣经。什么法国中尉,什么被抛弃,什么痴守爱情的航船,都不过是她坚持爱情的幌子罢了。她看清了那个男人的面目,她知道他不会再来,她时时在海堤上眺望,不过是爱着爱情,也许,在等着像查尔斯这样的、符合她爱情圣经的男人出现。她以守望爱情的痴傻的、悲剧的姿势,开始了另外一场爱情。

她第一眼看到查尔斯时,查尔斯只是一个古生物爱好者,一个陪着未婚妻的绅士,在突然来的一阵大风中,她听见他的声音而回转了望向空荡荡大海的头,就是那一个回头,她爱上了他。这是她的一见钟情,而查尔斯浑然不知。所以她故意制造相遇,多次的故意,"故意"出查尔斯的爱,她自己的爱。当查尔斯说要娶她时,她却一再拒绝。我毫不怀疑她拒绝的诚意。当然,如果查尔斯的仆人萨姆没有把查尔斯的表白信和礼物藏匿,萨拉会不会接受他的求婚,也不好说,这就要问作者了。

作者,也就是文中的那个"我"时不时地跳出来的补充说明,括号里一本正经的、故作庄重、严肃的解释说明,时常让人忍俊不禁。看小说的乐趣在于，你能从无数的细节中发现作者的影子，尽管他是故意要"出现"，但他仿佛一个亲历者、一个并不全能的神，告诉主人公自己在想什么，告诉读者什么是真、什么是假。

我觉得此书有趣之处是，作者自己摇头晃脑地说，哎，"维多利亚时代小说的惯常写法，无论是过去还是现在，都不允许开放式的、不确定的结尾"云云，但他又在小说中虚实相映，虚实结合、缠绕、交错，难辨真假。当你沉浸在主人公的悲伤、忧虑、紧张、愤怒、绝望、忐忑、不安等情绪中时，作者跳出来说，这并非真正的结局，这只是查尔斯坐在车中几个小时的幻想，但，当作者最终写出所谓的结局时，你可能已经明白，这些都未必是真的。结局可能是，查尔斯永远在寻找萨拉的航船上；结局可能是，查尔斯历时两年终于找到萨拉，然而她却不愿和他在一起；结局也可能是查尔斯找到了萨拉和他们的他从不知道的孩子，从此幸福地生活在一起，当然也有可能不幸。

夜雨灯火

盲　点

据说，村上春树最新的短篇小说集《没有女人的男人们》是他用同名小说向大师海明威致敬的作品。但在这本仅有七个短篇小说的小说集里，我觉得最不好看的就是这一篇《没有女人的男人们》。

毛姆曾言："等你不相信一部小说的时候，你也就不再被它所吸引了。"我觉得这便是说，一篇小说说服力的问题。倒不是说你的故事是真或者假，而是你的讲述（表达）能不能让人信服，有没有事理和情理的逻辑。

有时，是一件真切的事实，却因为讲述者的原因而变得扑朔迷离，令人摇头不信，有时，却恰恰相反。明知是"假的"，但作者叙述丝丝入扣，一步紧跟一步，一环紧扣一环，言语谨慎，逻辑严密，找不到一丝破绽，不由得人不信。这正是"他说得很有道理，我竟无言以对"。

聊斋里的故事不是真的吧，但你会觉得"假"吗？蒲松龄有那种能让人"信服"的本领。"绿衣长裙，婉妙无比"的绿衣女，声音细弱，胆小怯弱，细语娇声，度曲"宛转滑烈，动耳摇心",一举手一投足我见犹怜……层层铺排下来,最后那书生于大蛛网中解救出绿蜂一只,绿蜂以身投墨汁,飞书写谢字是多么顺理成章。经此一劫,绿衣女大约也是修行损毁,因此"自此遂绝"又多么合情合理。多年以后,每当我看到穿绿衣服的细腰女子,还总是情不自禁地想起并无限怀恋那只"自此遂绝"、歌声"动耳摇心"的绿蜂。它如此怯弱,如何生存下去?它失了修行,如今飞在哪里?

不能让人信服的例子和故事太多了。比如某神剧:一支破手枪,连续打了半集了子弹还没打光;一群敌人就在身后几步远,连续集体放枪打不到一个正方,反倒是正方一回头一枪一个。诸如此类,数不胜数。

哎呀,扯好远!村上的这篇,我觉得就存在这种不能让人信服的因素,就好像明明看到作者在近处瞄准了开了许多枪,却连对方一分一毫都不曾伤到的感觉;又好像一个蹩脚的故事讲述者,磕磕绊绊、矫情又带着满腹自以为别人察觉不出的骄傲和意淫讲述着自己的情史。读来总让人觉得不舒服。其他的几个篇目倒还不错,尤其是《驾驶我的车》《独立器官》《木野》这几篇。小说中家福、渡会和木野这三个男人尽管职业不同、年龄不同,表现出来的作为也不同,但他们潜藏在内心的性格几乎差不多:一样的敏感、细腻、较真,并且带着一种孩子般的单纯。读后让人心生怜悯。

《驾驶我的车》因为家福视力上有盲点而雇请了一个临时司机,在两个人若有若无的闲聊中,家福才有了诉说自己和妻子故事的"机会",他总想找到妻子背着他和别人偷情的缘由,但最终没有找到。

他不能够完全了解自己的妻子,他当然不能够完全了解!每个人甚至都不能完全了解自己。"没有谁能准确讲出自己的全部真实情况。"这是毛姆在《总结》中说过的话。这大概便是每个人的盲点:对他人、对自我认知的盲点。

不只是《驾驶我的车》里的家福有视觉上、生活上和对人性认知上的"盲点",渡会又何尝没有呢?他的"自己究竟为何物"的疑问和他并不能理解的那个抛弃了他、抛弃了丈夫和儿子跟了第三个男人的女人,使他渐渐厌食厌世而最终死去,这不也是他的盲点?

而向大师海明威致敬的作品这样写,算不算村上春树的一个盲点?而对于村上春树的作品,我这样读,算不算我的一个盲点?

草尖上的露水

其实我不知道怎样去描述一首诗带来的触动,我只知道,在读到下面诗句的时候,内心悲凉,无限哀伤:"假如诗歌可以从后往前倒着讲,真实地,从/那一刻开始,榴霰弹将你割倒在恶臭的泥浆……/但你站起来,吃惊,看淌下的血污/从烂泥处向上流进它的伤口/看见一排又一排英国男孩退回到/他们的战壕,亲吻从家中带来的相片——/母亲,心上人,姐妹,年幼的兄弟/现在不是要进入/去死去死去死的故事……"每一个在战场死去的年轻人,原本都和我们一样,都应有鲜活的人生,都应有爱情、工作、亲人、朋友,都应会开怀大笑、悲伤流泪、欢欣雀跃,他们都应看到春天的花朵、夏日的彩虹……然而,他们却被榴霰弹割倒在恶臭的泥浆……

这首题为《军人葬礼号》的诗是英国桂冠诗人卡罗尔·安·达菲诗集《蜜蜂》中的一首。小小的薄薄的诗集《蜜蜂》和《狂喜》组成了我手中这套精美的诗集。《狂喜》侧重爱情,或者从广义上来说,是爱;《蜜蜂》则题材广泛,风格多样,涉及战争、政治、神话、体育、普通生活等等。

谈到诗集，不得不感慨的是：这两本诗集设计得真好！实在是让我爱不释手！纸质色彩（淡淡的黄，用钢笔写字其上会有久违的沙沙沙的感觉），封面设计（简约而不简单，尤其是护封——这是我第一次对书的护封赞叹有加，以前总觉得书的护封、腰封等均属鸡肋），内文布局（不像有些诗集那样要么空空荡荡，要么密密麻麻），字体编排（不大不小，行间距也是我喜欢的样子），诗集本身的厚薄程度（五十多首诗，一百个页码左右。不像有些诗集厚厚一本）……啊，真是让我喜欢得不得了。曾经我也"当过"一段时间的诗人，在青春的诗心里，盼望着有一天也能出一本诗集，想象中，完美诗集的模样大概就是如此了。

当然，不能形式大于内容，但一本书设计得让人连看都不想看一眼，是得有多失败？好设计与好内容相映生辉嘛。卡罗尔·安·达菲的诗歌也如同诗集的设计一般，让人耳目一新。用诗歌表达爱情太容易流于平俗，写爱情的多，写得好、写得新、写得令人过目不忘的少。然而，卡罗尔·安·达菲的爱情诗，却令人印象深刻。太多的句子，如同春天早晨草尖上的露水，剔透而温润；如同晴空下被蓝天映照得更加鲜艳的一树正在开花的玉兰，洁白而清新；如同冬日黄昏的夕光照出的爱人的侧影，温暖而静谧……可以说，千篇一律的爱情，被卡罗尔·安·达菲表达得千变万化、千回百转且让人内心惊动。

用诗来记录爱情，古已有之。不说外国诗歌，我们的古诗中有太多爱情诗了："愿得一心人，白头不相离。""问世间，情为何物，直教生死相许？""曾经沧海难为水，除却巫山不是云。"

"从此无心爱良夜,任他明月下西楼。"……

不同的语言、不同的表达、不同的种族、不同的时空,表达的却是相同的人类情感。而其中的同,也不过是名词的相同、情感的相通,爱情之于个体,又千变万化,千般滋味,如鱼饮水,冷暖自知。

卡罗尔·安·达菲的《狂喜》里,令人愁肠百结、千回百转、心怀动荡、浮想联翩的诗句比比皆是:"陷于爱情/是诱人的地狱""我爱你的名字/我一遍又一遍说它/在这夏天的雨中""我们曾经历爱情/在长久死去之前"……而相爱令人"狂喜",因为"一整天被你想,并想着你";因为爱情,你的名字"像一声声咒语/和每一样事物押韵",你的出生地,你曾经待过的地方,你走过的路,你的一切的一切,都从此变得不一样了,有了别样的意义。就连你我之间的星星,都"是爱情/驱策着它的光亮"。

看,爱情多么凶悍、凶猛、汹涌澎湃。

我一直觉得,诗之魅力不在于它说了什么,而在于它没说什么;不在于作者表达了什么,而在于读者读到了什么。从卡罗尔·安·达菲的诗中,我读到了宁静的狂喜,爱情的深邃,语言的有限,情感的无尽;我读到了作者对战争的痛恨,对时事的忧虑,对生活的热爱,对爱人的诚挚;我读到了一个诗人最赤裸、最诚恳、最纯粹的真心。这,大概也够了吧?

※ 夜雨灯火 ※

一念逃离

  《逃离》是我看的2013年诺贝尔文学奖获得者艾丽丝·门罗的第一本小说集，二十九万字，八个小说，应该算是中篇小说吧。这八个小说的主题基本上都是"逃离"，但最终的结果仍是无处可逃。

  《逃离》里卡拉十八岁离家出走，婚后又打算逃离丈夫，在西尔维亚的帮助下顺利出逃，途中却因为惧怕新的开始，惧怕陌生的环境，"在这生命中的紧要关头"，她竟又下了车，并打了电话要求丈夫来接她回去。而故事中卡拉的宠物，那只叫弗洛拉的羊的丢失，重新出现，又消失不见，给那个大雾弥漫的夜晚带来了某种神秘和战栗。这次逃离之后的情形是什么呢？"她（卡拉）像是肺里什么地方扎进去了一根致命的针，浅一些呼吸时可以不感到疼。可是每当她需要深深吸进去一口气时，她便能感觉出那根针依然存在。"然后，日子一天天地过去。她"抵抗"着某种"诱惑"，但也许日子再过久一点，这种诱惑是什么，她已全然不知了。

  转述小说中的故事是吃力而不讨好的。毕竟怎么说都不如作者讲述得那么细致精彩，而且也仅仅能大致表达：作者所讲的是这样一个故事，表达了我所认为是这样那样的观点。所有的故事都存在着不同程度的"误读"。也许我们所看到的和作者想表达的完全相反也说不定。但是，就像读一首诗，每个人读出不一样的诗意，是不是恰好证明了这首诗的丰富多彩？

这本集子里有三篇小说是有着连贯性的，《机缘》《匆匆》和《沉寂》。这三个故事的叙述，也基本上讲完了这个叫朱丽叶的女人的一生。先是火车偶遇埃里克，后来是去渔岛看望他（也许怀着某种她自己都不曾觉察的期待、欲望和隐秘的爱恋——而这些期待、欲望和爱恋并不针对哪个人），恰逢他的妻子去世，然后他们就同居了，还生了一个女儿佩内洛普。她带着女儿回父母家探望是一个故事，女儿长大后不声不响地离开她（连告别都没有说）又是一个故事，从一开始每年寄一张莫名其妙的明信片，到再无片言只字。朱丽叶渐渐老去，一天在街头偶遇女儿中学时的朋友，那人告诉她见到过佩内洛普，她才有些释然，又有些……怎么说呢？一个母亲，失去了同居的男人、孩子的父亲之后（佩内洛普十四岁的时候，埃里克出海捕鱼遇风暴而死），又"失去"了女儿。她要怀着怎样的悲痛、自责和猜疑，每天生活在希望、担忧、渴盼之中，不敢搬家、不敢作出任何改变，只怀着渺茫的希望，盼着有一天女儿还能再回来，就像放学了自然地回家一样……

不再一一重复这样的故事了。这几个故事中，不管是卡拉的想要逃离丈夫和婚姻，还是朱丽叶自己逃离庸常生活奔赴只有一面之缘的男子，还是朱丽叶的女儿佩内洛普逃离朱丽叶，还是格雷斯跟着未婚夫的哥哥"出逃"一个下午……所有的这些，几乎都是在一念之间发生的。而这些"一念"，恰好构成了所有故事最精彩和最危险的部分。

小说太需要这种"一念"了。这些"一念"无法预知，无法揣测，无法解释，也让人无法拒绝。每个人大约都有这样的"一念"，你不知道它什么时候来临，不知道它以什么样的方式到来。在庸常的生活中，也许是破碎的周末的清晨，一朵花正开得娇艳欲滴；也许正是暮色暗下来，一个人在房中独坐；也许是夜晚，昏黄的云朵覆盖着天空，雪花大片大片包裹着整个世界……它来得悄无声息，却又让人心生不安。它到来时，也许你像卡拉，也许像佩内洛普。也许，正像《播弄》里的若冰和丹尼洛，被错误的时间和机缘、他们笃定的不会出现一丝偏差的布局所播弄，最终再也没有机会再见一面。但真的见了，事情会有什么不同呢？也许仅仅是见了第二次而已。

艾丽丝·门罗的故事最让人内心一凛的是，她并非讲述一个时间点，而几乎是讲述了一生。一个人从小小的婴儿，到长大，到离家出走；一些人，从年轻相遇，到老态龙钟；前一页，他们还谈笑风生，脉脉多情，后一页已经过去了几十年，有些人住在医院，有些人埋进土里……一生多么短暂，一念多么漫长，艾丽丝·门罗手中的笔让一生更短，一念更长。

有痕生活

这里，有一份清单：

1. 做一个有耐心的倾听者；
2. 别看起来不耐烦；
3. 等待对方发表政治见解,然后表示同意；
4. 让对方发表宗教观点,然后随声附和；
5. 谈论性时要用暗示性的话语,如果他们没有表现出强烈的兴趣,就不要再继续说下去；
6. 别谈论疾病,除非对方对这个话题表现出特别的关心；
7. 别窥探别人的隐私；
8. 别吹牛,让你的重要性在无意中显现出来；
9. 别不修边幅；
10. 别酗酒。

这份清单看上去是不是很棒！谦虚、谨慎、耐心、自律，如果你都能做到的话，应该能成为一个不错的成功人士吧。事实上，这是著名的骗子维克多·拉斯体格为有野心的骗子写下的诫命清单。不妨说可将之命名为"成为超级大骗子你不得不具备的十种素质"，或"我是如何卖掉埃菲尔铁塔的"，或者"在成功卖掉埃菲尔铁塔之前你都需要具备哪些素质"。真的，不开玩笑，这个拥有二十五个化名，会说五种语言，因大量犯罪记录被世界上约四十五个执法机构通缉的维克多·拉斯体格，在1925年伪装成巴黎政府工作人员，邀请了五位商人参观埃菲尔铁塔，谈到政府打算秘密拆除埃菲尔铁塔，因此把它当成七千三百吨废金属卖给了其中一位商人。这个骗局进行得十分顺利，因为事件没有被揭发，一段时间后，他又潜回巴黎，如法炮制，把埃菲尔铁塔又卖了一次。除此之外，据说他还从美国臭名昭著的黑帮老大阿尔·卡彭那里骗走了五千美元！

写下了著名的《格列佛游记》的乔纳森·斯威夫特去世后，人们在他的私人物品中发现了一张他写下的对自己未来生活的建议。在不要娶年轻（当时他三十二岁）的女人、不暴躁不忧郁不多疑不要太唠叨不要忽视体面不要自吹自擂不要夸耀自己年轻时如何如何等十七条"不要"之后，他最后写道"列下这些决心并不是为了强迫自己全部遵守，而是担心自己一个也遵守不了"，让在阅读中一脸严肃的我，扑哧一下笑出了声。

以上内容出自英国作家肖恩·厄舍的《清单》，此书内容真的像它的副题一样，是"关于爱与奇想的124张小纸条"。这是肖恩·厄舍在写作他的第一本书《见信如晤》，收集各式各样信件时发现的一些有趣的清单。它们长度不一，有的是手写的，有的则是打印出来的。它们有的是几千年之前刻在石灰岩石板上的工人们缺席的理由,有的是二十世纪的明星演员导演作家歌手的"随手记"。不仅有俘获情郎的秘诀;有菲茨杰拉德写下的十三种处理吃剩下的火鸡的方法(自然是作家的有趣的玩笑)、调制鸡尾酒的不同时态变化(他写的字可真是悦目啊);有推理小说家雷蒙德·钱德勒的比喻修辞"列表",诸如"像无底洞一样聪明、细线般的微笑、高得能在他身上下雪";还有玛丽莲·梦露的"魅力男人清单",也即二十五岁的她自己所说:"像男人一样有许多床上伴侣,只睡那些最有魅力的男人,却不卷入任何感情,不是很棒吗?"这名单包括剧作家阿瑟·米勒、欧内斯特·海明威、著名导演约翰·休斯顿。

你还可以从中发现一个大胃王、吃货马克·吐温。十九世纪七十年代游历在欧洲的马克·吐温厌倦了游历中所吃到的"平庸的食物",他写道:"我很快就可以吃到一餐我独自享用的、小分量的、私人的食物。我选择了一些菜品,并制作了一份小菜单,它将在我抵达之前被送到家里,这样我一到家就能吃到热乎的饭菜了。我想吃的菜品如下……"请注意他的措辞:小分量、选择了一些、小菜单。然后,你就可以看到他的小菜单,包括康涅狄格州的鲱鱼、巴尔的摩的鲈鱼、塞拉利昂的鳟鱼、塔霍湖的红点鲑、新奥尔良的红鲈鱼和石首鱼、密西西比的黑鲈鱼以及烤野火鸡、帆背潜鸭、草原榛鸡、鹧鸪、负鼠、浣熊等在内的近一百种菜品!其中还不包括他所说的"各式各样"的美式糕点。

当然,也有不是"爱"的奇想。1914年,婚姻关系名存实亡却为了孩子不得不继续住在一起的夫妻,男方写给女方的约束条件如下（我用自己的话复述了一下）：给我洗衣做饭打扫房间但别碰我书桌；一日三餐送到我嘴边，但在家别跟我坐在一起，别和我一起出门，总之不管公私场合都别跟我有任何亲昵行为；不许以任何方式责备我；我跟你说话你再说不跟你说你就闭嘴当哑巴；我要求你离开我的卧室或书房时必须立刻马上无条件消失……

写下这些条件的男同志，便是吐舌头吐得特别可爱，会拉琴能吟诗曾经也情意绵绵非她不娶的开创了现代科学技术新纪元的伟大物理学家爱因斯坦同志。

…………

每一张清单都是生活留下的或深或浅的痕迹，每一张背后都藏着一个拼搏奋进或自我约束的人，一个离奇冒险或无可奈何的故事，一种悲伤哀痛或无限幸福的家庭生活。一百二十四份诸如此类的清单，每一个都可以延伸出无数的故事和想象。

在1864年到1889年间，千万不要多想，如果你有交友不慎、感冒、学习太努力、年纪大了、苦恼、悲伤、自负、沉迷小说等其中之一，将有可能被送往西弗吉尼亚精神病院哦。这不是危言耸听，因为在该医院的日志上，赫然写着的入院原因就包括但不限于这些。

有趣的小事

我家小孩不到两岁，听了火火兔（一个故事机）讲过的《石匠王大锤》，有一次突然抬头指着天上的云对我说：妈妈看看王大锤！——因为在故事中，神仙曾把王大锤变成了云。而且从此一发不可收拾，不管天上有没有云，都要仰头看看，然后说：哎，咦，王大锤……

如果我知道云的分类，也许可以指着天空中层层叠叠的云朵告诉他，瞧，亲爱的小孩，你看远方，那遥远的天空中一绺一绺像河水流过沙地留下的印迹一般的云朵，叫作卷云；那一点朦朦胧胧的，像爸爸用毛笔淡淡扫过纸面的，叫作卷积云；看，那儿，像公园门口小推车上售卖的棉花糖一般拥挤蓬松的，叫作积云；至于风中有朵雨做的云什么的，就比较复杂，妈妈解释不了，只能等你以后长大了再去研究了……

类似这种关于云的简单分类，出自理查德·普拉特的《常识——有用无用的百科知识》。有用无用的意思，大概就是了解不了解其实都无所谓，全凭个人兴趣。就像我对孩子说的话，他可能根本就不感兴趣，感兴趣的人只是我自己。

《常识——有用无用的百科知识》以每两页一个小知识的方式，描写并绘下了三十个日常主题及其相关的科学原理和历史趣闻，大至日月星辰河流潮涨潮落春分冬至，小至铅笔钉子螺丝字母树叶花朵，讲述普通得常常令人忽视或你从来也不会想到的"背后的故事"。

比如，现实中人们经常见到钉子，也会说"碰钉子"，但就是普普通通的钉子，你知道它曾经多么珍贵吗？它甚至比玫瑰还浪漫，被舰船上的水手拔下来作为送给心上人的礼物，也正因为拔钉子的水手太多而致使整条船濒临着散架的危险！

再比如骨骼。当我们的生命终止时，骨骼将是我们最终的遗留物。入土后尸体的软组织在几年内就会腐烂，但骨骼却可以保留上千年。法医可以凭借骨头来判定一个人的性别和年龄，而考古学家甚至可以推测出一个人在活着的时候从事的职业。有一段时间，我着迷于一个叫《识骨寻踪》的系列美剧，里头就是讲一位法医人类学博士分析被害者尸骨以了解案情，协助FBI（美国联邦调查局）破案的故事。

鹦鹉螺外壳的优美曲线，菠萝表面尖刺形成的螺线，向日葵的花盘，被锯子刨出的刨花，甚至人耳朵的轮廓，都与斐波纳奇数列有关。八百多年前，意大利数学家列昂纳多·斐波纳奇用一个数列计算出了黄金比率，而在自然界中，植物们为了最佳利用空间，获得最多的光照，又尽可能少地遮挡下方的叶子，每一片叶子和前一片叶子之间的角度大约都是137.5度，这个角度便被称为"黄金角度"，因为它和圆周360度之比加上黄金比率刚好为1。

春天来了，草木蔓发，春山可望。唐代诗人王维在山中所观察到的春意，如今你再看，可能别有一番意趣。

因此你看，《常识——有用无用的百科知识》并不是一本严肃、枯燥的科学专著，它只提供了一个窥豹的小管，提醒人们在忙碌生活的间隙里，可以抽空拨开一小片日常的天空，因为，司空见惯之物也许有未解之谜，也许有百转千回之故事，大千世界里除了一本正经、专心致志地工作以外，也还有其他有趣之事值得我们去寻找、去发现、去探索。

※ 夜雨灯火 ※

和孩子一起读的书

家里小朋友是幼儿园大班的年纪，刚刚认识了几个字，有些绘本故事能自己读两页，但是并不像小时候那样热衷。大概是因为总是要他自己去拼拼音，又每天要求他读啊读啊，有些厌倦了。一年将尽，做完工作总结，也想替他总结总结，翻来翻去，才发现和孩子一起也没读过几本书。

年初的时候，小朋友喜欢《不一样的卡梅拉》系列，我先买回的是第一辑，十几本，每一本都看过不止一遍，有的故事他连听带猜，几乎会背了。后来又买了第二、三、四辑，就不喜欢了。买的时候没有仔细看，那后三辑不管是故事还是绘画根本不是原著，而是由原著改编的，不知道这是不是他不喜欢的原因。

不再看小鸡卡门和卡梅利多的故事，便喜欢上了《美国国家地理儿童小百科》，里面胖乎乎的呆萌考拉、怀抱育儿袋的强壮袋鼠、微笑的优雅海豚、由爸爸孵蛋的勇敢企鹅、憨态可掬的巨大北极熊，都是他喜欢的动物，常常拿来让大人给他读。

在保育园工作过十七年、有着丰富的儿童教育经验的日本作家中川李枝子坚信"书籍带给孩子们对人生的希望和自信"。人生漫长而艰难，多么希望孩子们拥有书籍、热爱书籍，一直保有对人生的希望和未来的期许。

然而，对于孩子来说，并不是所谓的"开卷有益"，市面上以孩子为名目的书，多而杂乱。有一些书打着经典的、给孩子看的旗号，实则粗制滥造，令人无语。所以如何选择书籍，变得很重要。最保险的莫过于经典作品，那些影响几代人的故事，每一次重读都会带来不一样的感受。只是，对于经典作品，要警惕某些改写和改编，尤其是某些所谓的晚安故事，绘图夸张、人物僵硬，把故事改写减缩得毫无逻辑和美感，简直莫名其妙：三言两语讲完了故事，第一句公主刚刚还是个婴儿，第二句就被困在了高楼上，第三句就让一个陌生的男子拉着她的辫子登上了塔楼，然后就幸福地生活在一起了；这边阿里巴巴刚刚芝麻开了门，四十个强盗就被家里的女仆杀死了。其实我一直觉得，没必要为了所谓的"面向孩子、为了孩子"而改写"名著故事"。很多书孩子在读的过程中，渐渐地就会懂。这样简洁而不负责任的缩写，除了弄乱孩子的思考、逻辑和想象，还有什么用？有什么必要把《爱丽丝漫游奇境记》和《小王子》缩短到几句话？有什么样简短的话语能表达出爱丽丝所遇见的神秘奇幻和小王子那丰富多彩的旅程呢？

为了小小避开这些"坑"，大概就要想一想，什么才是经典。

意大利著名作家卡尔维诺给经典作品下的定义中第一条就是：经典是那些你经常听人家说"我正在重读……"而不是"我正在读……"的书。经典作品是一些产生某种特殊影响的书，它们要么本身以难忘的方式给我们的想象力打下印记，要么乔装成个人或集体的潜意识隐藏在深层记忆中。

我小时候没看过书,儿童绘本更是听都没有听过,因此看到好看的书或者绘本,首先想的不是孩子喜不喜欢,而是:哇!这也太好看了吧!这么多经典故事,这么梦幻的插图,我都没有看过,我要看要买要拥有!家里不少书都是这样买回来的:蔡皋奶奶的《桃花源的故事》《宝儿》《花木兰》,肯尼斯·格雷厄姆著、大卫·罗伯茨绘的《柳林风声》,于尔克·舒比格的《当世界年纪还小的时候》《大海在哪里》《爸爸、妈妈、我和她》,宫西达也的《我是霸王龙》《永远永远爱你》恐龙系列等等。

好书就是好书,经典不愧为经典,买回来的书,不仅让我爱不释手,小朋友也很喜欢。我渐渐发现,孩子的阅读习惯和趣味很大一部分在家长身上。如果只让孩子一个人"无所依傍"地去阅读,那是很难让孩子养成阅读习惯的。当然,让孩子爱上阅读,爱上书的世界,仅仅依靠同样努力工作的妈妈,也是不现实的。否则,不是成了"丧偶式"育儿了吗?我和爱人每人捧着一本书看的时候,孩子也会跟着我们一起找一本书看;有一阵我们工作很忙,连陪他吃饭洗漱的时间都没有,别说阅读和玩耍了,他就几乎忘记了书。

旧年即将过去,新的一年,不管是大人还是孩子,都从阅读经典开始吧。长大后,小时候的记忆渐渐淡忘,但我们读过的书,和孩子一起阅读的快乐时光,总会有一些隐藏在记忆深处。多年以后,不管是对日渐长大的孩子还是年华老去的大人,在生活的某一刻,电光石火般,闪现出从前光阴的时候,就像即将到来的新年,永远饱含着记忆中的期待和温情。

大世界里的小情书

从前有个女人，她有一棵结满了绿色和黄色多汁苹果的苹果树。苹果人就住在那些苹果里。有一天那个女人正在吃一个黄色的苹果，觉得嘴巴有点黏糊糊，吐出来一看，发现了一个小小的、穿着牛仔裤和毛衣的人儿。天哪！

这可太离谱了！这可太离谱了！女人连声叹道。她紧接着又说，要是苹果里都能住人，那么梨子在夜里也可以像电灯一样发亮了！什么怪事都能发生啊，要真是这样的话，那人们还能相信什么啊。

那个掉到地上跑掉藏起来的苹果人耳朵很尖，他听懂了女人的每一个字。他领悟到一件事，一件十分重要的事：这世界上根本不可能有苹果人存在！他立即在苹果人大会上告诉大家：这个世界上不可能有我们存在，如果有我们存在，就世界大乱了！只要世界还是正常的，那么我们就不存在。

所以呢，住在苹果里的苹果人，就当自己不存在。他们仍旧住在苹果里，但是他们就当自己不住在苹果里；他们吃苹果和苹果泥，但是他们就当自己不是吃苹果和苹果泥。他们甚至不害怕小鸟了。因为呀，连小鸟也听说了，在这个世界上，根本不存在什么苹果人。不存在的东西怎么能吃呢？

这个故事来自于尔克·舒比格的《大海在哪里》，我给不到两岁的儿子讲的时候，他大概并没有听懂，但是一提到苹果、梨子、小鸟，他就咯咯笑个不停。一看到他笑我也笑个不停。所以很大程度上是我自己在享受这样的故事，享受这样的重述或者朗读本身。和小孩子一起阅读的主要目的，也许就是让人笑。让大人笑，也让小孩笑。愉悦的阅读时光不就是这样的吗？

于尔克·舒比格的奇思妙想在《大海在哪里》那本书中，还有很多。他其他的著作也很经典，比如《当世界年纪还小的时候》《爸爸、妈妈、我和她》。

与于尔克·舒比格的其他奇思妙想、天马行空的作品不同，我新近读到的《我们的悄悄话》是一本令人觉得甜蜜和幸福的书。毫无疑问，这是一本关于爱情的图画书，可是爱情是什么？"爱情是上天的礼物，无论白天还是夜晚，把我的心点燃。""像烟花一样灿烂，可又那么轻柔、温暖。"可是，可是，爱情怎么能跟小孩子说呢？

抱着我这样的想法的人应该挺多吧。然而我们不是经常对着小孩子表达爱吗？或者有时候就干脆逗弄上幼儿园的他们：嘿，你在幼儿园的女朋友是谁呀？这难道不涉及爱情？也许，正如诗人张定浩所说："现在是完全不同的时代了，小学生们都拿着智能手机和平板电脑看世界，他听到的、看到的其实都是比较差劲和庸俗的爱情观念，比如说虚荣、嫉妒、自私和占有欲，然后不知不觉地被洗脑，觉得这些就是爱情。"长此以往，还怎么得了？因此，关于爱情的正确知识，美好的方面，就有必要让孩子们知道。

或者也可以这么说，于尔克·舒比格所写和沃尔夫·埃布鲁赫所绘的《我们的悄悄话》教给孩子和大人的，并不仅仅是爱情，而是爱，是人世间最温柔最令人内心温暖和柔软的爱。它表达的爱情，是一种常读常新却又不期待永恒的爱。

白桦林里，草丛间，夜空下，月光中，不管是在什么地方什么时间；不管是同类的，比如兔子和兔子，还是不同类的体型差别很大的，比如兔子和蚂蚱。尤其是兔子和蚂蚱这一页，翻到这一页的时候，突然觉得开心极了。一只蚂蚱在空中欢跃，一只带着蓝色围脖、身穿橘黄色毛衣和时髦格子中裤的大家伙（我忽然觉得它也许不是兔子，也许是袋鼠？）紧随其后，也摆出欢腾跳跃的姿势，画面温馨而美好。美好温馨的图画旁边，是更令人心动的《如果你在这里》："我的心在跳，因为你在这里；我的心在跳，因为你已远去。你在这里的样子，我会永远牢记。"

整本书，十八幅画和十八首小诗，相得益彰、相映成趣、相映生辉。不管是两情相悦的爱情，还是一个人独自怀想的爱，都带给人美好的感受。不是成人常说的爱的痛苦或爱而不得的忧伤悲惧，而是温暖和善意。恰似第三页的羊姑娘独自坐在星空下的山坡上，草地柔软，清风轻吹，空气中弥漫着春天特有的气息，星星在夜空中眨啊眨着眼，"就像法兰西菊的花瓣""就像白芷花上的露珠"，爱在她、在我、也在你的心间流淌。是啊，"在遥远的北方,谁能没有亲吻,就熬过寒冷的冬天"?

　　一只从花的茎秆上俯下身子的蜗牛,一只在草丛中探出头的田鼠;一只栅栏里的白鸭子,一只跳上栅栏的小花猫;双手插在白围裙里的骄傲的鹅小姐,谦恭屈膝温柔下蹲的狐狸先生……是的,这是一封又一封的情书——人世间最温柔的爱意尽在其中,那么浓厚,那么深沉。

爱的馈赠

朋友的小孩要读一年级了,她又激动又焦虑,忙完一系列其他的事情之后,兴冲冲地跟我说:"我想帮孩子养成一个好习惯,希望他每天都能读半小时书,书都已经买了一摞了!"我一边高兴一边又担心,希望孩子读书的心思自然是好的,只是一个"突如其来"的"希望",孩子未必接受呢。

过了一个月,又见到她,问起孩子的阅读情况,她一脸失望:不愿碰书,好不容易做完作业,就想玩手机看电视。"让他坐在那里根本不能坚持五分钟!你说,我们家小孩是不是不喜欢读书啊。"她声音里带着沮丧。

"你怎么让他读书的?"我问。

"还能怎么读?我都放弃休息陪着他呢!"

咦,这样很不错呀,能花时间陪孩子读书,真的很好了。

"那你们都读了哪些书?"

"哎呀,还不就是一些绘本呀、童话呀之类的啊。"

"你觉得内容怎么样?"

"我也没看,都是网上人家推荐的呀。"

"你不是陪着孩子读的吗?"

"他读他的书啊,我在旁边做我的事呀。"

噢。我眼前仿佛出现了一幅熟悉的画面:一个小孩百无聊赖、应付差事似的胡乱翻着几页书;一个大人坐在旁边刷手机,间或抬起头看一眼孩子,督促几句。

很多时候我们做家长的都是这样,希望孩子远离手机、热爱阅读,但自己本身又做不到。在给孩子购买图书时,倒是挺舍得,只是买回来的书,大人连看都不看就往孩子跟前一扔:喏,读去吧!自己往沙发上一窝,刷起了手机。

我突然就想起来最近看到的《为爱朗读》。这是一位有十四年亲子共读经历的女作家写的书。诚如作者所说:"这是一本关于'朗读'的书,它包括了朗读这个行为本身,还有消磨在其中的时光。……这本书讲述了成长、蜕变、恐惧、希望、欢欣,当然还有书籍本身。这本书包含了我们生活的方方面面,因为朗读不是,也永远不可能是仅仅局限于人物和情节的。"

近九年的父女共读,先不说孩子,只说作者的父亲,毕竟作为在尘世生活的成人,从无尽琐碎事件中抽身,从书架上拿起一本书,和女儿一起朗读……偶尔一次很容易做到,要是九年如一日,日日不间断,可真是一件不容易的事。3218天啊,每一天都有想要放弃的理由吧,他们却风雨无阻地坚持下来了,为什么?"我们会因为爱着某人而为他朗读。这本书——是一个为爱而生的故事。"

当父女俩完成了第一个小目标:连续读书100天的时候,去餐馆略微庆祝了一下。普通读者如我们,一定也像餐馆老板弗利克那样,满腹疑问:这件事是不是很难?你们不可能每个晚上都有时间吧？难道不会被别的事情打断？每一本书都读完了吗？坚持一段时间以后，会不会变得很无聊呀？还有，如果一本书你们读了开始，又觉得不喜欢，还会读下去吗？

其实，这样的疑问，也算不上什么，对于已经把阅读当成习惯的父女二人来说，一切都很简单，都是顺其自然。细细读完这本书，你会发现，关于这些小疑问、小好奇，作为女儿的作者，都一一道来了。比如，有关所读之书的选择："自从妈妈搬走之后，我们读的故事大多是关于没娘的小姑娘的。当学校里有坏孩子的时候，我们读的故事的主题就会变成乖孩子智胜坏孩子，而不是用拳头解决问题……当然，这跟父亲的选择密切相关。"做父亲的，也试图把读书当作一个解决问题的方式，尽管不是有意为之，但他们经常这样做。

就这样一天天坚持，一天天积累，一天天践行承诺，到后来，父女共读的天数不是100天，也不是1000天，而是3218天！近九年！这是多么令人惊讶的数字！

这并不仅仅是数字，这是父女最诚挚的爱和约定，是承诺和陪伴，它塑造了一个热心、自信、乐观的女儿，它成就了一个充满爱心、理解、忍耐和爱的父亲，它养成了一个可以传之于后代的家族传统，它更是父女俩对自己、家人和生活，最丰饶最意味深长的馈赠。

读书，不管是自己读，或和孩子一起读，还是和朋友一起读，无论什么时候开始，都不算晚。

我把这本书推荐给了朋友，期待她也能收获和孩子的共读时光，收获多年后甜蜜温馨的幸福回忆。

※ 夜雨灯火 ※

不能说的秘密

  在地球上存活了至少八百万年的大熊猫，作为地球上最最珍贵的动物之一，以浑圆的体态、笨拙的憨态赢得了无数人的喜欢。你喜欢熊猫吗？你知道熊猫的心愿吗？啊，不要告诉我说，是它们想拍一张彩色照片！你知道熊猫的秘密吗？tupera tupera夫妇所著的绘本故事《熊猫澡堂》最大限度曝光了熊猫家族不得不说的秘密！

  看到绘本简介的时候，我顿时好奇心大发：熊猫有什么秘密？啊？莫非是像小兔子，我们曾经那样唱：小白兔，白又白，爱吃萝卜爱吃菜。然而，据说，小兔子们其实并不爱吃萝卜。难道熊猫也是如此，它们实际上并不爱吃竹子？不可能呀。它们百分之九十九的食物可都是竹子呢！

  那它们有什么秘密？我被绘本吸引了。拿着荧光绿包袱的熊猫爸爸、挎着粉红色时尚包包的熊猫妈妈和它们那像一个模子刻出来的可爱熊猫宝贝手拉着手占据了绘本封面底部的全部位置，而它们的背后，便是秘密曝光地：一家装饰有竹叶和熊猫雕塑的具有"熊猫特色"的熊猫澡堂。

让我们先来看看熊猫澡堂里面是什么样子的吧。

一进门，便是柜台，上面挂了一个醒目的大牌子：除熊猫外，本店谢绝其他客人。哈哈，当然得谢绝其他客人了，澡堂里可是揭示熊猫秘密的所在啊。牌子上方柜台上是票价，柜台里，一位已经长了抬头纹的熊猫大婶，正在接待客人。

熊猫爸爸的背后是冰柜，里头有竹叶汽水和营养丰富的竹林牛奶，冰柜上方有一个熊猫不倒翁，背后的墙上还贴着一张温馨提示：别忘了带走墨镜！咦，什么墨镜？谁洗澡还戴墨镜呢？左边的墙上有显示已经是八月份的挂历，挂历上是穿着比基尼的熊猫美女，也许是熊猫界的女明星吧。熊猫爸爸拿了一个盛衣服的篮子，然后开始脱衣服。哎呀！熊猫的衣服居然是他们的黑色部分！当你看到两只胖乎乎毛茸茸的可爱熊猫在"呼啦""嗨哟""哎呀"骨碌碌地脱衣服时，简直要绝倒！一边忍俊不禁、哈哈大笑，一边又为作者大开的脑洞拍案，在你恍然大悟、洞察熊猫秘密的时候，再翻一页。"扑哧"又是一场欢笑：熊猫父子把它们的"黑眼圈"居然取了下来——原来这就是它们的墨镜啊！墨镜后面那一对菱形的眼睛，眼睛中一对圆滚滚的黑眼珠，正呆萌地盯着你。

脱完衣服，终于可以美美地洗澡啦。第一对进去的熊猫父子在宽敞的浴室里，舒舒服服地洗起了澡，先搓搓擦擦洗洗，再走到浴池里，自自在在地泡上一泡。这可要看清哦，因为，因为，因为，到后面来了很多熊猫的时候，大家一边泡澡一边聊天，我找了半天，也没找到哪一对是它们。

穿衣服的时候，哎，熊猫先生，你们黑黑的耳朵到哪里去了？怎么也洗白了？原来，那也是白的，还需要一盒"黑白分明的熊猫染发膏"！洗完澡，熊猫爸爸和熊猫妈妈提起了顽皮的小熊猫，一家三口在一弯金色的月亮照耀下，踏上了回家的路。看着它们一家三口在朦胧月色下远去的背影，我不禁好奇起来，说饿了的熊猫爸爸，回家会吃什么好吃的呢？

不管是从图画还是从故事来说，这都是一个超级有趣的绘本故事。作为大人的我，看一遍就大笑一遍。在笑声中，我忽然想起了小时候和妈妈一起去镇上浴池的时光。

皖北的冬天，滴水成冰，镇上有三家浴池，一家叫西湖，一家叫三毛，还有一家叫什么我不记得了。浴池里经常人满为患，挤挤挨挨，雾气蒸腾，在换衣间的时候，就几乎已经看不清谁是谁了，更别提到了浴池里面了。于是一转身，孩子找不到大人的哭声，大人找不到孩子的喊声，小孩子被热水一烫嗷嗷直叫的声音，大人用力给孩子搓灰孩子疼得哭喊的声音，居然在白花花的裸体中遇到熟人的寒暄声，于是，大声聊天声、哭喊声、尖叫声、训斥声、叫嚷声、推搡声、争吵声，真是人声鼎沸……

现在，家家都有了带淋浴的卫生间，即使在农村，自己家里也有冬天都能洗澡的设备了，也几乎没有人再去浴池了。而看到这本可爱有趣的绘本，遗忘许久的时光忽然又清晰浮现出来了。

狐狸鸡与鸡狐狸

神秘的大森林里,在一片茂密的草丛中,有一个深深的、洁净温暖的洞,洞里住着一只笨笨的、萌萌的"坏狐狸",这是一只已经很久很久很久没有吃到肉的狐狸。它像往常一样,越过森林,钻过篱笆,来到农场,遇到对它说"一会儿你要是再把这儿弄得乱七八糟可得自己收拾"的叽叽歪歪啰里吧唆的狗子,遇到和它打招呼"又来我们这儿转转"的见怪不怪的鸭子和兔子,还有去收萝卜并主动要给它留一篮子的友好热心的猪……狐狸一溜烟儿跑到鸡窝去,那只它想吃的鸡正一边孵蛋一边看书,对它的再次到来完全不屑一顾,它只得"凶狠"起来,咬了一口那只母鸡的屁股,这只色厉内荏、似乎怎么也学不会让别人害怕的狐狸居然被母鸡狠狠地教训了一顿,连滚带爬逃出了农场……这鸡飞狗跳的场面跃然纸上并且栩栩如生。

这便是法国漫画家本杰明·雷内浪漫主义风格水彩绘本《坏狐狸》的开头。当然,如果你给孩子讲述,也可以有不同的表述方式;如果是孩子自己看,很可能又是另一种开始。

因为不了解作者,专门去搜索了一下资料:作者本杰明·

雷内学动画制作出身，曾在动画长片《艾特熊与赛娜鼠》中担纲艺术总监和导演。这是他的第二部漫画作品。《坏狐狸》获奖众多，曾获得安古兰国际漫画节少儿类最受欢迎奖、法国Fnac心动大奖和《米奇周刊》最受读者欢迎奖，出版第一年在法国的销量超过一万五千册，并被改编成动画电影《大坏狐狸的故事》（国内2018年3月16日已经上映）。电影入围奥斯卡最佳动画片候选名单，获安妮奖三项提名和法国卢米埃尔奖最佳动画电影奖。

电影我还没有看，就接着"看图说话"。

坏狐狸听从了损友大灰狼的建议，一波三折地去农场偷来了三个鸡蛋，打算孵出小鸡之后再和大灰狼一起把它们吃掉。然而，千辛万苦孵出的小鸡第一眼就把它认作了妈妈。此后的剧情发展，简直成了一个无可奈何的新手妈妈独自带娃的"血泪战场"。

教小鸡们吃饭，被小鸡们整日不停地"叽叽叽"地跟随，不厌其烦地陪小鸡们玩伯爵夫人喝下午茶的角色扮演，满足小鸡们各种无厘头要求，永远玩不腻的小坏蛋狐狸、大坏蛋狐狸、巨型坏蛋狐狸、无敌超巨型坏蛋狐狸、宇宙无敌超巨型坏蛋狐狸的模仿秀……

最终相信妈妈就是大坏蛋狐狸的时候，小鸡们不是害怕自己被吃掉，而是如愿以偿："妈妈是大坏蛋狐狸，那我们就是小坏蛋狐狸咯！""我还以为我们是小鸡呢！"这逻辑真的毫无破绽！

养了六个月，小鸡们可以被吃了！然而，你知道，狐狸已经成为了"妈妈"啊。为了逃脱大灰狼的猎捕，避免小鸡们鸡入狼口，狐狸铤而走险，带着小鸡们直奔农场。是啊，过了六个月了，农场里是什么样呢？

鸡占据了狗窝——因为，它们成立了消灭狐狸俱乐部，它们有一百种给狐狸开膛破肚的方法——而每次俱乐部活动都要在狗窝那儿举行，也是对狗子不作为的一种抗议吧。

狗——对间接造成这一状况的狐狸怀着无可奈何、敷衍了事的愤怒。

兔子和猪——居然有点想念那个一事无成、"没脑子的蠢货"。

…………

颇具同情心且一直都对狐狸很友好的兔子与猪收留了狐狸和它的鸡娃子，并要求狐狸扮成一只单亲鸡妈妈以躲避母鸡们的消灭狐狸俱乐部。

在农场里，装扮成鸡的狐狸第一次和孩子们产生了严重冲突：

小鸡们仍旧以为自己是狐狸，而不喜欢此刻懦弱胆小的妈妈，而最令狐狸心寒的是，它们居然"认贼作父"般更喜欢想要吃了它们的狼。更要命的是，它们不知天高地厚地逃出门去森林里找狼先生！

像不像我们处于叛逆期的孩子和曾经叛逆的我们？

这真的是一本让人忍不住一看到底、一看再看的绘本，画风清新可爱，幽默童趣，温暖治愈，动感十足，令人捧腹。有温馨细腻的记忆唤醒，也有引人深思的生活领悟。

小鸡们对狐狸说:"不管怎样,我长大了,也要像你一样温柔!我会像你照顾我们一样照顾我自己的小狐狸,这样它们会很幸福。"

榜样的力量和父母亲潜移默化的影响,是多么重要。

每一个即将成为或已然成为"人家"父母的你,难道不愿意、难道不是像书中蠢萌蠢萌的狐狸对待小鸡那样,温柔耐心地对待孩子吗?

后 记

"秋天床席冷,夜雨灯火深。"一天忙完,每每深夜独坐,总想起白居易的这一句诗。北疆的雨,往往在夜晚落下,如果下得小而少,白天根本找不到丝毫雨来过的痕迹,因此夜晚弥足珍贵。大多数的书就是在这样的深夜一页页翻过,多数的文字也就是在这样的夜晚一个个敲出。

天山雪落、昭苏云起、湖畔炊烟、原野雨落……点滴所思,汇聚成第一辑的"雪落天山外";读他人文章,浇己之块垒,夜晚所读的一二随感,汇成第二辑的"还顾望旧乡"(侧重国内文学作品)和第三辑的"坐对芳菲月"(侧重外国文学作品)。

能够把这些文字结集成册,最要感谢张映姝老师的鼓励和包容,不独是这本书,在我的日常写作中,张老师给予我深切理解和诚挚鼓励也最多。

书中三幅插图,是拜托欧阳灿老师绘制。欧阳老师主业是税务,业余作画,捡来的几块石头,锯掉的几片木板，种养多肉的陶罐上，她落笔成趣，诗意盎然，常常令我羡慕不已，这次冒昧求画，她爽快答应，要去书稿阅读，很快便绘制了三幅作品，为本书增色。感谢欧阳老师，让这本小书有了不一样的意义。

最后，感谢新疆人民出版社（新疆少数民族出版基地）对本书出版的大力支持，正是老师们精益求精的专业精神与严谨的编审校工作，使得本书得以顺利出版。

2024年3月